P.G.Wodehouse

ウッドハウス・コレクション

よしきた、ジーヴス

Right HO, Jeeves

P・G・ウッドハウス 著

森村たまき 訳

国書刊行会

目次

よしきた、ジーヴス

レイモンド・ニーダム勅撰弁護士へ、愛と尊敬を込めて

1．ジーヴス不興を示す

「ジーヴス」僕は言った。「はっきり言わせてもらっていいかな」

「はい、ご主人様」

「君の気に障るかもしれないんだが」

「とんでもございません、ご主人様」

「じゃあ言うが――」

だめだ。ちょっと待って欲しい。話が急ぎ過ぎだ。


同じような経験がおありかどうか知らないが、話をするときいつも僕が困るいまいましい問題はどこから始めたらいいかという点だ。うまくやらないと足を踏み外して沈没だ。つまり、雰囲気とか何やらを伝えたいあまりに出だしで長いことやると、聴衆の心をつかみ損なって客を逃がしてしまう。

かと言ってやけどした猫みたいに急に飛び出しても聴衆は戸惑うばかりだ。彼らは眉を上げ、何を言ってるのかわからない、という顔をするだろう。

ガッシー・フィンク＝ノトル、マデライン・バセット、従姉妹《いとこ》のアンジェラ、ダリア叔母さん、トーマス叔父さん、タッピー・グロソップ、コックのアナトールに係る複雑な事件に関する僕の報告を開始するにあたって、右の会話から始めるのは後者の誤りを犯すことになる。

話をもっと前に戻そう。結局のところ大局的に判断するならば、ことの発端は、ことの発端と言う言葉が適切であればだが、僕がカンヌに行ったことだ。もしカンヌに行かなければ、僕はバセット嬢に会わなかったろうし、あの白い素敵なジャケットを買わなかったろうし、またアンジェラはサメに遭遇することもなく、ダリア叔母さんもバカラをしたりはしなかったろう。

そうだ。カンヌこそまさにポアン・ダピュイ［支点・根拠地］なのだ。

じゃあよしきた、ホーだ。事実を整理するとしよう。

僕はカンヌに行った――ジーヴスを残して。彼はアスコット競馬を見逃したくないと僕にほのめかしてよこしたのだ。六月初めの頃だった。ダリア叔母と従姉妹のアンジェラも同行した。アンジェラの婚約者のタッピー・グロソップもいっしょに行くはずだったが、出発直前に行かれなくなった。ダリア叔母さんの夫のトム叔父さんは家に残った。南フランスが大嫌いなのだ。

これで全体の見取り図は整った――ダリア叔母さん、従姉妹のアンジェラ、それと僕が六月初めにカンヌに出かけたというわけだ。

ここまではおわかりいただけただろうか？

僕らはカンヌにほぼ二カ月ほど滞在した。ダリア叔母さんがバカラで身ぐるみはがれたのと、アンジェラがアクアプレーン中にサメに襲われてもう少しでむしゃむしゃ食われてしまうところだったほかは、皆、気持ちのいい日を過ごしていた。

七月の二十三日、陽に焼けた精悍《せいかん》な顔で僕は、叔母とその娘とともにロンドンへの帰路に着いた。七月二十六日午後七時、僕らはヴィクトリア駅に到着した。その後七時半かそこらに、僕らは互いに尊敬の念を示しあいながら別れたのだ——ダリア叔母さんたちは迎えの車でウースターシャーにある彼女の私邸、ブリンクレイ・コートへと向かい、一両日中にタッピーを迎える予定だ。僕はフラットに帰り、荷物を降ろして少し片づけをして、ドローンズでちょっとしたディナーを食べにいく支度に着替えた。

身体をタオルで拭きながらジーヴスとあれこれしゃべっていたとき、——話をついだ彼が——突然ガッシー・フィンク＝ノトルの名を会話に持ち出してきたのだった。

僕の記憶では、会話は以下のようなものだった。

僕：ジーヴス、また会えたな。どうだ？

ジーヴス：はい、ご主人様。

僕：我帰宅せり、だな。

ジーヴス：おおせのとおりでございます。

僕：何十年もたったたような気がするな。

ジーヴス：はい、ご主人様。

僕：アスコットはうまくやったかい？

ジーヴス：非常に結構でございました、ご主人様。

僕：勝ったんだな？

ジーヴス：きわめて満足のいく額でございました、有難うございます、ご主人様。

僕：よかった。ああジーヴス、リアルト橋に知らせはないか［『ヴェニスの商人』第三幕第一場］？　僕の留守中に電話したり訪ねて来たりした奴はいなかったかい？

ジーヴス：フィンク＝ノトル氏が頻繁にお訪ねでございました。

　僕は目を見開いた。ぽかんと大口を開けたといっても過言ではない。

「フィンク＝ノトル氏だって？」

「はい、ご主人様」

「フィンク＝ノトル氏のことじゃないだろうな？」

「はい、さようでございます」

「フィンク＝ノトル氏はロンドンにいないだろう？」

「いいえ、おいでていらっしゃいます」

「いやあ、びっくりしたなあ」

　どうして僕が困惑したか、そのわけを話そう。ジーヴスの発言が信用を置きうるものとは到底思えなかった。このフィンク＝ノトルだが、こいつというのが人生行路の折々にたまたま人が出くわすところの、ロンドンが我慢できないという奇人の一人なのだ。奴は年がら年中、苔《こけ》に埋もれたリンカンシャーの辺鄙《へんぴ》な村に暮らしていて、イートン校とハロー校の対戦［ハンドボールに似たファイヴズという競技、二対二で行う。イートン対ハロー戦は百年以上の歴史をもつ］にだって出てこないのだ。前に一度、時間をもて余したりしないのかと聞いたことがあるが、その時奴はノーと言い、庭に池があってイモリの生態を研究しているからと答えた。

　そんな男が帝都を訪なう気持ちになったのは一体なぜなのか想像もつかない。イモリの供給が途絶えない限り、奴をあの村から引っ張り出すのは不可能だと賭けたってよかった。

「本当か?」

「はい、ご主人様」

「本当に名前はフィンク＝ノトルだったかい?」

「はい、ご主人様」

「うーん、こりゃあまったく途轍もない話だぞ。奴がロンドンに来たのは五年ぶりかそこらのはずだ。こっちに来ると気分が悪くなるって様子を隠そうともしない。今の今まで、奴は田舎にへばりついて、完全にイモリにとり囲まれてたんだからな」

「何とおっしゃられましたか?」

「イモリだ、ジーヴス。フィンク＝ノトル氏には強いイモリ・コンプレックスがあるんだ。イモリはわかるだろう? 池にうじゃうじゃいる小さいトカゲみたいな奴だ」

「はい、ご主人様。両生類有尾目イモリ科の水棲生物でございます」

「そのとおりだ。うん、ガッシーはいつだってそいつらの奴隷なんだ。学校でもそいつを飼ってたんだぞ」

「お若い紳士はしばしばそのようなことをなさるものと存じますが」

「奴は勉強部屋に一種の水槽装置を置いて、そこで飼ってたんだ。嫌なにおいのしろ物だった。思い出すな。そんな奴が将来どんなことになるかって心配しそうなもんだが、子供なんてものは、わかるだろう? 不注意で、無用心。自分のことばっかり忙しくてガッシーの性格のおかしなところなんか気にもかけなかった。変わり者もいなけりゃ世間とはいえないとか、そんなことをたまに話したこともあったかもしれないが、それだけだ。続きはわかるだろう。問題は悪化したんだ」

「さようでございますか？」

「絶対的にだ、ジーヴス。欲望は肥大したんだ。イモリは奴を虜《とりこ》にした。自分の土地に帰ったあいつは田舎のどん底に隠遁して、このもの言わぬ友にすべてを捧げたんだ。奴らを連れて出たり、置いて出たりだってできると思ってたんだろうが、気がついたら、すでに時は遅かったんだな。もうそんなことはできなくなっていたんだ」

「物事はしばしばそのようなものでございます、ご主人様」

「そんなもの過ぎるんだ、ジーヴス。ここ五年というもの奴はリンカンシャーの邸宅に引きこもって、仲間の類を避けとおして世捨て人《びと》暮らしだ。一日おきにせっせと水槽の水を取り替えて、誰にも会おうとしない。奴が水面に浮上してきたと聞いて僕があんなに驚いたのはそういうわけなんだ。まだ信じられないくらいだ。何かの間違いじゃないか、ここに来たって男は別種のフィンク＝ノトルなんじゃないか。僕の知ってる男だったら角ブチの眼鏡をかけてさかなみたいな顔をしてるんだ。君のデータと符合するかい？」

「こちらにお越しのご紳士でしたらば角ブチの眼鏡をおかけでいらっしゃいました」

「背びれはついてなかったか？」

「おそらく何かしら魚類との類似が認められたものと存じます」

「じゃあガッシーにちがいないな。だが、一体どうしてロンドンにやってきたんだろう？」

「わたくしにご説明ができるかと存じます、ご主人様。フィンク＝ノトル様は帝都ご訪問のご動機をおうちあけくださいました。お若いレディーがこちらにいらっしゃるがために、お越しになられたのだそうでございます」

「若いレディーだって？」

「さようでございます」

「奴が恋してるってことじゃないな？」

「いえ、さようでございます、ご主人様」

「なんと、なんてこった！　なんてこった！　だ。実に断然驚いたぞ、ジーヴス」

僕はあまりにも度肝を抜かれていた。つまり、冗談は冗談で構わない。だがものには限度というものがあるのだ。

それから僕はこのとんでもない事態の別の側面に心が向くのを感じた。このガッシー・フィンク＝ノトルがあらゆる予想紙の判断に反して恋に落ちたという事実については譲るとして、ではなぜ奴は僕のフラットを足しげく訪れなければならないのか。これが友人の助けを必要とする事態であるのは間違いない。だが奴がどうして僕を選んだのかがわからない。

僕らがまったく親しくないというわけではない。無論一時期はしょっちゅう顔をあわせていた。だがここ二年ばかりというもの奴からは葉書一枚もらっていない。

僕はこの点を皆ジーヴスに伝えた。

「奴がここに来るなんて変だぞ。だが、来たというからには来たんだろう。疑問の余地はないな。あいつにしてみれば、僕が留守でひどくがっかりしたろうに。かわいそうな奴だ」

「いいえ、ご主人様、フィンク＝ノトル様はご主人様をご訪問あそばされたのではいらっしゃいません」

「どういうことだ、ジーヴス。君は今、奴がどうしてたか話したろう。熱心に通ってきてたんだろうが？」

「あの方が意志のご疎通をなさりたいとご希望でいらっしゃった相手は、このわたくしでございます」

「君だって？　だが君らが知り合いだとは知らなかったな」

「こちらをご訪問になられるまで、お目にかかる光栄にお与りいたしたことは一度もございません。フィンク＝ノトル様と大学でご同窓でいらしたシッパリー様が、問題をわたくしめに託すようにとご助言なすったそうでございます」

不思議は解消だ。みんなわかった。助言者としてのジーヴスの名声は事情通の間では常識である。僕のささやかな友人の輪においては、何であれ自分がスープに浸かっていると気がついたら、まず第一にとるべき方策はうちに来てジーヴスに任せることと決まっているのだ。それで彼がAを窮地から救うと、AはBを彼の許に送る。それから彼がBの問題を解決してやるとBはCを送り込んでくる。以下同様、というわけだ。僕の言いたいことがおわかりいただければだが。

ジーヴスの助言業が大いに繁盛しているのはそういうわけだ。シッピーがエリザベス・ムーンと婚約しようとしたときに彼がした尽力に奴が深く感銘を受けたのは知っているから、ガッシーにここに来るよう勧めたとしても不思議はない。全く型どおり、いつものことだ。

「じゃあ、君は奴のために力を貸してやってるんだな？」

「はい、ご主人様」

「じゃあ話は飲み込めた。わかったぞ。で、ガッシーの問題は何なんだ？」

「全く不思議なことでございますが、わたくしがご助力をいたしましたシッパリー様のご問題とまるで同一なのでございます。シッパリー様のご苦境はご記憶でいらっしゃることと存じます。ムーン嬢に深く心惹《ひ》かれるあまり、シッパリー様はすっかり内気になられ、そのためお話をなさることもできずにおいででいらっしゃいました」

　僕はうなずいた。

「ああ、思い出した。シッパリーの件はよく憶えている。スタート地点にも立てなかったんだ。足がことさらに冷たくなるんだったか、そうじゃなかったか？　君が何とか言ったのを憶えてるよ。何だったか、何かを何かにするんだったな。猫がついてたろ、間違ってなければだが」

「〈ほしい〉よりも〈できない〉の方を先にする、でございます、ご主人様［『マクベス』第一幕第七場、マクベス夫人の台詞］」

「そうだった。じゃあ猫の方は何だった？」

「諺《ことわざ》に出てくる哀れな猫のように、でございます、ご主人様［同、「魚は欲しくとも足は濡らすのは嫌という」］」

「その通りだ。君はどうやってそんなことを思いつくのか毎度驚かされるよ。それでガッシーも同じなんだって？」

「さようでございます。ご結婚のお申し込みをなさろうとするたびに、勇気が挫《くじ》けるとのことでございました」

「それでも奴がその女性を妻に娶《めと》りたくば、何事かを告げねばならぬ、ってわけだ。そりゃあ言うのが常識的だな」

「おおせのとおりでございます」

　僕はつくづく考え込んだ。

「となると、これは必然ってわけだ、ジーヴス。このフィンク＝ノトル氏が恋の神通力の犠牲者となろうとは思いもしなかったが、そうなったとすれば面倒な具合になったとしても不思議はないな」

「はい、ご主人様」

「奴の生涯を見よ、だ」

「はい、ご主人様」

「何年も女の子と話なんかしてないはずだ。我々にとっては大変な教訓だな、ジーヴス。田舎の邸宅に引きこもって水槽を覗《のぞ》き込んでちゃあ駄目だ。そんなことをしてたら優位のオスにはなれないってことだ。人生において、人は二つの道を選び取れる。一つは田舎の邸宅に引きこもって水槽を覗き込んでることだ。もう一つは颯爽《さつそう》として異性に対する魅力十分で暮らしてるってことだ。両方ってわけにはいかないんだな」

「おおせのとおりでございます、ご主人様」

僕はまた、もの思いにふけった。今言ったように僕とガッシーは疎遠になっているが、それでも僕には奴のことが大いに心配だった。親友であろうがなかろうが、人生行路のバナナの皮を踏んづけている仲間を、誰だって僕は心配する。奴はそいつと戦ってるんだ、と僕には思えた。

僕は奴と最後に会ったときのことを思い出していた。あれからもう二年になるか。自動車旅行の途中で奴のところに立ち寄ったのだ。奴は昼食のテーブルに足のついた緑色の生き物を一つがい連れてきて、僕の食欲をげんなりさせたのだった。奴は若い母親のように優しく歌ってそいつを寝かしつけてやっていて、やがて一匹をサラダの中で見失った。あのときの情景が僕のまぶたの底から浮かび上がり、この不運な男が女の子をくどき落として愛を勝ち得る能力に、信頼は置けないという思いを強くした。奴が耳に目印を付けた女の子が、いまどきのタフなモダンガールだとしたら特にだ。多分口紅を塗りたくって、クールでハードで冷笑的な目をした娘なんだろう。「ジーヴス、話してくれ」最悪の回答を予測しつつ僕は言った。「ガッシーの好きな娘ってのはどんな娘なんだ?」

「わたくしはまだお目にかかったことはございません、ご主人様。フィンク＝ノトル様はその方のご魅力を大変高くご称揚なすっておいででいらっしゃいます」

「その娘が好きなんだな、奴は」

「さようでございます」

「名前は言ってたか? 僕の知ってる娘かもしれない」

「マデライン・バセット様でございます、ご主人様。マデライン・バセット嬢とおっしゃるお方でいらっしゃいます」

「何だって?」

「はい、ご主人様」

僕は激しく当惑させられた。

「なんだと、ジーヴス! 驚いたな、世間は狭いぞ、なあ!」

「お若いご令嬢はお知り合いのお方でいらっしゃいますか、ご主人様?」

「よく知ってるんだ。それを聞いて安心したぞ、ジーヴス。となるとこの話はぐっと実際的な仕事らしく見えてくるというものだ」

「さようでございますか? ご主人様」

「絶対的にだ。君にこの情報を聞くまで、どんな教区のどんなオールドミスだって、ガッシーの奴といっしょに祭壇に向かって歩くよう仕向けるのは無理だろうなって、全く心許なく思ってたんだ。君だって奴がみんなの大の人気者ってわけじゃないことはわかるだろう？」

「おっしゃることに思いあたるところはございます」

「クレオパトラは絶対奴が嫌いだったろうな」

「おそらくさようと存じます、ご主人様」

「タルラ・バンクヘッド［アメリカの女優。奔放な生活で知られた］とうまくやれるかだって疑問だ」

「はい、ご主人様」

「だが奴の愛の対象がバセット嬢だと聞いたからにはな、ジーヴス、希望の曙光《しょこう》が射し込めてくるんだ。奴はまさにマデライン・バセットが嬉しがって集めて回るような男なんだ」

このバセット嬢については説明の必要がある。彼女は僕らとカンヌでいっしょだったのだ。彼女とアンジェラが女の子たちによくある熱烈な友情とやらを結んでからは、僕はずいぶん彼女と顔をあわせた。いや実際、この女性にけつまずくことなしには一歩たりとも歩けないのかと気が滅入ったりすらしたものだ。

何といっても僕にとって一番苦痛で、一番僕を疲弊させたのは、会えば会うほど彼女と話すことがなくなるという点だ。

ある種の女の子がどういうものかはご存じだろう。彼女らは人をぬけがらにしてしまう。つまり、彼女らの人間性には人の声帯を麻痺させ、脳みそをカリフラワーに変形させる力があるのだ。バセット嬢と僕との関係がまさにそうだった。とにかく何十分でも、バートラム・ウースター氏がネクタイをもじもじといじくり、足をぎこちなく動かす姿が、彼女といる限り他のすべての面において完全に物いわぬレンガみたいに振舞う姿が観察されたものと思う。したがって彼女が我々より二週間ほど早く出発したとき、バートラム氏が決してその日の来るのは早過ぎたとの見解を持つものではなかったことは、容易にご想像されよう。

ご留意いただきたいのは、僕を麻痺させたのが彼女の美しさではなかった点だ。うつむきがちで金髪、ぱっちり目を見ひらいたそれなりに可愛いらしい女性ではある。だが人をして息を呑ませるというほどの生き物ではない。

いつもは異性と流暢《りゅうちょう》に会話を楽しむこの僕を崩壊させたのは、彼女の精神的態度全般である。他人《ひと》のことを悪く言いたくはないので、彼女が実際に詩を書いているとまでは言わない。しかし彼女との会話は僕にしてみれば人をして強くいぶかり怪しましむる性格のものだ。つまり言いたいのは、青天の霹靂《へきれき》のごとく唐突に、お星様は神様のひなげしの花輪なんじゃないかしらと女の子に聞かれたら、誰だって多少はそう感じるのではないか。

彼女の魂と僕のそれとの融合については、したがって何ごとも果たされなかった。だがガッシーとだったら状況はまるでちがう。僕を挫折させた要素――すなわち、あの娘は理想とか感傷とかそういったものを全身に満載しているということ――は、奴に関する限り大いに結構なのだ。ガッシーはいつだって夢見がちで感傷的な男だった――そうでなければ田舎に閉じこもってイモリに身を捧げて生きてなどいられない――もし奴を説得して小さな、燃える言葉を口にさせて胸のつかえを下ろしてやることができるなら、奴とバセット嬢がハムと卵みたいにうまくやってゆけないと考える理由はないのだ。

「彼女は全く奴のタイプなんだ」僕は言った。

「そう伺って大変喜ばしく存じます、ご主人様」

「また奴も全く彼女のタイプなんだ。要するに、これはいいことだぞ。最大限のエネルギーを傾注して応援しないといけないな。神経を研ぎ澄ますんだ、ジーヴス」

「かしこまりました、ご主人様」この正直者は応えた。「すぐさまこの問題にご尽力させていただきます」

さて、この時点まで、いわゆる完全なる調和が維持されていたものとご了解いただけると思う。雇用者と被用者との仲のよいゴシップの応酬で、すべてが木の実のように甘美だった。しかし、この時、実に残念なことだが不快な転機があった。場の空気は突然変わり、暗雲が突如立ち込め、気づいた時にはギーギーいうきしみ音がその場を支配していた。ウースター家でこうしたことが以前にも起こったのを僕は知っている。

事態が今まさに白熱せんとしていることを示す最初の暗示は、苦痛と否認の咳払いがカーペットの辺りからしてきたことでわかった。上記の会話の間、僕はからだを拭いたばかりの格好で、こっちで靴下を履いて、あっちで靴を履き、やっとこさヴェストを付けて、シャツ、ネクタイ、それから膝丈のズボンをはいて、といった調子でゆるゆると支度をしていた。ジーヴスは床に身を下ろし、僕の荷物をほどいていたのだった。

彼はいまや立ち上がっていた。手には白い物体を持っている。それを見て僕は、家庭内の危機、二人の屈強な男たちの不幸な意志の衝突が再び出来《しゅったい》したことを理解したのだった。そしてまたバートラム氏は、戦士であった祖先を思い己《おの》が権利のために戦わずば、今まさに打ち挫《くだ》かれんとしているのである。

この夏カンヌにおでかけになられたかどうかは知らないが、もし行かれたなら、誰であれパーティーの華たらんと欲する者は、カジノでの飲み騒ぎに出かける際、普通の夜会用のズボンに、金ボタンの白いメスジャケット［燕尾服のテール部分を切り落としたような短ジャケット。モンキー・ジャケットともいう］を合わせるのがきまりだったのをご記憶だろう。カンヌ駅でブルートレインに乗車した瞬間から、僕はジーヴスがこれをどう思うだろうかと間々考えていたのだ。

夜会服に関しては、ご存じのとおりジーヴスは狭量で反動的である。胸許の柔らかなシャツで、以前彼と揉めたことがある。今言ったようにこのメスジャケットは、コート・ダジュールでは熱狂の的――最新モード――であった。しかし、パーム・ビーチ・カジノですぐにも一着あつらえたくてジタバタしている時から、戻ったらこいつのせいでひと騒動もち上がるのではないかと僕は危惧していたのだ。

僕は強硬な姿勢に出ようとした。

「なんだい？　ジーヴス」僕は言った。言い方はもの柔らかだったが、僕の目を注意深く観察すれば鋼鉄のひらめきがほの見えたはずだ。ジーヴスの知性を崇拝する点において僕は誰に一歩も譲るものではないが、彼を養っているその手に対して命令を下すという彼の性癖には抑制が加えられねばならない。このメスジャケットは僕のハートのごくごく近くに位置するもので、アジャンクールの戦い［百年戦争中の一四一五年の戦い。ちなみにウッドハウスの先祖も参戦してヘンリー五世からナイトの爵位を授けられた］における偉大なるド・ウースター殿の熱情をもって、こいつのために戦ってやる用意が僕にはあるのだ。

「なんだ？　ジーヴス」僕は言った。「どうかしたのか？　ジーヴス」

「もしやご主人様は不注意にも、どなた様か他の紳士の所有にかかるコートをお持ちになってカンヌをお発ちあそばされたのではあるまいかと存じまして」

僕は鋼鉄のひらめきをもう少し強めることにした。

「いや、ジーヴス」僕は冷静な声で言った。「問題の物件は僕のだ。向こうで買ったんだ」

「ご着用になられたのでございますか?」

「毎晩な」

「とはいえこちらをイギリス国内でお召しになられるおつもりは、もちろんおありではございますまいな?」

事態が核心に達したことを僕は理解した。

「いや着るぞ、ジーヴス」

「しかし、ご主人様」

「君は何を言いたいんだ? ジーヴス」

「不適切でございます、ご主人様」

「君の意見には同意できないな、ジーヴス。このジャケットは大好評を博するはずだと僕は予想してる。明日、ポンゴ・トウィッスルトンの誕生日パーティーに羽織っていくつもりだ。最初から終いまで歓声の渦だろうと自信を持って予測してる。議論の余地なしだ、ジーヴス。話し合いはなしだぞ。どんなに立派な反対意見を君が持っているとしても、僕はこのジャケットを着る」

「かしこまりました、ご主人様」

彼は荷解きを続けた。この問題について僕はもう何も言わなかった。僕は勝利を勝ちとったのだ。僕たちウースター家の一族は敗者に対して、いたずらに勝利をひけらかしたりはしない。身ごしらえを終え、彼に陽気な別れの挨拶をして、寛容なムードになっていた僕は、どうせ僕は外で食事するのだから、君も休んで有益な映画かなにかを観に行ったらどうかと提案した。まあ一種のオリーヴの枝である。と言っておわかりいただければだが。

彼はそれにはあまり気が進まないといった顔をした。

「有難うございます、ご主人様。外出はいたしません」

僕はやっとの思いで彼に質問した。

「怒っているのか？　ジーヴス」

「いいえ、ここに留まる必要がございます。フィンク゠ノトル様が今夜わたくしをご訪問になられると、おっしゃっておいででございました」

「ああ、ガッシーが来るのか？　そうか、よろしく言っておいてくれ」

「かしこまりました、ご主人様」

「ウィスキー・アンド・ソーダもやっておいてくれ」

「かしこまりました、ご主人様」

「よしきた、ジーヴス」

それから僕はドローンズ・クラブに出発した。

ドローンズで僕はポンゴ・トウィッスルトンに逢った。奴は明日の誕生会のことについて随分しゃべくった。それについては仲間からも手紙で大分知らされていたのだが。そんなわけで僕が帰宅した時にはもう十一時近くになっていた。

ドアを開けるかどうかのうちに、居間から声が聞こえてきた。そして居間に入るかどうかの間に、ジーヴスが発する気配と、外見上一見して悪魔のように見える生き物に気がついた。

よくよく見れば、それはメフィストフェレスの扮装に身を包みし、ガッシー・フィンク＝ノトルその人であった。

2．イモリの友フィンク＝ノトル

「ヤッホー、ガッシー！」僕は言った。

僕の言い方からはおわかりいただけないと思うが、僕は度肝を抜かれていたのだ。僕の眼前の光景を見たら誰だって度肝を抜かれずにはいられないだろう。つまり、このフィンク＝ノトルという男は、僕が思い出す限りではまあ内気に縮こまった野暮天で、牧師館の土曜の午後の社交の会に呼ばれたって、ポプラみたいにぶるぶる震えるような奴なのだ。ところがここにいる男は、僕の五感を信用するならば、華麗な仮装舞踏会にいざおでまし、という姿だ。どんな百戦錬磨の男にとっても試練であるような、悪名高き社交の場にである。

そしてまたこの点に注意してもらいたいのだが、奴ときたらその仮装舞踏会に、育ちのいい英国紳士がみんなするようなピエロの扮装ではなく、メフィストフェレスの扮装で出ていこうというのだ。そしてその扮装は、真紅のタイツのみならず、きわめて恐ろしげな付けひげをも含むものだったのである。

まったく驚いた。だがしかし、内心の動揺は隠し、品のない驚愕《きょうがく》の表情をいささかも表に出すことなく、礼儀正しい無頓着さでもって僕はヤッホー、と言ったわけだ。

奴はひげの間からにこっと笑った――ヒツジみたいな感じだった。

「やあ、ハロー、バーティー」

「久しぶりだなあ、なにか飲むかい？」

「いや、いい。もう行かなきゃいけないんだ。ちょっと寄ってジーヴスに僕の格好がどうか聞こうと思ったんだよ。どう思う、バーティー？」

無論、その答えは「完全にバカだ」だった。だが、我々ウースター家の者は気配りの人であり、ホストとしての義務感を十分に持ち合わせている。我々は自宅内で古い友人に向かって、お前は視覚に対する侮辱だなどと言ったりはしない。僕は質問をはぐらかした。

「ロンドンに来てるんだってな」僕は気楽な調子で言った。

「ああ、そうなんだよ」

「こっちに来たのは何年ぶりかだろう」

「ああ、そうなんだ」

「それで今夜は夜のお楽しみにご出陣ってわけか？」

奴はそっと身震いした。おびえたような気配が見えた。

「お楽しみだって！」

「その大夜会だか饗宴だかは楽しみじゃないのか？」

「ああ、うん。大丈夫だよ」奴は生気のない声で言った。「まあいい、行かなくっちゃ。十一時ごろ始まるんだ。タクシーを待たせてるんだよ……停まってるかどうか見てきてくれるかい、ジーヴス」

「かしこまりました」

ドアが閉じたあと、一種の沈黙があった。ある種の圧迫感だ。僕は自分で飲み物をこしらえ、ガッシーはといえば、打たれ強いボクサーみたいに鏡に映った自分の姿を見つめていた。とうとう僕は、僕がこの件の事情に通じていることを知らせておくのが最善だろうと決心した。経験を積んだ、同情心ある男に秘密を打ち明けて相談すれば、奴の心もずいぶんと安らごうというものだ。僕が常々見てきたところでは、恋に酔う者が何よりも必要とするのは、話に耳を傾けてくれる聞き手なのだ。

「なあガッシー、つまはじき者」僕は言った。「お前のことはみんな聞いてるぞ」

「えっ？」

「お前の心配事のことだ。ジーヴスがみんな話してくれた」

奴はあまり喜んではいないようだった。無論、人がメフィストフェレスのひげに埋もれていると き、正確を期すのは難しいのだが、奴は顔をぽっと赤らめたように僕は思う。

「ジーヴスにはそこいらでしゃべり回ってもらいたくないな。内密の話のつもりだったのに」

こんな言い方は許せなかった。

「若主人にうわさ話を聞かせるのは、そこいらでしゃべって回るのとはまったくちがうぞ」ほんの少し非難を込めて僕は言った。「まあいい、そういうことなんだ。全部知ってる。また僕として言いたいのは次のようなことだ」問題の女性はしめっぽい疫病神だという個人的な意見は、励まし、元気づけてやりたいという欲求の裏側に沈めて僕は言った。「つまり、マデライン・バセットはチャーミングな女性だ。最高だ。それにお前にぴったりの女性だ」

「彼女のことを知ってるのかい？」

「ああ、知ってる。お前らが知り合いだっていうんでこっちこそ驚いてるんだ。どこで会ったんだ？」

「先々週、リンカンシャーの僕の家の近くに滞在してたんだよ」

「そうか。だとしてもお前が隣人を訪問するとは知らなかったな」

「しないよ。彼女が犬を連れて散歩してるところに会ったんだ。犬の足にとげが刺さってさ、それを抜こうとしたらそいつが彼女をガブッとやったんだよ。それでもちろん僕が力を貸したんだ」

「お前がとげを抜いたのか？」

「ああ」

「それで一目で恋に落ちたのか？」

「そうだ」

「そうか、何てこった！　そんな機会をむざむざ逃すなんて。どうしてすぐにけりをつけなかったんだ？」

「そんな勇気はないよ」

「それでどうなった？」

「二人でちょっと話したんだ」

「何の話を？」

「鳥のことだよ」

「鳥だって？　どんな鳥だ？」

「たまたまその時その辺にいた鳥さ。それと景色とか、そんなことさ。それで彼女はこれからロンドンに行くって言って、僕にそっちに行くことがあったらお立ち寄りくださいって言ったんだ」

「そこで彼女の手を握り締めたりはしなかったのか？」

「もちろんしないよ」

これ以上話すことはないようだった。こいつがモノを皿に盛りつけて渡されても行動も起こせないようなウサギであるなら、勝ち目はきわめて望み薄であろう。それでもなお、僕はこの見込みのない男と自分はいっしょに学校に行った仲なのだということを自分に言い聞かせていた。古い学友には力を貸さなきゃならないのだ。

「ああ、そうか」僕は言った。「どうしたらいいか考えないとな。事態は好転するかもしれないぞ。とにかく、この件についてはは僕が後ろ盾についてるから喜んでもらっていい。困ったときにはバートラム・ウースターがついてるぞ、ガッシー」

「ありがとう、友達。それとジーヴスもだ。無論こっちのほうが重要なんだけど」

僕はこのときやや辟易《へきえき》したことを認めるにやぶさかでない。奴は悪気があって言ったのではないだろう。だがこの無思慮な話し振りは僕を少なからずいらつかせたと言わねばならない。人は皆いつだってこうして僕をいらつかせるのだ。つまり、彼らの意見ではバートラム・ウースターはとるに足らない人物で、この家で脳みそと機知とを備えているのはジーヴスだけであると、僕にわからせようとしてだ。

これは僕の神経に障った。

また今夜はことさらに気に障った。僕はジーヴスにまったく嫌気がさしていたからだ。あのメスジャケットの件でだ。確かに僕が、己《おの》が人間性の静かなる強靭《きょうじん》さでもって彼をねじ伏せ、鎮圧したのはすでに述べたとおりだ。だがそもそも殊更にそいつを問題にしたことについて僕は怒っていた。ジーヴスには鉄拳を食らわせてやる必要がある。

「それで彼はどうしろって言ってるんだ？」僕はきつく審問した。

「この問題の状況についてずいぶんたくさん考えてくれているよ」

「そうか、そうなんだ」

「この舞踏会に出かけるっていうのも彼の案なんだ」

「どうして？」

「彼女が来るんだ。実は、招待状を送ってくれたのは彼女なんだ。それでジーヴスは……」

「どうしてピエロじゃないんだ？」先ほどから引っかかっていた疑問を提起して僕は言った。「古きよき伝統となぜ訣別するんだ？」

「彼がメフィストフェレスの格好で行くようにって特に言ったんだよ」

　僕は驚いた。

「彼が？　彼がそう言ったって？　彼がまさにそのコスチュームを特にって勧めたのかい？」

「そうだよ」

「はあっ！」

「えっ？」

「なんでもない。ただの〈はあっ！〉だ」

　ではどうして僕が「はあっ！」と言ったのか説明しよう。ジーヴスの奴は、僕が完全にごく普通というだけでなく最新モードで絶対的にド・リグール［作法に適った］なメスジャケットを着ることについては難癖をつけたくせに、その同じ口でガッシー・フィンク＝ノトルを教唆煽動して、真紅のタイツを履かせてロンドンの景観を損なおうとしたのだ。皮肉な話ではないか。人はこの種の不規則走行には猜疑の目を向けるものだ。

「ピエロじゃどうしていけないって言うんだ？」

「ピエロがピエロだからいけないって言うんじゃないんだ。だが僕の場合にはピエロはふさわしくないって彼は考えたんだよ」

「よくわからないな」

「彼が言うには、ピエロのコスチュームは目には好ましく映るもののメフィストフェレスのコスチュームの威厳には欠けるそうなんだ」

「まだわからないなあ」

「うーん、心理学の問題だって彼は言うんだ」

こういう言い方に沈黙させられた時代もあった。しかしジーヴスと長いこと付き合ってきてウースター氏の語彙力は目に見えて向上したのだ。ジーヴスはいつだって個々人の心理学の王者だった。それで奴がバッグからそいつをさっと取り出したとき、僕はブラッドハウンド犬みたいに話について行けるようになった。

「ああ、心理学か」

「そうなんだ。ジーヴスは服装の及ぼす精神的効果に深い信頼を置いてるんだよ。こんな目をみはるようなコスチュームに身を包んだら僕も大胆になるんじゃないかと考えてるんだ。彼は海賊の頭目でも同じようにいいって言ってた。実は海賊の頭目のほうが彼の一番のおすすめだったんだ。だけど僕がブーツが嫌で反対したんだ」

「それでお前は大胆になったのかい？」

「うーん、完全に正確に言うとさ、バーティー、答えはノーだよ」

同情の思いが胸にどっと押し寄せた。つまるところ、ここ数年疎遠になっていたとはいえ、この男と僕はお互いにインクのついたダーツを投げあった仲なのだ。

「ガッシー」僕は言った。「旧友の助言を聞くんだ。そのバカ騒ぎの半径二キロ以内に行っちゃだめだ」

「だけど彼女に会える最後のチャンスなんだ。明日から田舎の友達のところに滞在に行っちゃうんだよ。それに、わからないじゃないか」

「何がわからないだって？」

「ジーヴスの考えがうまくいかないなんてさ。そりゃあ今は自分が恐ろしく馬鹿みたいな気がしてるよ、そうさ。だけど豪華な扮装をしたほかの人がたくさんいる中に入ったら何とかならないってどうして言えるんだい。子供のときに同じような経験があるんだ。クリスマスのお祝いのときだったんだけど、僕はウサギの格好をさせられてね、筆舌に尽くし難い恥ずかしさだったよ。だけどパーティーに出かけて大勢の子供たちに囲まれてみたらばさ、多くは僕のよりもっとぞっとするような格好をしていてたんだ。僕は驚くほど元気になってね、お祭り騒ぎに仲間入りして晩ごはんをたらふく食べたもんだから帰りの車の中で二度も吐いちゃったんだ。つまりさ、冷静でいたってわからないってことさ」

僕はこの点について熟考した。確かにもっともらしい。

「それにジーヴスのアイディアが根本的に健全なものだってことは認めなきゃならないよ。メフィストフェレスみたいにあっと言うようなコスチュームに身を包んでいれば、僕だってなにかすごく強い印象を与えることが簡単にできるかもしれないじゃないか。色は重要だぞ。イモリを見ろよ。繁殖期になるとオスのイモリは燦爛《さんらん》たる色彩に変化するんだ。それがすごく役に立つんだよ」

「だがお前はオスのイモリじゃないだろう」

「オスのイモリだったらよかったんだ。オスのイモリがどうやって求婚するか知ってるかい？　バーティー。メスのイモリの前に立って尻尾を震わせながら身体を半円に曲げるんだ。僕がイモリだったら頭を地面にくっつけてやる。もし僕がオスのイモリだったらこんなに愚図愚図言ってやしないんだ」

「だがもしお前がオスのイモリだったら、マデライン・バセットはお前を見やしないぞ。少なくとも愛の眼差《まなざ》しじゃやってことだが」

「見てくれるさ。もし彼女がメスのイモリだったらさ」

「だけど彼女はメスのイモリじゃないだろう」

「ちがうけど、もしそうだったらってことさ」

「うーん、もしそうだったらお前は彼女に恋しないだろ」

「するさ、するとも。もし僕がオスのイモリだったらさ」

こめかみの辺りのずきずきした痛みが、この議論が臨界に達したことを教えていた。

「わかった、とにかく」僕は言った。「厳しい現実と向き合って、震える尻尾とか何とかいった妄想は捨てるんだ。となると重大な問題はお前はこれから華麗な仮装舞踏会に出かける約束をしてるってことだ。仮装舞踏会に関する僕のずっと円熟した知識から言わせてもらうと、ガッシー、お前は楽しめないと思うぞ」

「僕が楽しめるかどうかなんて問題じゃないんだ」

「僕なら行かないな」

「僕は行かなきゃならない。明日彼女は田舎に行っちゃうって言ったろ」

僕はさじを投げた。

「そういうことなら」僕は言った。「お前のしたいようにしろよ……何だ、ジーヴス？」

「フィンク＝ノトル様のタクシーでございます」

「え？　タクシー？　ああ……タクシーだってさ、ガッシー」

「ああ、タクシーか。わかった。もちろんだとも……ありがとう、ジーヴス……じゃあ、さよならだ、バーティー」

アレーナに入場する前のローマの剣闘士が皇帝にやったような弱々しい笑顔を僕に向けて、ガッシーは出て行った。僕はジーヴスに向き直った。彼に己《おの》が分際を心得させるべき時は訪れた。準備は万端である。

無論どう始めるかはなかなか難しい。つまり、彼をたしなめようと固く決心してはいるものの、彼の感情をあまり深く傷つけたくはない。鉄拳を振るうその時ですら、我々ウースター家の者は友好的に事を運ぶのが好きなのだ。

しかしながらよくよく考えてみれば、紳士的に事を進めたところで何ら得るところはないことに僕は気づいた。遠まわしに言ったところでしょうがない。

「ジーヴス」僕は言った。「はっきり言わせてもらっていいかな」

「はい、ご主人様」

「君の気に障るかもしれないんだが」

「とんでもございません、ご主人様」

「じゃあ言うが、君のこのメフィストフェレス計画のことなんだが」

「はい、ご主人様」

「議論を整理するぞ。僕が君の推論を正しく理解しているとしてだ、真紅のタイツや何やらで飾り立てられた刺激でもって、フィンク＝ノトル氏は敬愛の対象に出会ったらば尻尾を震わせて歓声をあげて全面的に自己を解放すると、君は考えてるんだな」

「あの方の常の内向性は多分に消滅するはずとの見解を抱くものでございます」

「賛成できないな、ジーヴス」

「さようでございますか？　ご主人様」

「ああ、実際、あんまり細かいことは措くとしてもだ、僕が今まで聞いたありとあらゆる馬鹿馬鹿しくてくだらない、とんでもないアイディアの中でも、こいつは一番どうしようもなくて一番駄目だ。絶対にうまくいかない。まったく見込みなしだ。君はフィンク＝ノトル氏を仮装舞踏会の言語道断の恐怖の中に無理やり送り込むだけで得るものはなしだ。またこういうことは初めてのことじゃあない。腹蔵のないところを言わせてもらえば、ジーヴス、これまでもしばしば気がついてたんだが、君のその性向、その、なんと言ったかな」

「わかりかねます、ご主人様」

「狡猾《こうかつ》？　違う、狡猾じゃないな。混濁？　違う、混濁でもない。舌の先まで出かかってるんだ。ここで始まってあんまり賢明すぎるって意味だ」

「巧緻、でございましょうか？」

「それだ、僕が探していたのは。巧緻に過ぎるんだよ、ジーヴス。君はしばしばそうなる傾向があるんだ。君の方法は単純じゃあないし、直截的でもない。本質的じゃないものでごてごて飾り立てて問題点を見えなくしてるんだな。ガッシーに必要なのは世間知にたけた兄貴からの助言なんだ。それで提案だが、これからこの件は僕に任せてもらいたいんだ」

「かしこまりました、ご主人様」

「君は手を引いて家内の義務の遂行に専念してもらいたい」

「かしこまりました、ご主人様」

「間違いなく僕はじきに、単純で直截的だが完璧に効果的な方策をなにか考えつくはずなんだ。明日はガッシーに必ず会うことにする」

「かしこまりました、ご主人様」

「よしきた、ジーヴス」

しかし翌日になってみると、あの一連の電報が届き始め、二十四時間余り僕はあの可哀そうな男のことを一顧《いっこ》だにする間もなかった。自分の問題で手一杯だったのだ。

3．ダリア叔母さん電報をよこす

最初の電報は正午を少しまわった頃に到着し、ジーヴスが昼食の食前酒といっしょに持ってきた。それはダリア叔母さんからでマーケット・スノッズベリーから配信されていた。叔母の田舎の屋敷を出て本道沿いを二、三キロ走ったところにある小さな町だ。

それにはこう書いてあった。

《すぐ来い、トラヴァース》

それは僕をひどく困惑させた、と僕が言うとき、その意味を理解しているつもりだ。僕の思うところ、かつて電線上を通過したうちもっとも不可解な通信であろう。二杯のドライマティーニとおまけのもう一杯がもたらす白日夢の中で、僕はそれを眺めた。逆さに読んでもみた。始めからまた読んだ。実際、匂いを嗅いだ記憶すらある。それでもまだ困惑は晴れなかった。

つまり事実をよくよく認識していただきたい。ほぼ二カ月にわたる連続的接触の後、この叔母と甥が別れたのはほんの数時間前のことなのだ。それなのに彼女は——僕のさよならのキスの痕跡をその頬にとどめたまま、まあ、いわゆるだが――再びあいまみえようというのだ。バートラム・ウースター氏は彼との交友を求める、かくも貪婪《どんらん》な欲望には慣れていないのだ。僕を知ってる人に誰でもいいから聞いてみてもらいたい。二カ月もいっしょにいたら、通常人なら今のところは十分足りていると思うのが普通だろう。実際、二、三日だって我慢できないという奴を僕はずいぶん知っている。

したがって、主菜にとりかかる前に、僕はこういう返事を送った。

《理解不能、説明求む。バーティー》

これに対する返事は、昼食後の午睡の間に届けられた。

《何が一体理解不能よ、バカ。すぐ来い、トラヴァース》

タバコを三本と部屋を何度か周回した後、返事が用意できた。

《何でまたすぐ来いなんだい？　敬具　バーティー》

返事を書き添えよう。

《だからすぐ来いって言ってるの、このキチガイの能無し。一体なんだと思ってるの？　すぐ来ないなら明日の一便で叔母が呪いを送るわよ。親愛なる　トラヴァース》

それからすべてを明確にしたいと思って、僕は以下のメッセージを送った。

《「来い」っていうのは「ブリンクレイ・コートに来い」ってこと？　それから「すぐ」っていうのは「すぐ」ってこと？　不審。皆目わからず。よろしく　バーティー》

僕はこれをドローンズにでかけていく途中で送った。ドローンズではトップハットにカードを投げ入れて遊んで、好結果を得、午後の安らぎのひと時を過ごした。夕刻の静けさの中帰宅すると、返事が僕を待っていた。

《そう、そう、そう、そう、そう、そう、そうよ。あんたにわかろうがわかるまいがどうだっていいから、とにかくすぐ来なさい。とにかくこのバカバカしいやり取りはお願いだからやめにして。いったい私がお金でできてて十分おきに電報を打つなんて何でもないとでも思ってるの？　ボケ頭はしまいにして今すぐ来なさい。親愛なる　トラヴァース》

僕がセカンド・オピニオンの必要を感じたのはこの時点でだ。僕はベルを押した。

「ジーヴス」僕は言った。「V字型の不審物体がウースターシャー方面から出現だ。これを読んでくれ」

　僕はケースに入れた電報の束を彼に手渡した。

　彼はそれにざっと目を通した。

「これをどう考える？　ジーヴス」

「トラヴァース夫人はあなた様にすぐおいであそばされるようにとご希望でいらっしゃいます」

「君もそう思うんだな？」

「はい、ご主人様」

「僕の解釈も同じなんだ。だけど、どうしてだ？　ジーヴス。わけがわからん。叔母さんは二カ月も僕といたばっかりなんだぞ」

「はい、ご主人様」

「多くの人は大人の適正服用量は二日に一度って考えてるんだ」

「はい、ご主人様。ご提起の疑問点は理解いたしております。しかしながらトラヴァース夫人のご要望はごく強いものと拝察されます。ここは不本意でも奥様のご希望に従うべきかと存じますが」

「今すぐ出発、ってことか？」

「さようでございます、ご主人様」

「だが、今すぐ出るってわけには行かないぞ。今夜はドローンズで重要な寄り合いがあるんだ。ポンゴ・トウィッスルトンの誕生パーティーなんだ。憶えてるだろう」

「はい、ご主人様」

　わずかな沈黙があった。二人ともあの小さな不快事を思い出していたのだ。僕はそれとなくほのめかしてやる義務を感じた。

「あのメスジャケットについて君の意見は間違っている、ジーヴス」

「見解の相違かと存じます」

「カンヌのカジノで着たときは、麗《うるわ》しい女性たちが耳を寄せて〈あの方はどなた?〉ってささやき合ってたぞ」

「大陸のカジノにおける服装コードは、悪趣味で名高うございます」

「それに昨日の晩ポンゴにあれのことを話したら、奴は興奮してたぞ」

「さようでございますか?」

「そこにいた他のみんなもだ。みんな僕がいいものを入手したって認めてくれた。反対意見はなしだったな」

「さようでございますか? ご主人様」

「絶対君だっていつかこのメスジャケットを好きになるさ。僕は確信してる、ジーヴス」

「さようなことはあるまいと存じます」

僕はあきらめた。こういうときにジーヴスを説得しようとしたって無理だ。「ブタ頭」という言葉が舌の先まで出かかっていたが、ため息と共に消えてくれた。

「うーん、とにかく今後の予定の件に戻るが、僕はブリンクレイ・コートだろうがどこだろうがしばらくは行けない。これで決まりだ。さてと、ジーヴス。用紙と鉛筆をくれ。叔母さんには来週か再来週にはそっちに行くと電報を打つことにしよう。まったく、僕がいなくたって何日かはもちそうなもんだ。必要なのは意志の力だけなんだ」

「おおせのとおりと存じます」

「よしきた、じゃあ〈二週間後の明日行く〉とでもしておこう。それで十分だろう。それで君がちょっと出かけてこいつを送ってくれれば、すべて完了だ」

「かしこまりました、ご主人様」

こうして長かった一日が暮れ、ポンゴのパーティーのために着替える時間が来た。

前の晩この件について話をした際、ポンゴは僕に、彼の誕生パーティーは人類を仰天させるべきスケールのものなのだと請合ってくれた。実になかなか充実した会合であったと言わねばならない。家に着いたときには四時をまわっていた。またその時点で僕の身体は就寝態勢に入っていた。ベッドに手探りしてたどり着き、はいずって潜りこんだことだけは憶えている。ドアが開く音で目が覚めた時には、まだ枕に頭がろくに触れてもいないような気分だった。

僕は人間としてほとんど機能していなかったが、やっとこさまぶたを上げた。

「お茶を持ってきてくれたのかい、ジーヴス？」

「いいえ、ご主人様。トラヴァース夫人でいらっしゃいます」

次の瞬間、突風のごとき音がして、僕の親戚が自走式時速八十キロで敷居を飛び越えてくる姿が見えた。

4. 夜明けの訪問者

バートラム・ウースターほど己《おの》が人間性を厳しく容赦ない批判の目で見る者はいないが、他人の認めるべきところは喜んで認める男であるということも、またよく言われるところである。したがって僕のこの回想録を十分な注意を持って読み進んでいる方なら、僕がしばしばダリア叔母さんは大丈夫な人物だという事実を強調していることにお気づきだろう。

ご記憶かどうか、ブルーボトル号がケンブリッジシャーで勝った年に、彼女はトム・トラヴァース氏とアン・スコンド・ノースで［再婚《で》］結婚した。この言い方が正しければ、だが。かつて彼女は僕に勧めて自らの主宰する雑誌『ミレディス・ブドワール』に、「お洒落な男性は今何を着ているか」という記事を書かせたことがある。彼女は大柄の、心優しい人物で、彼女と共に過ごすのは喜びである。彼女の精神構造には、たとえばロンドン周辺諸州の呪《のろ》いであり、あらゆる人にとっての脅威であるアガサ伯母さんに顕著に見られるところの、名状しがたい恐ろしさはまるで存在しない。僕はダリア叔母さんを最大限に尊敬するものだし、彼女の人間性、スポーツ愛好心、人柄のよさ全般を心から高く評価することにいささかも躊躇《ちゅうちょ》するものではない。

であればこそ、こんな時間にベッド横に彼女の姿を見出すことの驚きをご想像いただけると思う。

つまり、僕はしょっちゅう頻繁に彼女の家に泊まっており、彼女は僕の習慣を知っている。彼女は僕が朝のお茶を飲むまでは誰にも会えないことをよくわきまえているのだ。孤独と休養が必須だとわかっているこんな時間の闖入《ちんにゅう》は、古きよき礼儀にかなっているとは言えないと感じざるを得なかった。

それに一体彼女はロンドンに何の用があるというのか？　僕が考えたのはそのことだ。良心的な主婦が七週間の不在の後に帰宅したのだ。着いた翌日にまた飛び出していくと思う者はあるまい。夫に仕え、コックに指図をし、猫にえさをやり、ポメラニアンにブラシをかけてやりながらじっとしているべきだと人は感じるだろう。つまり、きちんとしているということだ。僕は寝不足で少なからず目がぼんやりしていた。だが、くっつきそうになっていたまぶたが許す限りの、厳しい、非難を込めた目で彼女を見ようと努力した。

彼女は歯牙《しが》にもかけない様子だった。

「バーティー、起きなさい、この大バカ！」彼女は僕の眉間に突き刺さって後頭部に突き抜けるような声で叫んだ。

ダリア叔母さんにもし欠点があるとしたら、向かいあっているその相手に、馬上で猟犬を追い立てて狩をする途中で見つけた一キロ先の誰かに向かってるみたいな調子で声をかける点だ。これが田舎で哀れな狐たちを狩に出られず無為に過ごした日の数を指おり数えて暮らした少女時代への逆行であるのは間違いない。

僕はもう一度厳しく非難を込めた目をやり、今度はその意図は達せられた。しかしながらその効果は彼女をして非道な人格攻撃に走らせただけだった。

「あたしをそんな細っこいワイセツな目で見ないでちょうだい」彼女は言った。「バーティー、ねえ」彼女はガッシーが標本どおりでないイモリを見るときにするであろうような、食い入るような目で僕を見つめた。「あんた、自分がどんなにむかつく具合に見えるかわかってる？　映画の酒池肉林と湖沼の下等生物の雑種ってとこだわ。昨晩は夜遊びしたみたいね？」

「ああ、大きな社交の会に出席してきた」僕は冷たく言った。「ポンゴ・トウィッスルトンの誕生パーティーだ。ポンゴをがっかりさせるわけには行かないからさ。ノブリス・オブリージュ［高い身分に伴う徳義上の義務］だよ」

「さあ、起きて着替えるのよ」

僕は聞き違えたのだと思った。

「起きて着替えるだって？」

「そうよ」

僕はぶつぶつ言いながら枕を背に起き上がった。そしてこのときジーヴスが生命の素のウーロン・ティーを持って部屋に入ってきた。僕はおぼれる者がムギワラ帽子にしがみつくみたいにそいつをわしづかみにした。深い息と共にそいつを二度ばかりすすって、僕はようやく――生き返ったとは言わない。ポンゴ・トウィッスルトンの誕生パーティーほどのパーティーは、お茶を一口飲んだくらいで生き返れるようなしろ物ではないのだ。だが僕に降りかかったこの恐ろしい災難に心を傾けられる程度には十分な、いつものバートラム・ウースター氏に戻ったのだった。

それで心を傾ければ傾けるほどに、僕にはこのシナリオの展開がつかめなくなった。

「何なのこれは、ダリア叔母さん？」僕は聞いた。

「お茶みたいに見えるけど」が、彼女の返事だった。「あんたが一番よくわかるでしょ、自分で飲んでるんだから」

癒しの一杯をこぼす心配さえなければ、僕は間違いなく我慢ならないという素振りをして見せていたはずだ。僕はじりじりして言った。

「このカップの中身のことじゃないよ。このこと全部の話だ。叔母さんが突然乱入してきて僕に起きて着替えろって言うことのわけだよ」

「乱入して来たわよ。そう言いたきゃ言いなさいな。なぜ乱入したかって言えば、電報をいくら送っても効果なしってわかったからよ。起きて着替えろって言ったのは、あんたに起きて着替えてもらいたいからよ。あんたを連れにきたの。来年来るとか何とか打電してよこすあんたの鉄面皮は気に入ってるんだけどね。今すぐきてもらうわよ。仕事があるの」

「僕は仕事なんかいらない」

「おバカさん。あんたが欲しいものと手に入るものはまったく別なのよ。ブリンクレイ・コートにはあんたが男としてやらなきゃならない仕事があるの。二十分以内にボタンをかけ終えること」

「だけど二十分じゃボタンひとつだってかけられやしないよ。気分が悪いんだ」

彼女は考えている様子だった。

「わかったわ」彼女は言った。「生き返るまでに一日か二日はやるのが人道的ってものかしらね。いいわ、じゃあ、三十日までに来なさい」

「だけど、何なのさこれはいったい？　仕事ってどういう意味さ？　何で仕事なんだい？　何の仕事なのさ？」

「あんたが一分黙っててくれれば話してあげる。簡単なこと。楽しい仕事よ。きっと気に入るわ。マーケット・スノッズベリー・グラマー・スクールの名は聞いたことあるかしら?」

「ない」

「マーケット・スノッズベリーにあるグラマー・スクールなんだけど」

その位は自分でもわかると、僕は叔母にやや冷ややかに言った。

「あんたみたいな頭の男がそんな易々と理解できるかどうかなんてわからないじゃないの」彼女は抗議した。「じゃあいいわ。マーケット・スノッズベリー・グラマー・スクールは、あんたにもわかったようにマーケット・スノッズベリーにあるグラマー・スクールよ。あたしは理事の一人なの」

「そこで教えてるってこと?」

「教師をしてるってわけじゃないの。いいからお聞き、バカ。イートン校には理事会があるでしょうに。それと同じよ。マーケット・スノッズベリー・グラマー・スクールにも理事会があって、あたしはそのメンバーってことなの。理事会はこの夏の表彰式をあたしに任せてくれたのよ。それでこの表彰式っていうのが今月の最終日っていうか三十一日にあるの。ここまではわかった?」

僕はもう一口生命の素をすすり、うなずいて見せた。いくらポンゴ・トウィッスルトンの誕生パーティーの後だって、これくらいの単純な事実は理解できる。

「うん、わかった。言いたいことは理解してるよ。マーケット……スノッズベリー……グラマー・スクール……理事会……表彰式……うん。でもそれが僕にどういう関係があるんだい?」

「あんたが表彰式をやるのよ」

僕は目を丸くした。彼女の言葉が意味をなしているとは思えなかった。帽子もかぶらず日向に座っていた叔母が口にするところの、無目的なヨタ話であるように思えた。

「僕が？」

「あんたがよ」

僕は再び目を丸くした。

「僕のことを言ってるんじゃないだろ？」

「あんたを名指して言ってるのよ」

僕は三度、目を丸くした。

「冗談でしょう」

「冗談なんか言ってないわよ。何が悲しくって冗談なんか言わなきゃいけないの。牧師が式を執り行うはずだったんだけど、家に着いたら手紙が届いててそいつがひづめを故障したっていうじゃないの。それで出走取り消しよ。あたしがどんな目にあったかはわかるわね。そこらじゅうに電話したの。引き受け手はなかったわ。それで突然あんたのことを思いついたってわけなの」

僕はこのとんでもないたわ言をはじめから確認することにした。バートラム・ウースターほど、愛する叔母の願いを聞いてやりたいと切望する者はいない。しかし、ものには限度があるのだ。またそのラインははっきりしている。

「それじゃあ叔母さんは僕がお宅のドスボーイズ・ホール［ディケンズの小説『ニコラス・ニックルビイ』に登場する学校。苛酷な寄宿学校生活の代名詞］で表彰式をやるって思ってるんだ」

「そうよ」

「それでスピーチをすると」

「そのとおりよ」

僕は声をあげて嘲笑した。

「ちょっと、お願いだからそんなうがいみたいながらがら声を出さないでちょうだい。あたしは真剣なのよ」

「僕は笑ってたんだ」

「あら、そうだったの。あんたがそんな陽気な気分でこの話を聞いてくれて嬉しいわ」

「嘲笑してたんだ」僕は説明した。「僕はやらない。これでしまいだ。僕はやらないから」

「あんたはやるのよ、バーティーちゃん。でなきゃ二度とうちに来ないで。どういう意味かはわかるわね。アナトールの料理はもう食べられないってことよ」

強烈な震撼が僕を襲った。彼女は至高の芸術家であるところの、彼女のシェフのことを言っているのだ。かの職業の王者、素材に手を加え、最終消費者の口中でとろけさせる業にかけて彼を凌ぐ者は——いや、並び立つ者すら——いないのだ。僕が舌をべろんと出してブリンクレイ・コートに通い続ける理由はアナトールの磁力の故だ。僕の最も幸福な時間の多くは、この偉大な男の拵えたローストとラグーをむしゃむしゃ頬張りながら過ごされている。将来これらを食する喜びを剝奪《はくだつ》されて過ごすという展望には、僕をして気を遠くならしむるものがあった。

「いやだ！　こん畜生！」

「ほうら、あんたが慌てふためくと思ったわ。がっついたコブタなんだから」

「がっついたコブタは関係ない」僕は少しばかり尊大に言った。「天才の料理の真価がわかるからってがっついたコブタってことにはならないだろ」

「そりゃ、あたしだって大好きだけど」と、この親戚は認めた。「だけどもしあんたがこの単純で、簡単で、気持ちのいい仕事をしないって言うなら、もう一口だって食べさせてやらないわ。匂いだってかがせてやるもんですか。わかったらそいつをあんたの三十センチの巻きタバコ用小パイプに入れて、吸い込んでおしまいなさい」

僕は何だかわなにかかった野生動物みたいな気持ちになってきた。

「でも、どうして僕なのさ？　つまり、僕が何だって言うの？　自分でよく考えてみてよ」

「いつだってよく考えてるわよ」

「つまり、僕はそういうタイプじゃないんだ。表彰式を執り行うにはものすごく鋭い頭がいるんだ。だんだん思い出してきたんだが、僕の学校時代には大体いつも総理大臣か誰かがやってたぞ」

「ああ、でもそれはイートン校のことでしょ。マーケット・スノッズベリーじゃそんなうるさいことは言わないのよ。スパッツさえはいてりゃ大丈夫なんだから」

「どうしてトム叔父さんに頼まないのさ？」

「トム叔父さんですって」

「どうして駄目なんだい、叔父さんだってスパッツをはいてるだろ？」

「バーティー」彼女は言った。「トム叔父さんじゃどうしてだめか教えてあげる。あたしがカンヌのバカラでお金を全部すっちゃったのは憶えてる？　これからトムのところにそうっと行って、この話を打ち明けなきゃならないのよ。そんなことのすぐ後に、ラヴェンダー色の手袋と帽子でマーケット・スノッズベリー・グラマー・スクールで表彰式をやってくれなんて頼んだら、離婚だわよ。針刺しに書置きをとめてウサギみたいに出てっちゃうわ。駄目よ、おバカさん。あんたがやるのよ。

うまいこと行くかもしれないじゃないの」

「だけどダリア叔母さん、理性の声に耳を傾けるんだ。僕じゃ絶対大間違いだよ、保証する。こういうゲームはまるでダメなんだ。女子校で演説したとき僕がどんな様子だったかジーヴスに聞いてくれよ。途轍もなくバカな真似をしたんだから」

「それであんたは今月の三十一日にも同じようにとんでもなくバカな真似をするって、あたしは自信をもって大予想してるわ。だからあんたがいいのよ。あたしの思うところじゃね、催しは大失敗で終わるだろうけど、それでもみんなずいぶん笑えるじゃないの。あんたが表彰式をやるのを見たらずいぶん面白いと思うわ、バーティー。じゃ、いつまでも邪魔しちゃいけないわね。スウェーデン式エクササイズがやりたいんでしょう。それじゃ、一、二日中に会えるわね」

これらの心無い言葉と共に、僕を陰鬱な情動の餌食にしたまま彼女は出て行った。ポンゴの誕生パーティー後の自然な反応と、この激しい打撃のせいで、僕の魂は無感覚になっていたと言っても過言ではない。

僕がまだどん底でもだえ苦しんでいる間に、ドアが開いてジーヴスが入ってきた。

「フィンク＝ノトル様がお越しでございます」と、彼は告げた。

5. 失意のメフィストフェレス

僕は彼をにらみつけた。

「ジーヴス」僕は言った。「君がこんなことをしてくれる男だとは思わなかったぞ。僕が昨夜遅くまで起きていたのは知っているだろう。僕がまだお茶をほとんど飲んでないことだって知っている。頭痛のする頭にダリア叔母さんのあの元気な声がどんなに響くか、君にわからないわけがないじゃないか。なのに今度はフィンク＝ノトルなんてものを連れてくるって言うんだ。そいつはフィンクの方か？　それとも別種のノトルか？」

「ですが、ご主人様はわたくしに、フィンク＝ノトル様に会って恋愛問題についてご助言をして差し上げたいとおっしゃっておいでていらしたではございませんか」

それを聞いて別方面の思考が働き始めた。感情的ストレスのため、ガッシーの件を僕が引き受けたのをきれいに忘れていた。依頼人を断るわけには行かない。つまり、シャーロック・ホームズは昨日の晩ワトソン博士の誕生パーティーで遅くまで騒いでいたからといって依頼人に会うのを拒んだりはしないだろう。あの男が僕に接近するにあたっては、もっと適当な時間を選んでもらいたいと思わないではないが、奴は人間のかたちをしたヒバリみたいな生きものだから、湿っぽい巣を夜明けと共に飛び立つんだろう。僕は奴の聞き手になってやるんだったのだ。

「そうだった」僕は言った。「よしわかった、通してくれ」

「かしこまりました、ご主人様」

「だがその前に、君の例のおめざをもって来てくれないか」

「かしこまりました」

そして今度は彼は例の生命の素をもって戻って来た。

ジーヴス特製のおめざと、二日酔いで糸一本で辛《から》くも命がつながっている男に対するその効果については前にも話す機会があったと思う。それが何でできているかは僕にはわからない。彼はある種のソースと生卵の黄身とコショウを一ふりだと言う。だがそれだけだとはとても信じられない。とはいえ何が入っていようと、そいつを飲んだ効果は驚くべきものだ。

おそらく半秒間は何も起きない。大自然が息をのんで待ち構えているかのようだ。それから突然、ラッパが鳴って最後の審判の日が特別厳しい具合に始まったみたいな調子になる。

全身の骨格のあらゆる箇所で大かがり火が燃え上がる。腹部はどろどろの溶岩で重く満たされる。世界中に大風が吹き渡り、摂取主体は蒸気ハンマーみたいなもので頭の後ろがガンガン叩かれるのを知覚する。この段階で、激しい耳鳴りと眼球の回転運動と頬の紅潮が起きる。

それから、今すぐ顧問弁護士に電話して、手遅れになる前に遺言はきちんとしているかどうか確かめなければと思うのと同時に、すべての状況が明瞭、清澄に見えてくるのだ。風は止み、耳鳴りは止み、小鳥は囀《さえず》り始める。ブラスバンドが演奏を始め、水平線から太陽が、ひょいと顔を出す。

一瞬の後、意識できるのは偉大な平和だけだ。

グラスを空けたところで、新たな生命の息吹が体内で芽吹き始めたようだ。ジーヴスという男は、そりゃあ服のことや恋愛問題の助言などについては時折出過ぎた真似をするが、いつだってうまい言いまわしをする。前に自己の死を踏み台に、より高次の存在へと進化する誰だったかの話をしていた［テニスンの詩「イン・メモリアム」一・一］。そいつはまさしく今の僕のことだ。枕にもたれていたバーティー・ウースター氏は、今やより優れ、より強く、より溌剌《はつらつ》たるバートラムに進化したのだ。

「ありがとう、ジーヴス」僕は言った。

「どういたしまして、ご主人様」

「みごとな効き目だったぞ。これで僕は人生の諸問題に立ち向かえる」

「そうお伺いして深甚に存じます、ご主人様」

「ダリア叔母さんと戦う前にこれを飲んでおかなかったのは失敗だった。まあそんなことを今更くよくよしても仕方ない。ガッシーの話をしてくれ。仮装舞踏会はどんな具合だったんだ？」

「あの方は仮装舞踏会にお着きになられませんでした」

僕はやや厳しい目で彼を見た。

「ジーヴス」僕は言った。「確かに君のおめざを飲んだ後だから僕の気分はずっとよくなってる。だからってあんまり僕を悩ませないでくれ。病の床についてる僕に向かってあんまりなたわ言はよしてくれ。僕らはガッシーをタクシーに放り込んで出発させたんだ。どこだか知らないがその仮装舞踏会の場所に向けてな。着かないわけがないだろう」

「いいえ、ご主人様。フィンク＝ノトル様からお伺いいたしましたところでは、タクシーにお乗りの際、ご招待のご宴席はサフォーク・スクエア十七番地で行われるものとご確信でいらしたところ、実際のご会合場所はノーフォーク・テラス七十一番地であったとのことでございました。かような記憶の錯乱は、フィンク＝ノトル様のような、本質的にいわゆる夢想家タイプに属する方には珍しいことではございません」

「いわゆるまぬけタイプだな」

「はい、ご主人様」

「それで？」

「サフォーク・スクエア十七番地にご到着になられたフィンク＝ノトル様は、タクシー代をお支払いになろうとされました」

「邪魔が入ったのか？」

「お金をお持ちでいらっしゃらなかったのでございます。あの方はご寄留中であられる伯父上様のご邸宅の、ご自分のご寝室のマントルピースの上に、招待状といっしょに置いて出ていらしたことにお気づきになられました。運転手を待たせてドアベルを鳴らし、現れた執事に舞踏会の招待客の一人だから心配することはない、とあの方はタクシー代の支払いをご依頼なさいました。ところが執事は当の屋敷での舞踏会の開催につき、否定をいたしたのでございます」

「それで財布の紐もゆるめてくれなかったのか」

「さようでございます」

「それじゃあ」

「フィンク＝ノトル様は運転手に伯父上様のお住まいに戻るようご指示をなさいました」

「なんだ。それじゃあハッピーエンドじゃないか。家に入って金と招待状を取ってくるだけだろう。

あとは大船に乗ったようなもんだ」

「先ほど申し上げるべきでございました。フィンク＝ノトル様はご自分の鍵も、ご寝室のマントルピースの上にお忘れになられたのでございます」

「ベルを鳴らせばいいじゃないか」

「お鳴らしになられました。十五分ほどにわたってでございます。その時点でようやく、管理人――そのお屋敷は公式には閉鎖中で使用人は休暇中でございます――に、ポーツマスで船乗りをしている息子を訪問する許可をおやりになったことを思い出されました」

「参ったな、ジーヴス」

「はい、ご主人様」

「この種の夢想家は実在するんだな」

「はい、ご主人様」

「それからどうしたんだ？」

「フィンク＝ノトル様はこの時点で、タクシー運転手との関係が困難きわまるものになったことにお気づきになられました。メーターの金額はすでにかなりの額に達しております。そしてあの方には義務を果たす術《すべ》がないのでございます」

「説明したってよかったろうが」

「タクシー運転手などというものに説明するのは不可能でございます。ご説明を試みられながら、あの方は運転手がお話の真正性に猜疑の念を抱いていることにお気づきになられました」

「逃げればいいじゃないか」

「フィンク＝ノトル様のおとりになったご方策もそれでございました。あの方が矢のように早くお走りになられますと、それを捕らえようと運転手はあの方のコートをつかんだのでございます。フィンク＝ノトル様は何とかお逃れになろうとコートをお脱ぎあそばされ、するとコートの下の仮装用コスチュームが現れました。それは運転手に少なからぬ衝撃を与えたようでございます。ヒューヒューというあえぎ声が聞こえ、振り向いてご覧になると運転手は手すりにかがみ込んで両手で顔を覆っていたと、フィンク＝ノトル様はわたくしにお話しくださいました。フィンク＝ノトル様は運転手は祈っていたとお考えでいらっしゃいます。無論教育のない、迷信深い男に相違ありません、ご主人様。酒を飲んでおりましたのやもしれません」

「まあ、もし飲んでなかったとしても、それからすぐ飲んだのは間違いないな。パブの開くのが待ち切れなかったろうなあ」

「まったくおおせのとおりと存じます。かような状況では気付け薬が必要と思ったに相違ありません」

「そういう状況じゃあ、ガッシーにだって必要だったろうな。それから一体どうしたんだ？　深夜のロンドンは――いや、白昼だってそうだが――真紅のタイツを履いた男がうろつくような場所じゃないぞ」

「おおせのとおりでございます、ご主人様」

「うわさの種だ」

「はい、ご主人様」

「あのかわいそうな男が横道にかがみ込んだり、路地裏にこそこそ隠れたり、ゴミ箱に突っ込むようすが目に浮かぶな」

「フィンク＝ノトル様からお伺いいたしましたところでは、事実もおおよそそれと遠からぬものであったようでございます。試練の夜もようよう明け、あの方はシッパリー様のお住まいにたどり着かれました。そちらでご宿泊場所を確保なされて、朝のお着替えもなさったそうでございます」

枕にゆるゆると身体を預けると、眉毛がやや引きつった。昔の学校友達にちょっと力を貸してやるのは大いに結構だが、ガッシーほど物事をめちゃくちゃにできるような大まぬけの大義を支援するがために、人間の食用には巨大すぎる契約をしょい込んでしまったと思わずにはいられなかった。ガッシーに必要なのは世間知にたけた男の助言ではなく、コルネイ・ハッチ［十九世紀中葉に建設されたロンドン郊外にある巨大な精神病院］の保護房と、奴が放火しないように見張っていてくれる何人かの優秀な看守であるように思えてきた。

　実際、一瞬この件から手を引いてジーヴスに任せようかという気に半分はなったのだ。だがウースター一族の誇りが僕にそれをさせなかった。我々ウースター家の者は鋤《すき》に手を掛けるときだって、やすやすと剣を鞘《さや》に収めはしないのだ。さらにまた、例のメスジャケットの件の後で、ちょっとでも弱みを見せるのは致命的である。

「ジーヴス、わかっていると思うが」当てこすりは嫌いだが、指摘すべき点は指摘しておかねばならない。「これはみんな君のせいだぞ」

「はっ？　ご主人様」

「〈はっ？　ご主人様〉なんて言っても駄目だ。君にはわかってるだろうが。君があの舞踏会に行くよう——キチガイじみた計画だ、僕ははじめからそう言ってた——強く勧めなかったら、こんなことにはならなかったんだ」

「はい、ご主人様、しかしわたくしにはかような次第は予想……」

「常にすべてを予想するんだ、ジーヴス」僕は断固たる口調で言った。「それしかない。ピエロの格好で行かせただけでも事態は少しはましだったかもしれないんだぞ。ピエロのコスチュームには、ポケットがついてるからな。だが」僕は少しやさしく言った。「今はこれ以上はもうよそう。真紅のタイツを履いて歩き回るとどういうことになるか、これで君がわかってくれるなら、収穫はあったことになる。ガッシーは一人で待ってるんだったな」

「はい、ご主人様」

「それじゃあ奴を呼んでくれ。何か力になれるかどうか考えてみよう」

6．バーティー乗り出す

現れたガッシーは、恐るべき体験の痕跡を依然とどめている様子だった。顔は青白く、目玉はスグリのよう。耳は萎《しお》れ、かまどの前を通ったら、炉の中に放り込まれてしまった男の症状〔『ダニエル書』三参照〕をすべて備えていた。僕は枕の上に身体を起こし、やっとの思いで奴をみつめた。今こそ救命処置が必要なときだと僕にはわかった。そして僕にはこの問題にとりくむ用意がある。

「ああ、ガッシー」

「ハロー、バーティー」

「ヤッホー」

「ヤッホー」

儀礼的挨拶は終了だ。デリケートな過去にそっとふれるべき時は来たと僕は感じた。

「なかなか大変だったそうだな」

「ああ」

「ジーヴスのせいでな」

「ジーヴスのせいじゃないよ」

「完全にジーヴスのせいだ」

「わからないなあ。財布と鍵を忘れたのは僕だよ――」

「もうジーヴスのことは忘れるんだ。なぜなら、お前には興味あることだと思うが、ガッシー」僕は言った。今すぐ現段階の状況を知らせるのが最善と考えてのことだ。「ジーヴスはこの問題から手を引く」

このせりふにうまいこと奴は引っかかった。あごはだらりと落ち、耳はますます弱々しく萎れた。奴は前から死んだ魚に似た男だったが、今やその魚はもっと死んでいた。去年死んだ魚だ。どこかの寂しい海岸に打ち上げられ、風と波のなすままにされた魚だ。

「なんだって！」

「そうなんだ」

「そりゃ、つまりジーヴスがこれから――」

「そうだ」

「なんてこった！」

僕は親切だが、決然たる態度で言った。

「彼の助けなんかないほうがましだぞ。あのひどい夜の恐ろしい体験から、ジーヴスには休息が必要だってわかるはずだ。どんなに鋭い思想家にだって、たまたま調子の悪いときはある。今のジーヴスがそれだ。何度かそういうことはあったんだ。コンディションが悪いんだ。プラグの炭素を抜いてやる必要がある。お前にはまったくショックだろうがな。今朝来たのは彼のアドバイスを聞きにだな？」

「無論そうだよ」

「何についてだ？」

「マデライン・バセットは田舎の友人のところに滞在に行ったんだよ。僕はどうしたらいいか聞きたかったんだ」

「そうか、だが今言ったようにジーヴスはこの件から降りた」

「だけど、バーティー、こん畜生！」

「ジーヴスは」僕はある種の厳しさをこめて言った。「もうこの件にはタッチしない。僕が一人で解決してやるよ」

「だけどいったい全体君に何ができるのさ？」

僕は憤懣をこらえた。だが我々ウースター家の者はフェアな心の持ち主だ。一晩中ロンドンを赤いタイツで練り歩いた男のことは、大目に見てやらないといけない。

「何ができるかは」僕は静かに言った。「これからご覧いただくさ。座れよ。相談しよう。僕にはごく簡単なことだと思えるんだ。彼女は田舎の友人を訪ねて行ったんだろ。だったらお前もそこへ行って、湿布薬みたいに彼女にくっついて歩かなきゃいけないのは明白だ。初歩だよ、ガッシー君」

「だけど、知らない他人がたくさんいるところに行って厄介になるなんて僕にはできないよ」

「その人たちを知らないのか？」

「知るわけがないだろう。僕は誰も知らないんだ」

僕は唇先をすぼめた。そうなるとことは少々面倒だ。

「僕が知ってるのは彼らの名前がトラヴァースで、そこがウースターシャーのブリンクレイ・コートって場所だってことだけなんだ」

僕はすぼめた唇を元に戻した。

「ガッシー」慈父のごとき笑顔で僕は言った。「バートラム・ウースターがこの件に着手して、今日はお前のラッキーデーだ。はじめからわかってたことだが、僕が全部うまくやってやる。今日の午後、お前はブリンクレイ・コートに出発だ。名誉ある客人としてな」

奴はムースみたいにふるふると震えた。僕が事態を牛耳《ぎゅうじ》るのを見るのは初心者にはスリリングな体験にちがいない。

「バ、バーティー、まさか君はこのトラヴァース一家を知ってるのかい?」

「僕のダリア叔母さんだ」

「なんと!」

「わかったろ」僕は指摘した。「僕が後ろ盾についてておお前がどんなに幸運か。ジーヴスのところに行ったって彼が何をしてくれる? お前に赤いタイツを履かせて今まで僕が見た中で一番バカみたいな付けひげをさせて、仮装舞踏会に送り込むだけだ。結果はどうだ。精神の苦悶だけだ。進展はなし。だから僕が引き継いでお前に正しい道を歩かせてやる。ジーヴスがお前をブリンクレイ・コートにやれるか? 無理だ。ダリア叔母さんは彼の叔母さんじゃないからな。まあ、自慢するつもりはないんだが」

「バーティー、本当に、何て感謝していいかわからないよ」

「友達じゃないか!」

「だけど」

「今度は何だ？」

「むこうに着いたらどうすればいいかなあ？」

「ブリンクレイ・コートを知ってればそんな質問はしないはずだ。あのロマンティックな場所なら失敗のしようがない。歴史上の偉大な恋人たちはみんな予備儀式の準備をブリンクレイで整えたんだ。あの場所はとにかくいやになるくらいムードたっぷりなんだ。お前は木蔭の小径を彼女とそぞろ歩けるぞ。木蔭の芝生に腰を下ろすこともできる。彼女と湖でボートだって漕げる。そのうち次第に二人の感情は高まってついには——」

「すごい！　君の言うことは正しいな」

「無論正しいさ。僕はブリンクレイで三回も婚約したんだ。結婚には至らなかったが事実は残ってる。出かけるときはよもやそんな優しき情熱に身を委ねようとは思ってもいなかったんだ。誰かにプロポーズしようなんて思いもしなかった。だが、いったんあのロマンティックな環境に足を踏み入れてしまうと、いつだって一番手近な女の子に近づいて、僕の魂をその子の前に投げ出してるんだ。空気の中に何かあるんだと思う」

「君の言いたいことはよくわかったよ。僕がしたいのはまさにそれなんだ——そうできたらいいんだけれど、ロンドンじゃ——まったく何て場所だ！——何だってせわしなくてチャンスがつかめやしないんだ」

「そのとおりだ。女の子と二人っきりで会えるのは一日五分。妻になって欲しいと頼みたきゃ、メリー・ゴー・ラウンドの上で金の指輪をつかもうとするみたいに突撃しなきゃならない」

「そうなんだ。ロンドンは人をびくつかせるんだよ。僕は田舎に行ったらまるでちがった人間になってみせるぞ。このトラヴァースって女性が君の叔母さんだっていうことになるなんて、何て運がいいんだろう」

「叔母さんだっていうことになるとはどういう意味だ？　彼女はずっと僕の叔母さんだぞ」

「つまりさ、マデラインが滞在しに行くのが君の叔母さんの家だなんて、何てとんでもなく驚いたことかってことだよ」

「全然驚いたことじゃない。彼女と僕の従姉妹のアンジェラは親友なんだ。カンヌでは彼女は四六時中僕らといっしょだったんだ」

「えっ、君はマデラインとカンヌで会ったのかい？　なんてこった、バーティー」哀れなトカゲは熱を込めて言った。「僕もカンヌで彼女に会いたかったなあ。ビーチ・パジャマを着た彼女はどんなにか素敵だったろうなあ！　なあ、バーティー」

「そのとおりだ」僕は少しつっけんどんに言った。ジーヴスの海底爆弾によって回復を遂げていたとはいえ、きつかった夜の翌朝の仕事としてはもう十分だ。僕はベルを押し、現れたジーヴスに、電信用紙と鉛筆を持ってくるように言った。それからダリア叔母さんに言葉を尽くして電文を書き、友人のオーガスタス・フィンク＝ノトル氏が今日ブリンクレイに彼女のもてなしに与りに行くと知らせて、それをガッシーに手渡した。

「一番最初に見つけた郵便局でこいつを出すんだ」僕は言った。「叔母さんが帰る前に着くはずだ」

ガッシーは電報をばたばたふり、電信用紙をジョーン・クロウフォードのクローズアップ写真みたいに見ながら飛び出して行った。それから僕はジーヴスに向き直って作戦の詳細を告げた。

「単純だろ、ジーヴス。巧緻すぎない」

「はい、ご主人様」

「もってまわったやり方はなしだ。無理も奇ッ怪もなしだ。自然療法だけだ」

「はい、ご主人様」

「攻撃は、かくあらねばならぬの見本だ。異性同士が孤立した場所に親密なかたちで閉じ込められて、毎日会ってずいぶんいっしょにいることを何と言ったかな?」

「〈近接〉でございましょうか?」

「それだ。僕は近接に全部賭けるぞ、ジーヴス。僕の考えじゃ近接が一番効くな。今のところは、君も知ってのとおり、ガッシーは彼女の前じゃゼリー状態だ。だが一、二週間したら奴にどう思うか尋ねてみろよ。奴と彼女が毎朝毎朝、朝食のテーブルで同じ皿からソーセージをよそい続けた後でさ。同じハムを切り、キドニー・アンド・ベーコンをお玉ですくって——いかん!——」

僕は突然話を中断した。思いついたことがあったのだ。

「いかん、ジーヴス!」

「はっ?」

「何でも考えなきゃならないっていう例がこれだ。今、僕がソーセージとキドニー・アンド・ベーコンとハムについて話すのを聞いたな?」

「はい、ご主人様」

「そんなものは全部なしだ。致命的だ。全部駄目だ。その電信用紙と鉛筆を貸してくれ。急いでガッシーに警告してやらないといけない。奴がしなきゃならないのは、彼女を恋い慕う気持ちでやせ細ってるって印象を彼女に与えることだった。ソーセージをがつがつ食ってちゃそうはいかん」

「おおせのとおりでございます」

「よし、わかった。じゃあ」用紙と鉛筆をとって、僕は次のように書いた。

《フィンク゠ノトル様
ブリンクレイ・コート
マーケット・スノッズベリー
ウースターシャー
ソーセージはやめておけ。ハムも避けること。
バーティー》

「これを送ってくれ、ジーヴス。今すぐにだ」

「かしこまりました、ご主人様」

僕はまた枕に身を預けた。

「なあ、ジーヴス」僕は言った。「僕のやり方を見たろ。僕がこの件をしっかり掌握してるのを見ただろう。今や間違いなく僕の方法を学んだほうが君のためになるってことがわかったろう」

「はい、間違いございません」

「今でさえ君はこの僕のとてつもない賢明さの真価を理解してるわけじゃないんだ。ダリア叔母さんが今朝来たのはどうしてかわかるかい？　彼女が理事をやっているマーケット・スノッズベリーのどうでもいいような学校で、表彰式をやらなきゃならないって言いに来たんだ」

「さようでございますか？　残念ながらご趣味にかなったお仕事とは思えませんが」

「ああ。だからそれはやらないことにする。こいつをガッシーに押しつけようと思うんだ」

「はい？」

「ジーヴス、ダリア叔母さんに僕は行けないって電報を打つんだ。それで僕の代わりにガッシーを叔母さんちの少年院の在院者にけしかけてやればいいって提案しとくんだ」

「ですが、もしフィンク゠ノトル様がお断りあそばされたらいかがなさいます？」

「断るだって？　奴が断るとでも思うのか？　いいか、心の中にこういうふうに思い描いてみるんだ。シーン、ブリンクレイの居間‥ガッシーが隅に追い詰められている。ダリア叔母さんは奴を見下ろして立ちはだかって狩の音をさせている。これだ、ジーヴス。奴に断れると思うのか？」

「容易なことではございません、ご主人様。おおせのとおりでございます。トラヴァース夫人は強烈なお人柄のお方でいらっしゃいます」

「奴に断れるわけがないんだ。奴にできるのは逃げることだけだ。だが奴は逃げられない。バセット嬢といっしょにいたいんだからな。奴はスタートラインに立つしかない。それで僕は魂の震え上がるような仕事から解放されるんだ。演台に上がって短い男らしいスピーチをたくさんの薄汚いガキどもにして聞かせるだって！　助かったな、ジーヴス。一度そんなことをやったことがあったな、どうだ？　女子校のことは憶えているか？」

「きわめて鮮明に記憶いたしております」

「本当にバカな真似をしたもんだったな」

「確かにあなた様の最善のお姿とは申せませんでした」
「君のダイナミック・スペシャルをもう一杯もらいたいな、ジーヴス。辛うじて逃げおおせたと思ったら、気が遠くなってきた」
ダリア叔母さんがブリンクレイに着くのに三時間はかかったにちがいない。昼食をゆうに過ぎるまで電報は来なかったからだ。そいつは僕の電報を読んでから二分ほどした後の、白熱した激情の奔流のうちに書かれたものだと僕は理解した。
それは以下のとおりだった。

《アホの甥っ子を絞め殺すのが法律上殺人に該るかどうか弁護士に聞いているところよ。用心なさい。あんたの行為は受忍限度を越えてるわ。一体あんたのどうしようもない友達を何だってあたしに押しつけるの？　ブリンクレイ・コートを隔離病院だとでも思ってるの？　スピンク＝ボトルって一体誰よ？

愛を込めて　トラヴァース》

僕としてはこういう反応は予想の範囲内だった。僕は節度ある調子で返事を書いた。

《ボトルじゃなくてノトルだ。敬具　バーティー》

先の魂の叫びを送信してからすぐ、ガッシーが到着したにちがいない。二十分もしないうちに以下のような電報を受け取ったからだ。

《君の署名つき暗号電報受け取った。「ソーセージはやめておけ。ハムも避けること」とある。解読キーをすぐ送れ。フィンク＝ノトル》

僕は返事を書いた。

《キドニーもだ。チェーリオ！　バーティー》

女主人に好印象を与えられるかどうかはすべてガッシーにかかっていた。奴が小心で従順で、ティーカップを手渡し、薄いパンにバターを塗って勧めてくれるイエスマンで、まさしくダリア叔母さんが一目ぼれするようなタイプだという事実に信頼を置いたのだ。僕の目にくるいはなかったことは次の電信で明らかになった。嬉しいことにそれは目に見えて高濃度に、人間的優しさの甘露を含有していた。

以下のとおりだ。

《ええ、あんたのお友達が到着したわ。あんたの友達にしちゃ思ってたよりも下等人間じゃないって言わなきゃならないわね。目がちょっととび出たクンクンいう仔ヒツジちゃんね。でも総体的には清潔で礼儀正しいわ。イモリの知識なんてたいしたものよ。近隣の人を集めて彼に何回か講義をしてもらおうって考えてるところよ。だけどうちを夏のホテルリゾート扱いしてくれたあんたの神経は気に入ったわ。この問題についてはあんたが来てから言いたいことが沢山ありますからね。三十日に待つ。スパッツをもって来ること。愛を込めて　トラヴァース》

これに僕は次のような切り返しをした。

《スケジュール帳を確認したところブリンクレイ・コートに行かれないこと判明。まことに遺憾。ピッピー　バーティー》

彼女の返事は陰険だった。

《あら、そうなの。スケジュール帳がね。フン。まことに遺憾、まさかね。あんたこっちに来ないともっと遺憾な思いをすることになるわよ。表彰式から逃げられると一瞬でも思ったら大間違いだわ。ブリンクレイ・コートがロンドンから百五十キロも離れててあんたの頭をレンガでぶちのめしてやれなくて、まことに遺憾。愛を込めて　トラヴァース》

それから僕はのるかそるかの運試しに出た。経済がどうのこうの言っていられない。かかりは度外視し、思い切っていくことにした。

《駄目だ。だけど聞いてよ。正直なところ僕なんかじゃ駄目だろう。フィンク＝ノトルを表彰式に使え。生まれながらの表彰式男だ。信用していい。祝祭の大名人オーガスタス・フィンク＝ノトルは三十一日にまちがいなく感動の嵐を巻き起こすだろう。乞うご期待。二度とはないこのチャンスをお見逃しなく。チャンチャン　バーティー》

一時間の息をのむ緊張の後、よろこばしい知らせが届いた。

《そうね、わかったわ。あんたの言うことにも一理あるかもしれないわね。あんたは裏切り者のイモ虫、卑劣でいくじなしで臆病者のカスタード男だけど、スピンク＝ボトルさんを送ってくれたものね。じゃあそこに居なさい。バスにでも轢かれればいいわ。愛を込めて　トラヴァース》

ご想像のとおり、安堵の思いは圧倒的だった。僕の胸から巨大な重石《おもし》が転がり落ちたような気がした。まるでジーヴスのおめざを身体に煙突で流し込んだような気分だ。ディナー服に着替えながら僕は歌った。ドローンズでは僕があんまり陽気で調子づいていたもので苦情が出たくらいだ。帰宅してなつかしのベッドに横たわると、僕はシーツの間に身体を押し込んで、幼い子供のようにものの五分で寝入ってしまった。いまや悩みはすべて完全に解決したように思えた。

したがって翌朝目が覚め、座りなおしてモーニングカップを傾けていたとき、トレイにまた電報が載っているのを見たときの僕の驚愕は如何《いか》ばかりであったことだろう。

僕の気持は沈んだ。ダリア叔母さんは寝て起きたらまた心変わりしたんだろうか。それとも試練を前に怖気《おじけ》づいたガッシーが送水管をつたって夜中に逃げ出したのか？　これらの思案をめぐらせながら僕は封筒の口を破った。内容を見て僕は驚きのあまりキャッと声をあげた。

「ご主人様？」ジーヴスがドアのところで立ち止まって言った。

僕はもう一度読み返した。よし、要点はわかった。駄目だ、僕は本質を誤ってはいなかった。

「ジーヴス」僕は言った。「何だかわかるか？」

「いいえ、ご主人様」

「従姉妹のアンジェラは知ってるな？」

「はい、ご主人様」

「タッピー・グロソップは知ってるな？」

「はい、ご主人様」

「二人が婚約を解消したそうだ」

「そう伺ってまことに遺憾に存じます」

「ダリア叔母さんが言ってよこしたんだ。特にこれだけをな。いったい全体どうしたことかな？」

「わかりかねます、ご主人様」

「無論君にわかるわけがないだろう。バカを言うな、ジーヴス」

「はい、ご主人様」

僕はじっと考え込んだ。強く心動かされていた。

「うむ、そうなると今日はブリンクレイ・コートに行かなきゃならないな。ダリア叔母さんは明らかに動転してるから、僕がそばにいてやらなきゃならない。朝のうちに荷物をまとめてくれ。荷物を持って十二時四十五分の汽車に乗るんだ。僕は昼食の約束があるから、車で行こう」

「かしこまりました、ご主人様」

僕はまた考え込んだ。

「これは僕にとって大きな衝撃なんだ、ジーヴス」

「さだめしさようでございましょう」

「あまりにも大きな衝撃だ。アンジェラとタッピーが……チェッ！　奴らは壁紙みたいにぴったりくっついてたんだぞ。人生は悲しみだらけだ。な、ジーヴス」

「はい、ご主人様」

「しかし、事実は事実だ」

「無論でございます」

「よしきた、ホーだな。風呂の用意をしてくれ」

「かしこまりました」

7. ブリンクレイ・コート

その日の午後、二人乗りの車でブリンクレイに向かう途中、僕はずいぶんあれこれ考えた。アンジェラとタッピーの仲たがい、断絶というこのニュースは、僕の心をかき乱した。

この二人の婚約を、僕はいつも優しく応援しながら見守ってきたのだ。自分の知り合い同士が結婚しようというときには、眉をひそめて下唇を不審げに嚙みしめ、手遅れになる前に彼ないし彼女、あるいはその双方に警告をしてやらなきゃいけないと感じるのがあまりにも普通である。

だがタッピーとアンジェラの場合、そんなことはまったく感じなかった。タッピーは馬鹿なこともするがまっとうな男だ。アンジェラもまっとうな女性だ。少なくとも二人の恋愛に関する限り、彼らのことを二つの心臓が一つに鼓動する、と言い表してもあながち過言ではなかったはずだ。

たしかに二人の間にちょっとしたいさかいはあった。タッピーがアンジェラに——奴はそれを恐れを知らぬ正直さと言い、僕はそいつをとんまだと思った——新しい帽子をかぶるとペキネーズ犬みたいに見えると言ったときは、とりわけそうだった。しかしあらゆるロマンスに時折の騒ぎは付き物である。だがその一件で奴はずいぶん勉強したみたいだし、それからの二人の人生は一曲の華々しい賛歌であったはずだ。

こうした外交関係の予期せぬ深刻化は、まさに青天の霹靂《へきれき》だった。

僕はウースター家の頭脳の精華をしぼってこの件について考えた。だがどうして突然そんな敵意が発生し得たものか、どうしてもわからなかった。一刻も早くダリア叔母さんの許に到着し、直接馬の口から内部情報を聞きたいものだと僕はせっせとアクセルを踏み続けた。六気筒エンジンが冴え渡り、快調にとばしたお陰で、夜のカクテルの時間の少し前に、この親戚と密談の時間をもてたのだった。

彼女は僕に会えて喜んでくれたようだった。実際、彼女は会えて嬉しいわとさえ言ったのだ。そのような言明を他の伯母たちはあえて口にはしない。バートラム氏が滞在にご到着、という場面での僕のもっとも愛する親戚たちの反応は、不気味な怪談だと言いたげに僕を見ることなのが普通だ。

「来てくれてほんとに嬉しいわ、バーティー」彼女は言った。

「僕の居場所は貴女のおそばですよ」僕は返した。

一目でこの不幸な出来事が彼女の中に動かしがたく位置どっていることがわかった。いつも朗らかな額《ひたい》は曇り、優しい微笑みは失われたことによってかえってその存在を際立たせていた。僕は同情を込めて彼女の手を握り、彼女のために僕の心臓も血を流していることを伝えた。

「大変でしたね、叔母さん」僕は言った。「厄介なことですね。ご心配でしょう」

彼女は情感を込めて鼻を鳴らした。悪い牡蠣《かき》を口に入れてしまった叔母みたいに見えた。

「心配って、そのとおりよ。カンヌから帰ってから一瞬だって心休まるときはありゃしないわ。このいまいましい家の敷居をまたいでからっていうものね」ひとまず陽気な狩場の符牒に戻ってダリア叔母さんは言った。「完全にめちゃくちゃよ。まずあの表彰式の件についてひと騒ぎあったでしょ」

ここで彼女は話を中断し、僕に睨《にら》みをくれた。「この一件でのあんたの行動については、言わせてもらいたいことが山ほどあるんだけど、バーティー」彼女は言った。「いっぱい仕込んであるのよ。だけど、こんな風に駆けつけてくれたんだから、許してやらないとね。それにあんたが卑怯なやり方で放り出した責務のことだけど、かえって良かったかもしれないわ。あんたのよこしたスピンク＝ボトルさんで大丈夫って気がするのよ。イモリのことさえ話さなきゃね」

「奴はイモリの話をしてるの？」

「してるわよ。キラキラ輝く目であたしを釘付けにしてね、老水夫［コールリッジの詩「老水夫行」］みたいだったわよ。まあ、それだけだったらあたしも我慢するんだけど。彼が話し出したらトムが何て言うか、あたしはそれを心配してるの」

「トム叔父さんが？」

「トム叔父さん［アンクル・トム］の他に何か呼び方はないものかしらね」ダリア叔母さんはちょっといらだたしげに言った。「あんたがそう呼ぶたびに、トムが黒くなってバンジョーを弾き始めるみたいな気がするのよ。そうよ、トム叔父さんよ。あんたがそう呼びたきゃそう言いなさいよ。あたしはあの人にバカラでお金をみんなすっちゃったって話をすぐにしなきゃいけないんだから。それを聞いたらあの人はロケットみたいに飛び上がるにちがいないわ」

「だけどさ、時は偉大な癒し手だよ」

「時は偉大な癒し手が聞いてあきれるわ。遅くも八月三日までに、『ミレディス・ブドワール』のためにあの人から五〇〇ポンド引っぱり出さなきゃならないのよ」

それは困った。叔母の発行する洗練された週刊誌に甥が関心を持つのは当然だが、それだけではない。「お洒落な男性は今何を着ているか」について一文を寄稿して以来というもの、『ミレディス・ブドワール』誌は僕の弱点なのだ。確かに感傷的かもしれない。だが我々ジャーナリストとは、そうした感情を持つものなのだ。

「『ブドワール』が大変なの？」

「トムがうんと言ってくれなきゃ大変なことになるわ。峠を越すまでは大変よ」

「だって峠は二年前にあったじゃないか？」

「前も峠だし、今も峠よ。週刊女性誌を発行する身になってみなきゃ、峠って意味がわかりゃしないわよ」

「それで叔父さんの急所に切り込める可能性はごくわずかだって思うの？」

「ねえ、バーティー、お聞き。今の今まで、この種の交付金が必要なときはいつだってね、あたしは甘い父親にチョコレートクリームをねだる一人娘みたいな、陽気な自信にあふれた精神でトムのところに行けたの。でもね、ちょうど税務署から請求が来て、もう五八ポンド一三ペンス追加で支払えって言ってよこしたところなの。あたしが帰ってからあの人が言うことといったら、破滅と社会主義立法の不吉な動向とあたしたちがこれからどうなるかってことばっかりよ」

それには容易に得心がいった。トム叔父さんは大金持ちの男によく見られる特性を備えている。すなわち、わずかな額の金を巻き上げようとすると、地の果てまでもとどろくようなギャーギャー声で不平を言うのだ。たんまり溜め込んでいるくせに、そいつをあきらめるのは嫌いなのだ。

「アナトールの料理がなかったら、もっと大騒ぎしたとこだわ。アナトールのために神に感謝よ」

僕もうやうやしく頭《こうべ》を垂れた。

「素晴らしきアナトール」僕は言った。

「アーメン」ダリア叔母さんは言った。

アナトールの料理に思いをはせるときに、常に訪れる宗教的法悦の表情はすぐに彼女の顔から消え去った。

「だけど肝心の話をそらさないで」彼女は再び始めた。「話してたのは、帰ってからずっと地獄の底も鳴動してるってことよ。最初が表彰式、それからトム、そして何よりもこのアンジェラとタッピーの地獄じみたいさかいよ」

僕は厳粛な顔でうなずいた。

「それを聞いて恐ろしく残念に思ってるよ。とんでもない衝撃だ。けんかの理由は何だい？」

「サメよ」

「はあっ？」

「サメよ。たった一匹のサメよ。あのかわいそうな子がカンヌでアクアプレーンしてるときに現れたあのけだものよ。アンジェラのサメのことは憶えてるわね？」

無論憶えている。思慮のある男だったら従姉妹が深海の怪物にもう少しで食われるところだったのを忘れはしない。そのエピソードはまだ僕の記憶の中で青々としていた〔『ハムレット』第一幕第二場〕。

要するに、起こったのはこういうことだ……アクアプレーンはご存じだろう。モーターボートが前を走って、ロープを引くのだ。ボードの上に立ってロープを持てばボートが引っ張ってくれる。ロープを統御できなくなって海中に落っこちたら、ボードまで泳がなければいけない。

まったくバカバカしい遊びだと僕はいつも思うが、愉快だと考える人は多い。

問題の事件においては、アンジェラが海に落っこちてボードによじ登ったとき、大型の恐るべきサメがやってきてそいつに飛びかかり、またもや彼女を塩水に投げ入れたのだ。再びよじ登ってモーターボートの男に何が起こっているかを理解させ、船に引き上げて安全を確保してもらうまでにはだいぶ時間がかかった。その間の彼女の当惑は容易にご想像いただけるだろう。

アンジェラによると、そのヒレのある生き物は、ほぼ休みなく彼女のくるぶしをかじっていたそうだ。それで助けが到着するまで、彼女は人間というよりは公開ディナーの塩つきアーモンドになったみたいな気持ちだったということだ。あのかわいそうな娘はすっかり怯《おび》えて、それから何週間も他の話をしなかったのを思い出す。

「あの事件なら全部よく憶えてるよ」僕は言った。「でもどうしてそれがけんかの種になるのさ?」

「あの子は昨晩彼にその話をしたのよ」

「それで?」

「あの子の目は輝き、あの子の小さな手は娘らしい興奮でしっかり握りしめられて」

「そうだろう」

「ところが当然与えられるべき理解と同情の代わりに、あのバカなグロソップがどうしたと思って? 練り粉のかたまりみたいに座って聞いてただけなの。まるで天気の話でも聞いてるみたいによ。それであの子が話し終えたら、口から紙巻タバコ用のパイプをとり出して、こう言ったのよ。〈そりゃあただの流木だったたんじゃないか?〉って!」

「まさか!」

「本当よ。それでアンジェラが、そいつがどうジャンプしたり嚙み付いたりしてきたかを説明したらね、彼はまた口からタバコ用パイプをとり出して、こう言ったの。〈ああ、多分ヒラメだな。まったく無害だ。遊んでたにちがいないよ〉ねえ、つまりよ、あんたがアンジェラだったらどうしてた？　あの子にはプライドも、感受性も、善き女性が備えてるありとあらゆる感情があるのよ。あの子は彼に言ったわ、あんたは最低でバカでまぬけで自分が何を言ってるかわかってないってね」

従姉妹の見解はよく理解できると言わねばならない。あれほどセンセーショナルな出来事は一生に一度あるかどうかだ。そういうことがあったら、人はそいつの真実味を貶《おとし》められるのを嫌うものだ。昔、学校で、オセロとかいう男が人食い人種の間でどんなに大変な目にあったか女の子に話したときの話を読まされたことがある。想像してみて欲しい。人食い人種の親玉との特別やっかいなやりとりの話をして、感嘆に満ちた「それ、本当なの？」を待ち構えていたところに、彼女がその話は間違いなく破廉恥なくらいに誇張されていて、その男は地元で有名なベジタリアンにちがいないと言ったら、彼の気持ちはどんなものか。

うん、僕にはアンジェラの気持ちがよくわかる。

「だけど彼女がカンカンだってわかっても奴が自分の非を認めなかったなんてことはないだろう？」

「認めなかったのよ。強弁したの。売り言葉に買い言葉で、とうとうあの子が、あんたは自分で気がついてるかどうか知らないけど、このまま澱粉質の食べ物をやめないで毎朝体操しないでいたら、ブタみたいにデブになっちゃうわよって言って、彼は彼でいまどきの娘が顔にそんなふうに化粧するのはかねがね気に入らないって思ってたって言うところまで行くのは簡単だったわ。そんな調子がしばらく続いて、それから爆発音がして、やがてあたり一面にあの子達のバラバラになった婚約のかけらがひらひら舞ってたわ。あたしもう取り乱しちゃって。ありがと、来てくれて、バーティー」

「来ないわけがないじゃないか」僕は答えた。感動していた。「僕が必要かなって思ったんだ」

「そうよ」

「よかった」

「ああ、どちらかと言うと」彼女は言った。「あんたじゃないわ、もちろん。ジーヴスの方よ。この事件の間じゅう、あたしはジーヴスのことを考えてたの。この状況は明らかにジーヴスを求めてるわ。人類の歴史に、あの大きな脳みそが家庭で必要とされる瞬間がもしあるとしたら、それは今だわ」

僕は思う。もし立っていたらよろめいていたところだ。実際、絶対にそうだったと思う。だが人はアームチェアに腰掛けているとき容易によろめけるものではない。したがって、この言葉に僕がどれだけ傷ついたかを示すのは僕の表情だけだった。

彼女のその言葉まで、僕の心は優しさと明るさにあふれていた――同情心あふれる甥が全身全霊を捧げて叔母のために尽くそうとしていたのだ。今や僕は凍りつき、表情は固くこわばった。

「ジーヴス！」歯を食いしばって僕は言った。

「カゼひかないでね」ダリア叔母さんは言った。

僕は彼女が勘違いしているのに気がついた。

「くしゃみをしてたんじゃないんだ。ジーヴス！って言ったんだよ」

「言って当然だわ。何て素晴らしい男でしょうね！　全部彼に任せるつもりよ。ジーヴスみたいな人はいないものね」

僕の冷淡さはますます顕著になった。

「あえて問題点をあげさせてもらうけどね、ダリア叔母さん」

「あえて何をあげるんだって？」

「問題点だよ」

「あら、そう。どうぞ」

「強く言わせてもらう。ジーヴスは駄目だ」

「何ですって？」

「まるで駄目だ。完全にコンディションが悪いんだ。ほんの数日前、彼があんまりバカなやり方をするんである事件から降ろしたくらいだ。それにとにかく、僕はこの前提に反論する。もし前提って言葉が正しければだけど。つまり、脳みそがあるのはジーヴスだけだって前提だ。誰も彼も僕に相談もなく、僕に先にやらせないで何でもジーヴスに任せるのに僕は反対してるんだ」

彼女は何か言いたげだったが、僕は身振りでそれを制した。

「確かに過去にときどき僕はジーヴスの助言に耳を傾けてきた。将来また助言を必要とするときも来るかもしれない。だけど僕にはこれらの問題を自分でやってみる権利があると思うんだ。それが起こったときに、僕が直接に、ジーヴスだけがハヤシライスの中のただ一つのタマネギだみたいにみんなして振舞うことなしにさ。ジーヴスは、そりゃあ確かに過去に成功を収めてきてはいるけど、才能があるっていうよりはラッキーだったにすぎないって僕はときどき思うんだ」

「あんたジーヴスとけんかしたの？」

「そんなことじゃない」

「あんたジーヴスに含むところがあるみたいだけど」

「ちがうよ」

しかし僕は、彼女の言ったことに一抹《いちまつ》の真実があったことを認めなければならない。なぜかを説明をしよう。

ジーヴスが十二時四十五分の汽車に荷物といっしょに乗り込み、一方僕は昼食の約束のため残ったことをご記憶でいらっしゃるだろう。約束の場所に出かける直前、僕はフラットの中をうろついていた。そして、突然——どうして僕の頭に疑念が湧いたのかはわからない。おそらく彼の様子にうさんくさいところがあったのだろう——何かが僕にささやきかけ、行ってワードローブの中を見ろと言ったのだ。

睨《にら》んだとおりだった。メスジャケットがハンガーにかかったままだ。あいつはこれを荷物に入れなかったのだ。

ドローンズのメンバーならみんな知っていることだが、バートラム・ウースターに戦術で勝つのはきわめて困難なことだ。僕はそいつを茶色の紙袋に押し込んで、車の後ろに入れた。今それはホールの椅子の上にある。だがジーヴスが僕に汚い手を仕掛けようとしたという事実は変わらない。それで先ほどの会話の間、僕の態度の端々に、一定量の何かしらが入り込んで来たんだと思う。

「仲たがいしたわけじゃない」僕は言った。「一過性の冷気ってやつさ、それ以上じゃない。たまたま僕の金ボタンのついたメスジャケットのことで見解の相違があるってだけで、僕が自分の人格を強く主張せざるを得なかったんだ。だが——」

「そんなことどうでもいいわ。肝心なのはあんたがつまらないたわ言をしゃべってるってことよ。バカね。ジーヴスのコンディションが悪いですって？　馬鹿馬鹿しい。彼がこっちに着いた時ちょっと会ったけど、彼の目は絶対的に知性で輝いてたわよ。あたしは〈たのむぞ、ジーヴス〉って自分に言ったし、そうするつもりよ」

「ダリア叔母さん、僕に何ができるか証明してやる。そっちのほうがずっといいよ」

「お願いだからでしゃばらないでちょうだい。あんたは事態をもっと悪くするだけなんだから」

「ところが逆なんだな。ここへドライブしてくる間に、アンジェラの問題について熟考した上でうまい計画を立てたんだ。個々人の心理学に基づいた計画をね。そいつを早いこと実行に移そうと思ってるんだ」

「まあ、なんてこと！」

「僕の人間本性に関する知識が、こいつはうまく行くって言ってる」

「バーティー」ダリア叔母さんは熱に浮かされたみたいに言った。「やめなさい。やめなさい。後生《ごしょう》だからやめてちょうだい！　あんたの計画がどんなもんかはわかってるわ。どうせアンジェラを湖に突き落としてグロソップにあの子の命を救いに行かせるんでしょ。でなくたって似たようなもんでしょうが」

「まったくちがうよ」

「あんたがするのはそんなとこよ」

「僕の計画はもっと繊細なんだ。大枠を説明しようか？」

「しないで、結構よ」

「じゃあひとり言を言う」

「あたしに聞こえないようにね」

「一秒だけ聞いてよ」

「いやよ」

「よしきた、ホーだ。わかった、僕は間抜けだよ」

「子供のときからそうだったわ」

　これ以上話しても得るところはないと感じた。僕は手を振って肩をすくめた。

「たいへん結構だ、ダリア叔母さん」僕は威厳をもって言った。「貴女が第一歩を踏み出したくないって言うなら、それは貴女の問題だ。だけど知的なご褒美はもらえないってことだ。聖書に出てくる耳の聞こえないコブラ〔『詩編』五八・五〕みたいに貴女が振舞ったとしても、無論知ってると思うけど、笛を吹けば吹くほど踊らないんだ〔『マタイによる福音書』七、『ルカによる福音書』十一を参照〕。言葉は違ってるかもしれないけど、そういう意味のことだよ。僕は計画どおりにことを進める。僕はものすごくアンジェラが好きだからね、あの子の胸に再び太陽の光を取り戻すためなら、どんな努力も惜しまないつもりだ」

「バーティー、あんたは底なしのバカね。もう一度お願いするわ。後生だからやめてちょうだいな。あんたは事態を今より十倍悪化させるだけに決まってるんだから」

　歴史小説か何かでこんな男の話を読んだことがある――そいつはきっと若いギャングとか、そうでなきゃ伊達《だて》男とかその手の男だったんだろう――そいつは人が間違ったことを言うと、ただ眠そうなまぶたで笑って、非の打ちどころのないメクリン・レースをつけた手首から一片の塵《ちり》をはたき落としてみせるのだ。僕が今しているのもこれと同じだ。少なくとも、僕はネクタイを締めなおしてなぞめいた微笑を浮かべた。それから辞去して庭をそぞろ歩くことにした。

　最初に会った男はタッピーだった。奴は眉間にしわを寄せ、憂鬱げに植木鉢に石をぶつけていた。

8. サメとブタ

タッピー・グロソップについては前に話したと思う。ご記憶にあるだろうか、こいつは子供の時分からの友達だという事実を非情にも無視して、ある晩ドローンズで、僕がプールの上に渡したロープにかけたつり輪をつかってプール上を横断——今より敏捷《びんしょう》だった頃の子供じみた芸当である——できないほうに賭け、僕が行程の半ばに差し掛かるのを見計らって最後のつり輪にひもをかけて引っ張って取り上げてしまい、その結果僕は夜会用の礼装姿で深い水中に墜落を余儀なくされたのだった。

世紀の犯罪の名称を冠さるべきこの卑劣な所業に僕が憤慨しなかったと言ったら、真実をゆがめることになる。僕は激しく憤慨し、その時は少なからずあたり散らしたし、その後何週間も怒りは続いた。

だがこういうことがどんなものかはご存じだろう。傷は癒えるのだ。苦痛は和らぐのである。とはいえ、高いところから濡れたスポンジをタッピーの上に落としてやるとか、奴のベッドにウナギを入れるとか、まあ別のかたちで似たような性質の自己表現の機会が得られたとして、僕は喜んでそいつを利用したりはしない、などとまでは言っていない。しかし、もう済んだことだ。つまり、僕は激しく傷つきはしたものの、この男のいまいましい人生が、愛する女性を失うことで破滅させられるのをみて悦《よろこ》びを覚えたりはしない。今までに何があったにせよ、奴はまだ彼女を猛烈に愛しているにちがいないのだ。

むしろ僕はこの不和の修復と、この二人の引き裂かれたカップルが再び幸せ一杯になることに、心の底から賛成である。僕とダリア叔母さんの会話からそのことは察していただけたと思うし、もし今ここで僕がタッピーに向けている同情の表情を見ていただければ、ますますそうお察しいただけるものと思う。

それは染みとおるような、とろけるような表情だった。その上、右手は心を込めて奴の手を握り、左手は鎖骨の上にやさしく置かれていた。

「なあ、タッピー、友達よ」僕は言った。「調子はどうだい？」

話しながら僕の同情はさらに深くなった。奴の目に光はなく、握り返してくる力もなく、要するに、旧友に会って飛び上がってダンスを踊り始めるような兆候は皆無だったからだ。この男は砂袋で打ち倒されたみたいに見えた。メランコリー、これはポンゴ・トウィッスルトンが禁煙を試みたとき、奴を支配していた、とジーヴスが言っていた言葉だ［トマス・グレイ『墓畔の哀歌』の「墓碑」］。無論、僕は驚きはしなかった。こういう状況では憂鬱な顔をしているほうが自然というものだ。

僕は握った手を解き、肩をなでるのを止め、煙草入れを出して奴にタバコを勧めた。

奴は物憂げにそいつを取った。

「ああ、来てたのか、バーティー」奴は言った。

「ああ、ここにいるよ」

「ちょっと寄っただけか？　それとも泊まってくのか？」

僕はしばらく考えた。僕がブリンクレイ・コートに来たのはアンジェラと彼を再びいっしょにして、切れた糸をつなぎ合わせてやろうとか何とかいった明確な意図の下になのだと奴に伝えてやってもよかった。タバコに火をつける間に、僕はもう少しでそう告げてしまうところだった。だが、おそらく大局的にはそうしないほうがいいだろうと僕は考え直した。奴とアンジェラをつかまえて二挺の弦楽器みたいに演奏しようとしているという事実を吹聴《ふいちょう》するのは思慮に欠けると言わねばならない。人は弦楽器みたいに演奏されるのが好きだとは限らないのだ。

「状況次第だ」僕は言った。「泊まるようになるかもしれない。急いで発つかもしれない。まだ決めてないんだ」

奴はもの憂げにうなずいた。僕がどうしようとまったく構わない、といった様子だった。それから立ったまま陽の当たる庭をみつめていた。体格も外見も、タッピーはどこかブルドッグに似ている。今や奴の顔つきは、この立派な動物がケーキを一切れもらいそびれたときみたいな様子だった。僕ほどの洞察力ある男には、奴が胸のうちで何を考えているかを読むのは難しいことではない。したがって、奴の次の言葉が僕が予定表に×印をつけた問題に関するものであったことに、驚きはしなかった。

「俺たちのことはもう聞いたな？　俺とアンジェラのことだ」

「ああ、聞いたよ、タッピー」

「ぶち壊しになっちまったんだ」

「知ってる。ちょっとした軋轢《あつれき》だ。アンジェラのサメに関するな」

「そうだ。俺はヒラメにちがいないって言ったんだ」

「僕の情報提供者もそう話してくれた」

「誰から聞いたんだ？」

「ダリア叔母さんさ」

「彼女、俺のことをののしってただろうな」

「いや、そんなことはない。お前のことをあのバカのグロソップって言ってただけだ。昔クゥオーン狩猟クラブで毎日狩をしてた女性にしちゃあ、彼女の言葉づかいは不思議とおとなしいんだ。いつもと同じさ。だけどこう言ってよけりゃ、叔母さんはお前がもうちょっと気配りして行動してくれればよかったのにって思ってるようだったぞ」

「気配りだって！」

「僕も彼女と同じ意見だって認めなきゃならない。あんなことをしてよかったのかなあ、タッピー。あんなふうにアンジェラのサメのことを貶《おとし》めるのは親切なやり方か？　アンジェラのサメが彼女にとってどんなに大事だったかはわかってやらなきゃいけないぞ。ハートを捧げた男に、そのサメがヒラメ呼ばわりされたときの、あのかわいそうな子の衝撃がわからないのか？」

　奴が圧倒的な感情と戦っているのがわかった。

「じゃあ俺の立場はどうなるんだ？」奴は感情に声を詰まらせて言った。

「お前の立場だって？」

「お前だって」タッピーは感情を猛烈に昂ぶらせながら言った。「あのいまいましいバッタもんのサメをヒラメ呼ばわりするにあたっちゃあ、そこに至るそれなりの理由があったんだってわかってくれるだろう。俺があんなふうに言ったのは、あの小生意気なアンジェラが侮辱的なことを言ったからで、俺は仕返しする機会を狙ってただけなんだ」

「侮辱的だって？」

「あまりにも侮辱的だ。俺のほんのちょっとした一言——ただ会話を続けるためだけの一言だ——アナトールは今夜はどんなディナーを出してくれるかなって言ったら、彼女は俺があまりにも物質主義的で、年がら年じゅう食べ物のことばかり考えてるべきじゃないって言ったんだ。物質主義的だって！　ふざけるなだ。実際俺はきわめてスピリチュアルな男なんだ」

「いや、その通り」

「アナトールがディナーに何を出してくれるか考えて何の実害がある？」

「無論あるわけがない。偉大な芸術家への当然の敬意だ」

「まさしくその通りだ」

「それでもだ」

「何だ？」

「愛のつくりだした繊細な仕業が、こんな風にめちゃくちゃになっちまうのは残念じゃないか。男らしく悔恨の言葉を述べれば——」

奴は僕を見た。

「お前、俺にあやまれって言ってるんじゃないよな」

「そうしたほうがいい、大人だろ」

「あやまるなんてとんでもないことだ」

苦悩する魂だ。

「だけど、タッピー」

「いやだ、俺は絶対いやだ」

「だがお前、彼女を愛してるんだろう?」

このせりふは効いたようだ。奴は激しく身体を震わせた。奴の唇はゆがんでいた。実にまったく、苦悩する魂だ。

「あいつを愛してないってわけじゃないんだ」明らかに動揺して奴は言った。「俺は彼女を激しく愛している。だがそれでもこの世であいつに一番必要なのは、パンツにすばやくひと蹴り食らわしてやることだと思ってるっていう事実は変わらないんだ」

ウースター家の者はこんなことを見逃すわけにはいかない。

「タッピー、心の友よ!」

「〈タッピー、心の友よ!〉なんて言ったって駄目だ」

「それでも言うぞ。〈タッピー、わが心の友〉お前の言い方は僕にはショックだ。非難を招くぞ。一体古きよきグロソップ家の騎士道精神はどこに行ったんだ?」

「古きよきグロソップ家の騎士道精神はいいんだ。甘く優しい、アンジェラの女性精神はどこへ行ったんだ? 男に向かって二重あごだなんて言うんだぞ!」

「そんなことを言ったのか?」

「そうだ」

「まあ、女なんてそんなもんだ。忘れろよ、タッピー。彼女のところへ行って仲直りするんだ」

奴は首を振った。

「だめだ。もう遅すぎる。あの悪口は俺の腹の中を巡ってまわって、もう見逃すなんて無理なんだ」

「だけどさタミー、いや、タッピー。フェアになれよ。お前、前に新しい帽子をかぶると彼女ペキネーズ犬みたいに見えるって言ったことがあったろ」

「本当にペキネーズ犬みたいに見えたんだ。悪趣味ないじめじゃない。あれは健全で、建設的な批評だ。あれをかぶって人前に出て笑いものになってもらいたくないっていう親切な欲求のほかに何の他意もない。前途洋々たる青年に理不尽な非難をくれるのとはまるで別のことだ」

この状況には僕の手腕と独創性のすべてを傾ける必要があることが、だんだんわかってきた。マーケット・スノッズベリーの小さな教会で、何としてもウエディングベルを鳴らしてやろうとするならば、それにはバートラムが何かしら賢い仕事をしてやらないといけない。ダリア叔母さんとの会話から、両契約当事者間に一定量の忌憚《きたん》ないやりとりがあったことは理解していた。だが事態がここまで来ていたとは知らなかった。

ことの悲哀は僕をめいらせた。タッピーはグロソップの胸のうちに愛はまだ生きていることを何度も認めた。また、これだけのことが起こった後でも、アンジェラがまだ奴を愛し続けているという確信が僕にはあった。現時点では、間違いなく彼女は奴をビンで殴りつけてやりたいと願っているにちがいないが、彼女の胸の底の底には懐かしき情愛と優しさとが丸ごと生き残っていると賭けたっていい。二人を分かつのはただ、傷ついたプライドだけで、タッピーが最初の行動を起こせば、すべては丸く収まるはずだと僕は思った。

僕はもうひと叩きしてみた。

「この仲たがいで彼女も傷ついているんだ、タッピー」

「どうしてそんなことがわかる？　彼女に会ったのか？」

「まだだ。だがきっとそうにちがいない」

「そうは見えないな」

「そりゃあ仮面をかぶってるんだ。僕が強く出ると、ジーヴスもそうするぞ」

「彼女は鼻にしわをよせて、俺を壊れた排水管みたいに見るんだ」

「ただの仮面だよ。彼女は絶対お前のことをまだ愛してる。必要なのはお前の優しい言葉だけだ」

この言葉で奴の心は動かされたようだった。奴はあからさまに浮き足だった。そして芝生の上をくるくる歩いて回った。話し始めたとき、奴の声にはトレモロが感じられた。

「お前本当にそう思うのか？」

「絶対的にだ」

「ふーむ」

「もしお前が彼女の許へ行って――」

奴は首を振った。

「できない。そんなことをしたら致命的だ。すぐ俺の威信に傷がつく。女がどんなものかはわかってるんだ。こっちが頭を下げりゃむこうは増長する」感慨を込めて奴は言った。「唯一の方法は、何か間接的なやり方で、彼女に俺が交渉に応じる用意があるってそれとなく知らせてやることだ。顔をあわせた時にちょっとため息をついてみればいいかなあ、どう思う？」

「息を切らしてると思うだけなんじゃないか？」

「確かにそうだ」

僕はもう一本タバコに火をつけ、この問題について考えた。ウースター家の者にはよくあることだが、すぐさまアイディアが湧いた。ガッシーにソーセージとハムの件でしてやった助言を思い出したのだ。

「わかったぞ、タッピー。彼女を愛してるってことを伝える絶対確実な方法がある。喧嘩して仲直りしたいときにもこいつは効くはずだ。今夜のディナーは食べないこと。そいつにどんな感銘力があるかわかるだろう。お前がどんなに食べ物に身も心も捧げてるか、彼女は知ってるからな」

奴は暴力的にまくし立て始めた。

「俺は食べ物に身も心も捧げてなんかいない」

「そうだ、そうだったな」

「俺はまったく食べ物に身も心も捧げてなんかいない」

「その通りだ。ただ僕が言いたいのは——」

「俺が食べ物に身も心も捧げてるとかそういうバカを言うのは」タッピーは激した調子で言った。「やめにしてもらいたいな。俺は若くて健康で食欲旺盛だ。だがそれは食べ物に身も心も捧げてるのとはちがう。俺はアナトールを巨匠として崇拝してる。彼が何を出してくれるか考えるのは好きだ。だがお前が俺のことを食べ物に身も心も捧げてるって言うなら——」

「そうだ、その通り。僕が言いたいのはもしお前がディナーに手をつけずに押し返したら、彼女はお前のハートがどんなに痛んでいるかわかる、ってことなんだ。そしたら彼女の方から全部なかったことにしようって言ってくるんじゃないかと思うんだ」

タッピーは難しい顔をした。

「ディナーを押し返すんだって？」

「そうだ」

「手をつけずに押し返すのか？」

「そうだ」

「はっきりさせよう。今夜、ディナーのとき、執事が俺にリー・ド・ボー・ア・ラ・フランシエーレか何かを出してくれたら、アナトールの手から熱々で渡された奴をだ、お前は俺にそいつに手をつけずに押し返せって言うのか？」

「そうだ」

奴は唇をかんだ。奴の心の内なる葛藤が感じられた。それから突然、奴の顔に一種昂揚の色が浮かんだ。昔の殉教者たちもおそらくこんな表情をしたんだろう。

「よし、わかった」

「やるのか？」

「ああ、やる」

「よし」

「無論、断末魔の苦しみだろうな」

僕は前途の光明について指摘した。

「ちょっとの間だけだ。夜中みんなが寝静まった後で食料庫を襲えばいいんだ」

奴の顔が明るくなった。

「そりゃあいい。そうすりゃあいいんだ、そうだな？」

「冷たいものなら何かあるだろう」

「冷たいものなら何かあるさ」快活さを増しながらタッピーは言った。「ステーキ・アンド・キドニー・パイだ。今日の昼食に食べたんだ。アナトールの傑作のひとつだ。俺が彼を賞賛する理由は」タッピーは敬虔な表情で言った。「俺がアナトールをものすごく崇拝する理由は、フランス人であるにもかかわらず、他のシェフと違ってフランス料理しか作らないって了見じゃなく、俺が頼めば古きよき質朴な、このステーキ・アンド・キドニー・パイみたいなイギリス料理をいつも喜んでメニューに加えてくれる点だ。パイの傑作だ、バーティー。あれはまだ半分も食べてなかった。あれならいい」

「じゃあディナーのときは言ったとおり皿を押し返すんだな」

「絶対言ったとおりやるよ」

「よし」

「すごいアイディアだ。ジーヴスの考えの中でも最高だな。彼に会ったら俺からありがとうって言っておいてくれよ」

僕の指からタバコがぽとりと落ちた。まるで誰かがバートラム・ウースター氏の顔を皿洗い布ではり飛ばしたみたいだった。

「お前まさかこの計画をジーヴスが考えたって思ってるんじゃないだろうな？」

「もちろんそうだ。俺をだまそうったって駄目だぞ、バーティー。お前なんか百万年かかったってこんな名案は思いつかないだろう」

一瞬の間があった。僕はきりっと直立した。それから奴が僕を見ていないことに気づくと、姿勢を元に戻した。

「来い、グロソップ」僕は冷たく言った。「もう行こう。ディナー服に着替える時間だ」

9. 不実な従僕

タッピーのバカの言葉は部屋に戻ってもまだ僕の胸に苦々しいものを残していた。着替えながらもまだ苦い気持ちは消えなかった。ドレッシング・ガウンをまとって回廊を浴室に向かって歩いているときにも、まだ苦い気持ちは続いていた。

咽喉のところまで腹が立っていたと言っても過言ではない。

つまり、賞賛を求めようというのではない。大衆のお追従《ついしょう》など僕にとっては何の意味もないのだ。しかし、人がスープに浸かった友人を苦境から救おうといかした計画をドンと出してやろうと骨を折ってやっているのに、従者のほうに手柄を帰するとはまったくバカげている。またその従者がメスジャケットを荷物に入れないでそこらを歩き回っている場合はとりわけそうだ。

しかし、陶製のバスタブでしばらくバシャバシャやっているうちに、平静が戻ってきた。心が押しつぶされそうに落ち込んだ気分のときには、ひと風呂浴びて石鹸を使うくらい傷ついた精神を慰撫してくれるものはないと、僕はかねがね思っている。バスタブで歌を歌ったとまでは言わないが、そうするかどうかはコインの表が出るか裏が出るか次第くらいな気分だった。

思慮に欠けた発言による精神的苦痛は目に見えて軽減された。

おそらくは以前に宿泊した子供の滞在客が残して行ったものであろう。石鹸皿におもちゃのアヒルを発見したことも、この新たな、より幸福な精神状態に少なからず寄与した。僕はもう何年も風呂場でアヒルと遊んでいなかった。そしてこの新鮮な体験をきわめて元気付けられるものと感じた。関心を持たれた諸賢のために、以下のことを記しておこう。そいつをスポンジといっしょに水面下に沈め、しかる後に手を放すと、いかに悩みやつれた者でも心慰められるような仕方でそれは水面上に飛び上がるのである。十分ほどこれをやって、僕は元の陽気なバートラムにだいぶ戻って寝室に帰ることができた。

ジーヴスはそこに居て、ディナー服を用意していた。いつもの慇懃《いんぎん》さでもって彼は若主人に挨拶した。

「こんばんは、ご主人様」

僕も同じく物柔らかな言い方で答えた。

「こんばんは、ジーヴス」

「ご快適なドライヴであったものと拝察いたします」

「ごく快適だった。ありがとう、ジーヴス。靴下を貸してくれるかい?」

彼はそうしてくれ、僕は着替えを始めた。

「さて、と、ジーヴス」リンネルの下着に手を伸ばしながら僕は言った。「ウースターシャーの地、ブリンクレイ・コートにて、我々は再びこうして相まみえたわけだ」

「はい、ご主人様」

「困ったことがこの田舎の家に寄ってたかって出来《しゅつたい》しているんだ」

「はい、ご主人様」

「タッピー・グロソップと従姉妹のアンジェラの仲たがいは、どうも深刻らしい」

「はい、ご主人様。使用人部屋の意見も、この状況を容易ならざる事態と考える方向に傾いております」

「すると間違いなく君の脳裏には、僕がこの事態の打開のために尽力しなきゃならないって考えが浮かんだろうな？」

「はい、ご主人様」

「君は間違っているぞ、ジーヴス。僕はもうこの事態を完全に掌握しているんだ」

「それは驚きました、ご主人様」

「驚くと思ったよ。そうなんだ、ジーヴス。ここへ来る途中ずっとこの問題について考えて、一番幸せな結論に達したんだ。たった今グロソップ氏と会談してきたところだ。全部決着がついた」

「さようでございますか？　詳しくお伺いいたしてもよろしいでしょうか？」

「僕の方法は知っているな、ジーヴス。それを適用するんだ」僕はシャツに腕を通し、ネクタイを整え始めた。「君はそもそもこの件について頭を働かせているのか？」

「はい、ご主人様。わたくしはアンジェラお嬢様を大変ご敬愛申し上げておりますから、この身がお嬢様のお役に立ちますならば多大な喜びといたすところでございます」

「殊勝な心がけだな。だが何も策はないんだろう？」

「さようなことはございません。ひとつ考えがございます」

「どんな策だ？」

「急迫の危険に際してすみやかにご救助にあたろうとなさる紳士がたの本能に訴えることで、グロソップ様とアンジェラ様のご関係の和解は果たされるのではないかと思料いたしております」

僕は異議を唱えようと手をあげるため、ネクタイから手を離さねばならなかった。僕にはショックだった。

「彼は彼女がおぼれるところを救出した、なんていう古いギャグをかまそうとしてるなんて言うなよ。驚いたぞ、ジーヴス。驚いたし心痛む思いだ。こっちに着いてすぐダリア叔母さんと話したんだが、叔母さんは僕がアンジェラを湖に突き落としてタッピーに助けさせるつもりだろうって鼻であしらうような調子で言ったんだ。それで僕はそいつが僕の知性に対する侮辱だってことを明確に伝えた。ところがいまや、僕の理解が正しければだが、君はまさしくそれと同じくだらない計画を考えてるようじゃないか。本当か、ジーヴス！」

「はい、ご主人様。しかしながらこの案を思いつきましたのは、庭園を散歩しながら火災警報器のある建物の前を通り過ぎた折でございました。夜半の突然の警鐘が、グロソップ様をしてアンジェラお嬢様のご救助に走らせるのではと思料いたしました次第でございます」

僕は震えた。

「ひどいな、ジーヴス」

「ですが、ご主人様――」

「まったくダメだ。いいとこなしだ」

「わたくしが拝察いたしますところ――」

「ダメだ、ジーヴス。もうやめろ。十分聞いた。この話はよしにしよう」

　僕は黙ってネクタイを結んだ。僕の感情はあまりにも深くかき乱され、口がきけなかったのだ。無論、この男が今現在、調子を落としているのは理解している。だがこんなに徹底的に粉々のバラバラになっていようとは思わなかった。彼の過去の華々しい業績の数々を思い出すにつけ、現在の愚かさ、それとも愚かしさだったか、を眼前にして僕は恐怖に震えた。つまり頭に麦わらをさして完全なアホみたいに話をする、彼の恐るべき性癖のことだ。そう、それはよくある、ありふれた話だ。ある男の脳が制限速度を越えて何年も暴走し続けていた。そして突然ステアリングギアに故障が生じ、横滑りして側溝にどすんと落っこちたのだ。

「ちょっと巧緻かな」できる限り親切な言い方をしようと僕は言った。「いつもの失敗だな。少しばかり巧緻過ぎるんじゃないか?」

「確かにわたくしの提案いたしました計画はかような批判を免れ得ないものと存じます、ご主人様。しかしながらフォート・ド・ミユーでございます――」

「何だって?　ジーヴス」

「フランス語の表現で〈これ以上の手段がないのであれば〉という意味でございます」

　一瞬前まで、僕はこのかつて優秀な思想家であったこの男の残骸に対して、優しい哀れみ以外の感情を持ってはいなかった。しかしこの言葉はウースター一族の誇りを揺さぶり、ざらついた気持ちをひっぱり出した。

「フォート・ド・ミユーがどういう意味かは完全にわかってる、ジーヴス。僕はこの二カ月、ガリア人の隣国に伊達《だて》に滞在してたわけじゃない。それに学校でも習った。僕の当惑を誘ったのは、君がそもそもそういう表現を使ったことだ。いまいましいフォート・ド・ミユーなんてことは全然ないってよくわかっているはずだ。一体どこでフォート・ド・ミユーなんてものをもらってきたんだ。僕は全部決着がついたって言わなかったか？」

「はい、ご主人様。しかしながら――」

「しかしながら、とはどういう意味だ？」

「はい、ご主人様」

「続けろ、ジーヴス。僕は君の見解を聞く用意があるし、聞きたくてじりじりしてるくらいなんだ」

「はい、ご主人様、僭越ながら申し上げますが、あなた様の過去のご計画は常にすべてが上首尾であったとは申せません」

沈黙があった――心臓がどきどき動悸をうつような奴だ――その間に僕はこれ見よがしにチョッキを着た。背中のバックルをうまく調整し終えるまで、僕は口を開かなかった。

「確かに、ジーヴス」僕は形式ばった調子で言った。「過去に一、二度僕がバスに乗り損ねたことはあった。だが僕はそれを全面的に不運のせいだと思っている」

「さようでございますか？　ご主人様」

「今回僕は失敗しない。どうして失敗しないかと言うと、僕の計画は人間の本性に基づいているからだ」

「さようでございますか？　ご主人様」

「それは単純で、巧緻すぎない。それだけじゃない、個々人の心理学に基づいてるんだ」

「さようでございますか？　ご主人様」

「ジーヴス」僕は言った。「その、さようでございますか？　ご主人様は、やめてくれないか。無論、君に他意はないんだろうが、君の言い方だとさようでのところを強調してございますかでどすんと落ちるんだ。そうするとほとんどホントか？と同じように聞こえるんだな。改めてもらいたい、ジーヴス」

「かしこまりました」

「僕はすべてうまく片づけたんだ。どんな手順をとるつもりか聞きたくはないか？」

「是非にお願いいたします」

「じゃあ聞くんだ。今夜タッピーにディナーに手をつけるなって僕は勧めたんだ」

「はい？」

「まったく参るぞ、ジーヴス。君には思いつかない名案だろうが、僕の話にはついて来られるはずだ。ソーセージとハムを避けるようにガッシー・フィンク＝ノトルに送った電報を忘れたのか？ 食べ物に手をつけないってことは普遍的に認められた愛の証なんだ。成果が得られないはずはない。その点はわかるな？」

「ですが、ご主人様――」

僕は眉をひそめた。

「君の発声法をいちいち批判したくはないんだが、ジーヴス」僕は言った。「だが、今のですが、ご主人様――は多くの点でさっきのさようでございますか？ ご主人様と同じくらい不愉快だったぞ。後者と同じく絶対的な懐疑の念が鳴り響いていた。僕の計画に対する信頼感の欠如が示唆されていたぞ。君がこういうせりふを何度も繰り返すのを聞いた後で僕が得た印象は、君が僕のことをとんでもないヨタ話を言ってると考えていて、ただ何が適切かに関する封建意識のみが、君に〈そんなバカな！〉って言わせずにいる、っていうことだ」

「いいえ、決してさようなことはございません、ご主人様」

「そうか、そう聞こえたがな。どうしてこの計画がうまくいかないと思うんだ？」

「アンジェラお嬢様は、単にグロソップ様の消化不良が原因だとお考えあそばされるのではないかと拝察いたします」

それは考えなかった。一瞬僕は動揺したと告白せねばならない。だが僕はすぐに気を取り直した。この底にあるのが何かに気づいたのだ。自分の愚かさ――あるいは愚かしさだったか――を屈辱に思うあまりこいつは単に僕を邪魔し、妨害しようとしているのだ。これ以上の口上はなしにして、彼の化けの皮をはいでやろうと僕は決めた。

「そうか？」僕は言った。「君はそう思うのか。うーん、そうかもしれないが、だからと言って君が間違った上着を出してるって事実に変わりはない。なあ、頼むから、ジーヴス」ワードローブのハンガーに掛けられていた普通の紳士用のディナージャケット、あるいはコート・ダジュール風に言えばスモーキングを身振りで指し示しながら僕は言った。「あのいまいましい黒いやつは片づけて、金ボタンの白いメスジャケットを出して来てくれ」

彼は僕を意味ありげな目つきで見た。意味ありげな目つきという言葉で、僕はきちんとしてはいるが、同時に思い上がってもいる目のきらめきと、必ずしも静かな微笑ではないのだが、必ずしも静かな微笑ではなくもないような、彼の表情をよぎる筋肉の一種の痙攣《けいれん》を指している。また彼は柔らかい咳払いもした。

「申し訳ありませんが、ご主人様、わたくしの不注意からお申し付けのそのお召し物は荷物に入れてまいりませんでした」

　ホールに置いたあの袋の姿が僕の目に浮かび、僕はそいつに陽気なウィンクをやった。一、二小節かそこら歌を口ずさんだかもしれない。まあ、確かではないのだが。

「わかってる、ジーヴス」眠たげなまぶたの間から見下ろし笑い、手首の申し分ないメクリン・レースから塵《ちり》を叩き落としながら、僕は言った。「だが僕は持ってきたんだ。ホールの椅子の上に茶色の紙袋に入れて置いてあるぞ」

　奸計《かんけい》が無に帰し、事態は磐石《ばんじゃく》であるというこの情報は、きわめて深刻な衝撃であったにちがいないが、彼の彫りの深い顔にそれを示す表情は皆無だった。もっともジーヴスの顔には表情が浮かんだためしはないのだが。不愉快な時には、僕がタッピーに言ったように、彼は仮面をかぶって剝製のヘラジカみたいな静かな無感動を装うのだ。

「ちょっと下に降りて取って来てくれるかな？」

「かしこまりました、ご主人様」

「よしきた、ホーだ、ジーヴス」

　それで今、僕は愛するジャケットを肩甲骨の後ろに心地よく寄り添わせながら、居間に向かって歩いている。

　ダリア叔母さんは居間にいた。入っていくと彼女は顔を上げて僕を見た。

「ハロー、目ざわりさん」彼女は言った。「あんた自分がどんな風に見えると思ってるの？」

　僕は趣旨を酌みかねた。

「このジャケットのこと？」僕は探りを入れた。

「そうよ。あんたまるでドサ回りのミュージカル・コメディーの第二幕に出てくるアバネシー・タワーズに泊まってる男性客のコーラス隊みたいよ」

「このジャケットが気に入らないの?」

「嫌いだわ」

「カンヌでは気に入ってくれてたじゃないか」

「だってここはカンヌじゃないわ」

「でも、なんてこった――」

「まあ、気にしないでいいのよ。おやんなさいよ。うちの執事を笑わせてやりたきゃね。そんなことどうだっていいじゃない。今更何が問題だって言うのよ?」

彼女の言い方には「死よお前の棘はどこにあるのか?」みたいなところがあって嫌な気持ちがした［『コリントの信徒への手紙 一』十五・五五。「死よ、お前の勝利はどこにあるのか。死よお前の棘はどこにあるのか」］。先に記したような痛烈な仕方で僕がジーヴスをしかることはめったにないことだ。だからそんな時こそ幸せそうな笑顔を向けてもらいたい気持ちになる。

「機嫌を直して、ダリア叔母さん」僕は元気づけるように言った。

「機嫌を直せですって、とんでもないわ」が、彼女の陰気な返事だった。「あたしたった今トムと話してたとこなのよ」

「彼に話したの?」

「ちがうわ、あの人の話を聞いたのよ。まだ話す勇気はないわ」

「まだ叔父さんは所得税の件で動転してるの?」

「動転、って言ったらそうね。あの人、文明は坩堝にはまっていて、思考する者は皆、壁に書かれた文字を読めるって言うのよ」

「どんな壁だい?」

「旧約聖書よ、バカ。ベルシャザールの饗宴よ［『ダニエル書』五、壁に字を書く指の幻］」

「ああ、あれか。わかった。僕はあのネタはどういう仕掛けだろうなっていつも思ってたんだ。鏡を使うんだろうな」

「トムにあのバカラの件を伝えるのに、鏡が使えるもんなら使いたいわよ」

ここで言うべき慰めの言葉が僕にはあった。先の会談以来ずっと僕はこの件について熟考を重ねてきたのだ。彼女がどこで失敗したのか僕にはわかったと思う。僕の考えるところ、彼女の誤りはトム叔父さんに話さねばならないと考えている点だ。僕流に考えれば、ここはこのまま静かなる沈黙を維持すべき事態だ。

「どうしてバカラですったなんて言わなきゃいけないのさ?」

「じゃあどうすればいいって言うのよ? 『ミレディス・ブドワール』を坩堝の中の文明といっしょにしろって言うの? だって来週までに小切手をもらわなきゃ間違いなくそういうことになるの。印刷所が何カ月も腹を立ててるのよ」

「わからないかなあ。聞いてよ。トム叔父さんが『ブドワール』の払いを持ってくれるっていうのは了解事項だろ。あの雑誌が二年間も峠を越えようとやってるんだとしたら、叔父さんはもう、金をだすのにはいいかげん慣れてるはずだ。印刷所に支払う金が欲しいって叔父さんに頼めば済むことじゃないか」

「頼んだわよ。カンヌに行く前にね」

「くれなかったの？」

「くれたわよ、正々堂々とお金を出してくれたわ。あたしがバカラですったのはそのお金なの」

「えっ？　それは知らなかった」

「あんたが知ってることなんて大してありやしないわよ」

甥としての情愛から、この中傷は見逃してやることにした。

「チェッ！」僕は言った。

「何てったの？」

「僕は〈チェッ！〉って言ったんだ」

「もう一度言ってごらんなさいよ。そしたら一発お見舞いしてあげるから。あんたにチェッなんて言われる筋合いはないわ」

「そりゃそうだ」

「チェッ！が必要なときは、あたしが自分で言うわよ。舌打ちについても同様よ。もしあんたがそうしたいと考えてるならだけど」

「とんでもない」

「よろしい」

僕は立ったまましばらく考えた。僕は心底心配だった。ご記憶かどうか、僕のハートは今夜一度ダリア叔母さんのために血を流している。今またそいつが血を流し始めた。彼女がこの雑誌にどれほど深い愛着を抱いているかを僕は知っている。そいつが潰《つぶ》れるとなったら、彼女にしてみれば愛児が池だか湖だかに、一人で三度も沈むのを見るようなものだろう。

また、ことの運び方に気をつけないと、トム叔父さんは自分で泥をかぶるくらいなら『ミレディス・ブドワール』を百回潰すほうを選ぶだろう。

それから僕は、どうしたらいいかに気がついた。叔母も僕の他の依頼人と同じ行動をとらねばならない、と僕は気づいた。タッピー・グロソップはアンジェラの心を溶かすためにディナーを押し返す。ガッシー・フィンク＝ノトルはバセット嬢に感銘を与えるためにディナーを押し返す。ダリア叔母さんはトム叔父さんを懐柔するためにディナーを押し返さねばならない。僕のこの計画の素晴らしいところは、入場者の数に制限がないことだ。一人でよし。全員でよし。多ければ多いほど、各案件の満足が保証されるというものだ。

「わかったぞ」僕は言った。「とるべき道はひとつしかない。肉食をやめよう」

彼女は懇願するような様子で僕を見た。彼女の目が涙で潤《うる》んでいたかどうか誓えはしないが、おそらくそうだったと思う。確かに哀れな懇請に彼女の手は握り合わされていた。

「バカみたいなこと言わないで、バーティー。お願いだからもうやめてくれない？　ね、今夜だけでいいからダリア叔母さんを喜ばせてちょうだいな」

「バカなことなんか言ってないよ」

「そりゃあ、あんたほどの高水準の男には、バカなこと言ってるうちに入らないんだろうけど、でもね――」

やっと状況が呑み込めた。僕は趣旨を明確にしていなかったのだ。

「大丈夫だよ」僕は言った。「失敗しようがない。ほんとのタバスコなんだ。〈肉食をやめる〉って言ったのはね、今夜のディナーを食べないってことなんだ。憔悴《しょうすい》した顔で座っているだけ、それで出てきた料理ひとつひとつを、いりませんって物憂げな様子で手を振って下げてもらうんだ。どうなるかわかるだろ？　トム叔父さんは叔母さんの食欲がないのに気づくんだ。それで賭けてもいいんだけど、食事の終わりに叔母さんのところに来てね、〈ダリア、ダーリン〉って言うのさ――叔父さんは〈ダリア〉って呼んでるんだったよね――〈ダリア、ダーリン〉って言うんだ。〈今夜のディナーでお前はちょっと食欲がなかったようだが、何か困ったことでもあったのかい。ねえダリア、ダーリン？〉すると〈ええ、そうなのトム、ダーリン〉って叔母さんは答えるんだ。〈そんな風に聞いてくださるなんて優しいのね、ダーリン。実はね、ダーリン、あたし本当に困っちゃったの〉すると叔父さんは言うよ。〈ダーリン、愛しい人――〉」

ダリア叔母さんはこの時点で、会話から推すにこのトラヴァース夫妻はずいぶんべたべたした変な奴らに見えるとの見解を表明し、話を中断させた。彼女はまたいつになったら話は核心に達するのかとも知りたがった。

僕は彼女に目をやった。

「〈ねえ、ダーリン〉叔父さんはやさしく言うのさ。〈わしにできることはないかな？〉すると叔母さんはもちろん大ありよ、って答えるんだ――小切手帳をとって書き始めてね、って」

僕は話しながら彼女の顔をじっと見つめた。そして彼女の目に尊敬の光が宿り始めたのを見て喜ばしく思った。

「だってバーティー、それってすごくさえてるじゃない」

「脳みそはジーヴスだけにあるんじゃないって言ったろ」

「それ、うまくいくと思うわ」

「うまくいくに決まってる。タッピーにも勧めたんだ」

「グロソップに？」

「アンジェラを懐柔するためにだ」

「素晴らしいわ！」

「ガッシー・フィンク＝ノトルにも勧めた。バセット嬢と付き合いたがってるんだ」

「おや、おや、まあ。何て忙しい小さな脳みそさんかしら」

「いつだって活動してるんだ、ダリア叔母さん。いつだって活動してる」

「あんた、あたしが思ってたほどバカじゃなかったのね、バーティー」

「いつ僕のことをバカだなんて思ったんだよ」

「去年の夏のいつだったかしら。忘れたわ。そうね、バーティー。この計画はさえてるわ。本当はジーヴスの提案なんじゃないの？」

「ジーヴスの提案じゃない。まったくちがうよ。ジーヴスはまるでまったく関係ない」

「あらそう、いいわ。そんなにかっかとなりなさんな。そうね、これはうまくいくと思うわ。トムはあたしにぞっこんなんだもの」

「貴女にぞっこんじゃない人が一体どこにいるっていうの？」

「あたし、やるわ」

それから他の面々が集まってきたので、僕らはディナーの席に向かうことにした。

ブリンクレイ・コートはかくのごとき状況であった——つまりどういう状況かと言うと、痛みうずく心が吃水線の上まで満載で、苦悩する魂については立席しかない、という状態だ——そういうわけで僕は晩餐が特別活気あふれたものになろうとは期待していなかった。その通り、活気はなかった。沈黙。憂鬱。全体的に監獄島のクリスマスディナーに少なからず似たものだったと思う。

それが終わったときは嬉しかった。

手持ちの他の厄介ごとに加えて、自らたづなを締めてかいば桶から顔を上げ続けていたせいで、気の利いた冗談などといったものに関してはダリア叔母さんはまるきり使いものにならなくなっていた。五〇ポンドの赤字と、いつ迫り来るか知れぬ文明の破滅を前にして、普段から秘密の悲しみを抱えた翼竜にちょっと似ているトム叔父さんは、ますます深いメランコリーを抱えていた。バセット嬢はもの言わずパンをちぎっていた。アンジェラは生きた岩から切り出されて来たみたいな様子だった。タッピーは処刑室に向かう前にいつもの栄養満点の朝食を食べるのを拒否している死刑囚みたいな雰囲気を漂わせていた。

それでガッシー・フィンク＝ノトルはというと、熟練を積んだ葬儀屋でも一目で死体と間違えて防腐処理を始めそうな勢いだった。

僕のフラットで別れてからガッシーに会うのはこれが初めてだが、奴の態度物腰は僕を失望させたと言わねばならない。僕はもっとずっと生きのいい姿を期待していたのだ。

上述の僕のフラットでの会見の際、ご記憶かどうか、奴は田舎の環境さえあれば大丈夫だ発射できると、署名入りの保証書を僕によこしたような格好だったのだ。だが奴の姿にシーズン真っ只中の絶好調に今まさに差し掛かるところだ、といった様子はない。まだ古い諺《ことわざ》の猫みたいに見えた。この死体置き場から逃れたら、僕が最初にすべき行為は奴を隣に引っ張ってきて元気の出る話をしてやることだと思いつくのに、長くはかからなかった。

もし陽気なラッパの響きを必要としている男がいるとしたら、まさしくそれは、このフィンク＝ノトルに他ならない。

しかし、会葬者の大移動の際に、僕は奴の姿を見失ってしまった。またダリア叔母さんが僕をバックギャモンに誘ったせいで、奴をすぐ探しに出ることもできなかった。だがしばらく僕らが遊んでいると、執事がやってきて叔母さんに、何かアナトールに話すことはないかと訊ねたので、僕はうまく逃げ出すことができた。それから十分ほど捜して屋内に奴の姿のないのを確認した後、僕は庭じゅうに捜査網を拡げ、バラ園で奴を見つけた。

奴は元気のない様子でバラの匂いをかいでいたが、僕が近づくと鼻を離した。

「おう、ガッシー」僕は言った。

僕は話しながら奴をにこやかに見た。旧友に会ったときのいつものやり方だ。だが奴はにこやかに僕を見返す代わりに、ひどく不快そうな顔つきをしてよこした。奴の態度は僕を困惑させた。まるでバートラム氏に会えて嬉しくないみたいだ。しばらくの間奴はこの不快げな顔を僕に向けて立ち、それから話し出した。

「おう、ガッシーだって！」

奴はこのせりふを食いしばった歯の間から発した。友好的な態度ではない。ますます僕はわからなくなった。

「どういう意味だ？――おう、ガッシーだってっていうのは？」

「君の神経は気に入ったよ。おう、ガッシーなんて言って跳んでまわってさ。君から聞きたいおう、ガッシーはもう十分だ、ウースター。僕のことをそんな風に見たって駄目だからな。僕の言ってる意味がわかるだろう。あのいまいましい表彰式のことだ！　こそこそ逃げ出して僕に押し付けるなんて卑怯じゃないか。遠慮なくはっきり言わせてもらうぞ。あれは卑劣漢の、卑怯者のやり方だ」

さて、ご存じのように、僕は今までタッピーとアンジェラの件について熟考することでほとんどの時間を過ごしてきたのだが、とはいえガッシーに会ったら何と言おうかをまったく考えていなかったわけではない。会ってすぐは一時的な不愉快があるやもしれないとは予測していた。困難な話し合いがもたれる際には、バートラム・ウースター氏としては自分の言い分は用意しておきたいものだ、と。

だからこのとき、僕は男らしく、怒りを和らげてやれる率直さでもって応えることができたのだ。確かにこの問題の突然の提示には少しばかりぎょっとさせられた。最近の出来事のストレスのせいで、表彰式の件は僕の心の裏側にやられてしまっていたのだ。しかし、すみやかに体勢は立て直され、僕は男らしく決然たる態度で応えることができた。

「だけどさ、心の友よ」僕は言った。「これもみんな僕の計画の一部だってことを、お前は当然わかってくれてるものと思ってたぞ」

奴は僕の計画について何かぶつぶつ言ったが、よくは聞こえなかった。

「絶対的に〈こそこそ逃げ出す〉なんて言い方は間違ってる。まさか僕が表彰式を自分でやるのが嫌だと思ってるわけじゃないだろ？　僕にしてみればあれほどの名誉はないんだぞ。だけど僕は公明正大に、寛大にいきたいと思ったんで、一歩引いてお前に譲ったんだ。お前のほうがもっとこいつを必要としてると思ってさ。まさかあれを楽しみにしてないなんて言うつもりじゃないだろうな？」

奴は下品な表現を口にした。こいつがそんな言葉を知ってるとは思ってもみなかった。ここからわかるのは、田舎に隠遁しても語彙獲得にそれほど支障はないということだ。こういう言葉を奴は隣人たちから学んだんだろう——牧師とか、田舎医者とか、牛乳配達の男とかだ。

「だけど、何てこった！」僕は言った。「お前はこれがどんなに役に立つかわからないのか？ お前の株は急騰するぞ。高い演壇にお前は立つんだ。ロマンティックで、強烈な印象を与える男だ。式典のスターだぞ。観衆はなんて思うだろうな。マデライン・バセットはお前にメロメロだ。お前のことをまるでちがった目で見るようになるぞ」

「そうかなあ、そうかい？」

「絶対にそうだとも。イモリの友、オーガスタス・フィンク＝ノトル。これは彼女は知ってる。犬の足治療医たるオーガスタス・フィンク＝ノトル。これも彼女は知ってる。だが雄弁家オーガスタス・フィンク＝ノトルはどうだ？ 彼女をサイドからノックアウトだ。そうじゃなきゃ、女心のことは僕にはわからないってことになる。女の子ってものは人前に立つ男に夢中になるもんだろ。親切から出た行為ってものがもしあるなら、僕がこの途方もなく魅力的な大仕事をお前に回したことこそまさにそれだ」

僕の雄弁に奴の心は動かされたみたいだった。無論心動かされないわけがない。角ブチのめがねの内側から怒りの炎は消え、かわりにさかなみたいなぎょろ目があらわれた。

「そうかなあ」奴は考え深げに言った。「今まで演説をしたことはあるかい、バーティー？」

「何十回もだ。お茶の子さいさいだ。なんでもない。そうだ、一度女子校で演説したこともあったな」

「緊張しなかったかい？」

「全然！」

「どんな具合だった？」

「みんな僕の口許に釘づけだった。みんなして僕の虜《とりこ》さ」

「卵を投げつけられたりとかはしなかったかい？」

「全くなしだ」

奴は深く息を吐き出した。それからしばらくの間黙って立ったまま、通り過ぎてゆくナメクジをみつめていた。

「うーん」ようやく奴は言った。「大丈夫かもしれないな。深刻に考えすぎたかもしれない。死ぬよりひどい運命だって考えてたのは間違いだったかなあ。だけどこれだけは言っておくぞ。つまり、今月三十一日の表彰式のことを考えるだけで、僕の人生は悪夢に変わったんだ。寝ることも考えることも食べることもできなかったんだ……ところで思い出した。ソーセージとハムに関するあの暗号電報について君は何にも説明してくれなかったけど」

「あれは暗号電報なんかじゃない。食べ物を控えてもらいたかったんだ。お前が恋してるって彼女が気がつくようにってさ」

奴はうつろな笑い声をあげた。

「わかった。それならうまくやってきたよ」

「そうだな。ディナーのとき見たよ。素晴らしい」

「素晴らしいことなんか何もないさ。どうにもなりやしない。彼女に結婚を申し込むなんて絶対に無理なんだよ。一生ウエハースだけ食べて生きてくとしたって、絶対に告白する勇気なんかないよ」

「だけど、駄目じゃないか、ガッシー。こんなにロマンティックな環境にいるんだぞ。ささやきの木立だけだって立派に……」

「君がどう思ったかなんて知ったことじゃないさ。僕にはできないんだ」

「なあ、頑張れよ！」

「できないよ。彼女はあまりにもかけ離れていてよそよそしいんだ」

「そんなことはないさ」

「そうなんだよ。横から見ると特にそうなんだ。彼女の横顔を見たことがあるかい、バーティー？　あの冷たい、純粋な横顔だよ。胸がかきむしられるような、あの横顔のことなんだ」

「そんなことはない」

「そうなんだよ。あれを見ると、言葉は僕の口の端で凍りついてしまうんだ」

奴は一種の愚鈍な絶望と共にこう語った。奴を勝利に導く元気とか勇気とかの欠如はあまりにも明らかで、僕はしばしのっぴきならない気分におちいったと感じたことを告白しよう。こんな人間クラゲを励まそうったって無理な話だと思えた。すると、ひらめいた。非凡なすばやさで、このフィンク＝ノトルに審査員席を通過させるには、まさしくどうしなければならないのかを僕は理解したのだ。

「彼女の気持ちを和らげなけりゃいけない」僕は言った。

「何て言った？」

「和らげるんだ。心を解きほぐすんだ。説得するんだ。最初はまず鋤《すき》仕事だ。ガッシー、僕が提案するのはこういう手続きだ。すなわち、僕はこれから家の中に戻ってバセットを散歩に誘い出してくる。僕はあこがれ慕う心について彼女に話をする。ここにひとつそいつがあるってことをほのめかしながらな。努力を惜しまずに、強烈に投げかけるつもりだ。お前はしばらくその辺に潜んでいて、十五分位したら登場して、そこからは引き受けてくれ。そのときには彼女の感情はかき乱されてるからな。あとはお前の頭でなんとかできるはずだ。走り出したバスに飛び乗るようなもんさ」

　学校に通っていた子供の時分、ピッグ何とかとかいう名前の男についての詩を勉強させられたのを思い出す。そいつは彫刻家だったんだろう、間違いない——女の子の彫像を作ってみたら、ある朝驚いたことにそのとんでもないしろ物に突然命が吹き込まれた。無論その男にはひどいショックだった。ともあれ言いたかったのは、こういう詩句があったということだ。もし僕の記憶が正しければ、それは次のようなものだった。

彼女はうごきだす。彼女は感じているようだ
彼女の竜骨に、命のささめきを［ワーズワース「船の建造」。彼女は船を指す。ピグマリオンの詩ではない］

　僕が言わんとしているのは、つまりこうした励ましの言葉を僕が口にしたときのガッシーの様子を、これ以上うまく表現したものはあり得ないということだ。奴の額《ひたい》は晴れわたり、目は輝き、さかなみたいな表情は消えていた。ナメクジはまだ長い、長い道のりを歩んでいたのだが、それを見つめる奴の目には快活さと言って過言でない表情が浮かんでいた。いちじるしい進歩だ。
「君の言わんとするところはわかったよ。つまり君が道ならしをしてくれるってことだな」
「その通り、鋤仕事だ」

「すごくいいアイディアだよ、バーティー。それで断然状況はちがってくる」

「そうだ。だけどその後はお前次第だってことを忘れるなよ。気を引き締めてうまいこと言うんだぞ。でなきゃせっかくの僕の努力が水の泡だ」

さっきの「神よ助けたまえ」みたいな様子がまた戻ってきた。奴はちょっとあえいだ。

「その通りだよ。一体全体僕は何て言ったらいいのかなあ？」

僕は努力してじれったいのをこらえた。こいつは僕と学校に行った仲なのだ。

「バカ、いくらだって言うことはあるだろうが。夕暮れについて語ったらどうだ」

「夕暮れだって？」

「そうだ。お前が今まで会った既婚男性の半分は夕暮れの話ではじめてるんだ」

「だけど夕暮れについて何て言ったらいいのさ？」

「うーん、ジーヴスがこの前いいことを言ってたな。ある晩公園で犬を散歩させてるところに会ったんだ。彼は言ったよ。〈今や明滅する景色が視界から消えゆきますな、ご主人様。夜気は荘厳なる沈黙を保って「トマス・グレイ『墓畔の哀歌』」〉こいつを使ったらどうだ」

「どういう種類の景色だって？」

「明滅する、だ。めはメダカのめ、いはイモリのい……」

「ああ、明滅する、だね？　うん悪くないよ。明滅する景色……荘厳なる沈黙……うん、かなりいいよ」

「それからお前は、お星様は神様のひなげしの首飾りじゃないかとよく思うんだって言ってもいいんだ」

「だけど僕はそんな風に思ったことはないよ」

「僕だってそうだ。だが彼女はそう思ってるんだ。いいからそう言ってみろ。彼女がお前のことを対《つい》なす魂と思わずにいられると思うか？」

「神様のひなげしの首飾りだって？」

「神様のひなげしの首飾りだ。それからお前は、黄昏《たそがれ》がいつも僕を悲しくさせるって言うんだ。そんなことはないって言いたいところだろうが、この場合是非とも悲しくならないといけない」

「どうしてさ？」

「まさしく彼女はそう聞くんだ。彼女は乗ってくるぞ。なぜならお前は自分の生活はあまりにも孤独だからって答えるからだ。お前のリンカンシャーの家での典型的な夜の過ごし方について手短かに語るのも悪くないな。草の中を重い足取りでゆっくり歩いてるってな」

「僕はいつも部屋で座ってラジオを聴いてるんだ」

「駄目だ、聴いてないんだ。お前は草の中を重い足取りで歩いてるんだ。誰か自分を愛してくれる人はいないかと願いながらな。それから彼女がお前の前に現れた日のことを語るんだ」

「妖精のお姫様みたいだった」

「その通りだ」僕は賛意を込めて言った。こいつからこんなホットな言葉が飛び出すとは思わなかった。「妖精のお姫様みたいにだ。いいぞ、ガッシー」

「それから？」

「ああ、その後は簡単だ。お前は彼女に話したいことがあるって言って、はじめるんだ。失敗しようがない。僕がお前だったら、場所はこのバラ園にするな。愛する人を薄暮にバラ園に誘い込むのが絶対の好手だってのは確立された事実だ。お前は先に一杯引っかけといたほうがいいな」

「引っかける？」

「一口飲んどくんだ」

「酒のことかい？　僕は飲まないんだよ」

「何だって？」

「一滴も飲んだことはないんだ」

僕は実に心もとない気持ちになったと告白せねばならない。こういう時には程ほどに酔いがまわっているのが肝要だとは、広く一般の認めるところである。

しかしながら事実が奴の言うとおりであれば、どうしようもない。

「うーん、じゃあジンジャー・エールでやれる限り頑張ってもらうしかないな」

「僕はいつもオレンジ・ジュースを飲むんだよ」

「じゃあオレンジ・ジュースだ。言ってくれ、ガッシー、はっきりさせたいんだ。お前本当にそんなものが好きなのか？」

「とても好きだよ」

「じゃあ何も言うことはない。それじゃおさらいするぞ。お前がちゃんと計画を理解しているかどうか知りたいからな。明滅する景色から始めるんだぞ」

「お星様は神様のひなげしの首飾りだ」

「黄昏はお前を悲しくさせる」

「なぜなら僕の人生は孤独だから」

「生活の描写だ」

「僕が彼女に会った日について話す」

「妖精のお姫様のせりふもだ。彼女に言いたいことがあるって言って、何度かため息をつくんだ。彼女の手を握って、それから告白だ。いいな？」

奴がシナリオを完全に理解したことを確認し、今やすべてが適切な手続きを経て進行するものと期待して、僕は引き上げて屋内に急いだ。

居間に着いてバセットに正面から向き合う前から、この一件に対して僕が持っていた晴れやかな陽気さにいささか陰りが生じてきた。この近距離で彼女を見つめてみて、僕は突然自分が何を始めようとしているかに気がついたのだ。このいまいましい女性といっしょに散歩するかと思うと、僕の心はきわめて不快に重く沈んだ。カンヌでいっしょにいるとき、どれほど頻繁に僕はバカみたいに彼女を見つめていたことか。またそんな時に、レーシングカーに乗った親切な誰かがやってきて彼女のみぞおちに激突してこの場の緊張を和らげてはくれないものかと願ったことが、思い出されてならなかった。今まで僕が十分明らかにしてきたように、彼女は僕の一番気のあう仲間というわけではない。

しかしながら、ウースター一族の者にとって、口にした言葉は証文も同じだ。ウースター一族の者は、たじろぐことはあっても退きはしない。半時間ほど外を散歩しないかと彼女に訊ねる僕の声にいささかの震えがあったことは、よほど鋭い聴覚をもってしなければ感知し得なかっただろう。

「素敵な夜だね」僕は言った。

「ええ、素敵ね」

「素敵だ。カンヌを思い出すね」

「カンヌの夜は素敵だったわ」

「素敵だった」僕は言った。

「素敵だったわ」バセットは言った。

「素敵だった」僕は同意した。

フレンチ・リヴィエラのお天気ニュースはこれでおしまいだ。それから僕たちは戸外の広々と開けた場所に出た。彼女は景色についてクウクウささやき、僕は「ああ、そうだね、そのとおり」などと答えながら、どうやって問題の核心に迫ろうかと考えていた。

10・詩人の愛

この女の子が電話口で陽気にチイチイさえずって、二人乗りの車で疾走するような娘だったら、事態はどんなにかちがっていただろうと僕は思わずにいられなかった。そういうことなら、僕はただ「聞いてくれ」と言って、彼女のほうは「何よ?」と言い、それから僕は「ガッシー・フィンク＝ノトルを知ってるだろう」と言い、彼女は「ええ」と答え、それで僕が「奴が君のことを好きなんだ」と言うと、彼女は「あのマヌケが? 今日は笑わせてもらったわ、ありがと」と答えるか、そうでなければもっと情熱的な調子で「キャッホー! もっと話して!」と答えるかどちらかだ。

つまりどちらにしても全部で一分以内で決着がつく。

だがバセットが相手となるとこうスマートにはいかない。もっとずっと粘《ねば》ついたことになるのは明白だ。夏時間のお陰で、黄昏《たそがれ》がまさに宵闇に場所を譲ろうとするその瞬間に、僕らは広々とした空き地に二人していた。日没の最後の名残がまだ残っていた。星たちが姿を見せ始め、コウモリはぱたぱた飛び回っていた。庭園じゅうは、一日の終わりにだけ花を咲かせる変な匂いの白い花の香で満ち溢れていた――要するに、明滅する景色が視界から消えゆき、夜気は荘厳なる沈黙を保っていたわけだ。そしてこれが彼女に最悪の影響を及ぼしているのは明らかだった。彼女の目は見開かれ、彼女の顔全体は慰撫を求める魂の覚醒を露骨に表していた。

彼女の顔つきはバートラム氏から何かぐっとくるものを期待する娘のそれだった。

こういう状況では会話は必然的に低調になる。ある程度の感傷が必要となるような状況で、僕は調子が出たためしがない。ドローンズの他のメンバーが同じようなことを言うのを聞いたことがある。ポンゴ・トウィッスルトンが僕に語ったことだが、ある月の晩に女の子とゴンドラに乗ったとき、奴に唯一できたのは、すごく泳ぎが上手でヴェニスの交通警官になった男の昔話だけだった。この話はまるでウケをとれず、寒くなってきたからホテルに戻りましょうかと彼女が言うまでに、大して時間はかからなかったそうだ。

そういうわけで今言ったとおり、会話はもたついていた。ガッシーに痛みうずく心について話してやると約束したまではよかったが、こういうことにはきっかけがいる。僕らはそぞろ歩いて湖のほとりに着いた。彼女が星について語り始めたときの僕の絶望をお察しいただけるだろうか。

僕にはまったく面白くなかった。

「まあ、ご覧になって」彼女は言った。彼女は「まあ、ご覧になって」の、確かな遣い手だ。カンヌでもそうだった。彼女はこの調子でさまざまな場面で、フランスの女優とか地元のガソリンスタンドとかエストレルに沈む夕日とか、マイケル・アーレン［イギリスの当時の流行作家］とかサングラス売りの男とか、地中海の深いヴェルヴェット・ブルーとか、縞柄のワンピースの水着を着た元ニューヨーク市長とかいった雑多な対象に僕の注意を向けさせたのだ。「まあ、ご覧になって！　可愛らしいお星様がひとりぼっちでお空にいるわ、ほら」

僕は彼女が言ったやつを見た。木立の上に小さい星が他と離れて光っていた。

「そうだね」僕は言った。

「寂しくはないのかしら」

「ないんじゃないか」

「妖精さんが泣いてるにちがいないわ」

「えっ？」

「憶えてらっしゃいません？〈妖精さんが涙を流すたびに、ちっぽけな星が天の川に生まれる〉そんな風に考えたことはおありじゃないですか？　ウースターさん」

ない。およそありそうにない。お星様は神様のひなげしの首飾りだという彼女の言明とそれが両立するとも思えない。つまり、どっちも本当だというわけにはいかないだろう。

しかしながら僕は詳細に吟味したり批評したりする気分ではなかった。星がこの問題に関係ないと考えていた自分が間違っていたことに、気がついたのだ。実にまったく結構なきっかけではないか。僕はすぐさまそいつに飛びついた。

「涙を流す、って言えば――」

だが彼女はもうウサギの話題に移っていた。ウサギが何匹か、僕らの右手の庭園を跳ね回っていたのだ。

「まあ、ご覧になって。小さなウサちゃん！」

「涙を流すって言えばなんだけど――」

「こんな夜ってお好きじゃありません？　ウースターさん。お日様が眠りについて、ウサちゃんたちが晩ごはんを食べにお外に出てくるの。私、子供の頃、ウサギってノーム［地中の宝を守る地の精で老人姿の小人］なんだって思ってたんです。それと、息をしないで動かないでいたら、妖精の女王様に会えるはずって」

それは子供時代の彼女にいかにもありそうなキチガイじみた話だと控えめな身振りで暗に示しながら、僕は肝心の点に戻った。

「涙を流すって言えば」僕はきっぱりと言った。「ブリンクレイ・コートにひとつの痛みうずく心があるって言ったら君は聞いてくれるかな」

これで彼女は黙り込んだ。彼女はウサギの話題について語るのをやめにした。それまで愛らしい活気で照り輝いていた顔にかげりが生じた。ゴムのアヒルを押したときに出てくる風みたいな音で彼女はため息をついた。

「ええ、そうなの。人生ってとても悲しいわ、ねっ？」

「誰かにとってはね。たとえばこの痛みうずく心ってのは」

「彼女のあの切ない目ときたら！ びしょぬれのアイリスだわ。エルフ〔いたずら好きの小妖精〕みたいに二人で踊ってたのに。サメのことであんなばかばかしい誤解があったばっかりに。誤解ってなんて悲劇なのかしら。グロソップさんがあれをヒラメだって言ったばっかりに、あの素敵なロマンスが壊れてしまうなんて」

彼女が勘違いしているのに気がついた。

「アンジェラのことを言ってるんじゃないんだ」

「でも彼女の心は痛みうずいているわ」

「痛んでるのは知ってる。でも他の誰かのも痛んでるんだ」

彼女は困惑して僕を見た。

「他の誰かって、グロソップさんのこと?」

「ちがうよ」

「トラヴァース夫人のこと?」

精妙なるウースター一族の掟の要求する礼儀正しさが、僕をして彼女の耳をひっつかませるのを押し止めた。とはいえそうできるものなら一シリングくらいは進呈したいところだった。彼女の要点のつかみそこね方には、何というか意図的な間抜けさがあるようだ。

「ちがうよ、ダリア叔母さんじゃない」

「でもおばさまはひどく動揺なすってるわ」

「それはそうだけど、僕が言ってる心っていうのはタッピーとアンジェラの喧嘩のせいで痛んでるんじゃないんだ。それはまったく別の理由で痛んでるんだよ。つまり――こん畜生! 君だって心がどうして痛むもんかわかるだろう!」

彼女は少しゆらついたようだった。彼女が話す声は、ささやくようだった。

「つまり――愛のせいで、ってこと?」

「そうだよ。ど真ん中大当たり。愛のためにだ」

「まあ、ウースターさん!」

「君は一目ぼれを信じるだろう?」

「ええ、信じるわ」

「この痛みうずく心に起きたのがそれなんだ。そいつは一目で恋に落ちたんだな。それ以来、そいつの痛む心は恋に侵食されちまってるんだ。こういう表現でいいんだと思うんだけど」

沈黙があった。彼女は振り向いて、湖に浮かぶアヒルを見つめていた。そいつは水草をもりもり食べていた。あんなしろ物が好きな奴がいようとはまったく僕には理解できない。とはいえ思うに、誠実に向き合えば、ホウレン草より悪くはないのかもしれない。彼女は立って、そいつをしばらく凝視していた。するとアヒルは逆立ちしてもぐって消えてしまい、それで呪《のろ》いは破られた。

「まあ、ウースターさん！」彼女はまたそう言った。声のトーンから、彼女を調子づかせてしまったことがわかった。

「それは君のせいなんだよ」ロマンティックな情緒を加味しながら僕は話を進めた。僕はあえて言うが、こういう状況で難しいのは中心となるアイディアをどう植えつけるか、すなわち全体の輪郭をどうやって十分確固たるものにするかだということはおわかりだろう。残りは細部の仕上げだけだ。この時点で僕が饒舌《じょうぜつ》になったとは言わない。だが確かに前よりはかなりすらすら話せるようになった。

「そいつはたいへんな時を過ごしてるんだ。食べられない。眠れない。それもこれもみんな君への愛のせいなんだ。それでも君に向かって勇気を出して状況を伝えられないんだ。君の横顔が現れて足が冷たくなるんだ。そいつが話そうとすると、君の横顔が見えて言葉が出ないんだ。馬鹿げたことさ。でもそうなんだ」

僕には彼女がゴクッと息を呑むのが聞こえた。彼女の目が涙で潤《うる》むのが見えた。びしょぬれのアイリス、と言いたければその通りだ。

「ハンカチを貸そうか？」

「ううん、いいの。大丈夫」

僕に言えるだけのことはもう言い終えた。努力したせいで僕は衰弱していた。同じような経験がおありかどうか、本当に埒《らち》もないどうしようもないことを話す行為は、いつも僕にジンジンした痛みと忌まわしい羞恥の念を覚えさせるのだ。

以前ハートフォードシャーのアガサ伯母さんのところで、〈困窮した聖職者の娘たち〉を救済するためのページェントか何かでエドワード三世王［在位一三二七—七七。華やかな宮廷生活で知られる］の役をやらされ、愛人の麗《うるわ》しのロザモンド［エドワード三世王ではなくヘンリー二世王の愛人。王妃の目から隠すために迷路に匿われていたが、糸を手繰った王妃に見つかって殺された］にさよならを言わされたことがあった。そいつはあけすけに真実を語る時代に特有の、きわどい中世風の会話に満ち満ちていた。終了の笛が鳴るまでに、聖職者の娘たちの中で僕の半分も困窮した者はいなくなっていたと賭けたっていい。ドライなせりふは一行たりともなかったのだ。

僕の反応はこのときにきわめてよく似ていた。向かい合った相手が何度かしゃくりあげてから、やがて話し始める言葉に耳をそばだてているのは、かなり液状化の進んだバートラム氏であった。

「お願いですからその先はおっしゃらないで、ウースターさん」

無論僕はこれ以上なにも言う気はない。

「わかりましたわ」

そう聞けて嬉しい。

「ええ、わかりましたわ。あなたのおっしゃることがわからないふりをするほど私おバカさんじゃありません。カンヌで、そうじゃないかって気づきましたの。あなたは何もおっしゃらないで、いつも立って私を見つめてらした。でもあなたの目がすべてを語っていたの」

もしアンジェラのサメが僕の足に噛み付いたとしても、これより激しい痙攣《けいれん》性の飛びあがりはできなかったと思う。僕はガッシーの利益にあまりにも関心を集中していたので、僕の言ったことに別の不幸な解釈が可能だなどとは考えもしなかったのだ。僕の額《ひたい》を濡らしていた汗は、ナイアガラの滝みたいに流れ落ちた。

僕の全運命はこの女性の言葉にかかっている。つまり、いまさら取り消しはできないではないか。もしその男が結婚の申し込みをしていると女の子が考えて、そうした理解の下にそいつを予約しようとしているとき、男の立場としては、彼女は完全に誤解しておりそんなことを言う気は微塵もなかったなどと言えるものではない。成りゆきにまかせるしかないのだ。とはいえお星様が鼻をかんだから妖精さんが生まれたとか何とか、人前で平気に口にするような女の子と婚約するかと思うと、ただただ僕は震えるばかりだった。

彼女はせりふを続け、聞きながら僕はこぶしを握り締め、指関節が緊張で白くなったのではないかと思ったくらいだ。彼女は肝心の点にまるで到達しないように思えた。

「そうですの。カンヌにいる間じゅう、あなたが何をおっしゃりたいのか私にはわかってました。女にはわかるんですわ。それからあなたは私を追ってここにこうしてついてらした。今夜お目にかかってもやっぱりあなたの目には同じようにもの言わぬ、思慕のまなざしが見えますわ。そしてあなたはとっても強引に私を誘って夕暮れ時のお散歩に連れ出そうとなさった。それでこんな風にたどたどしい言葉を、口ごもりながらお話しになって。でもそれは驚きでもなんでもありませんでした。だけど、ごめんなさい」

言葉はまるでジーヴスのおめざみたいだった。コップ一杯のミートソース、赤唐辛子、卵の黄身――もっとも前にも述べたように、材料はこれだけではないはずだと僕は確信しているのだが――

が僕の体内に発射されたみたいだった。僕のからだは陽光の中に花開く可愛らしい花のように伸び拡がった。大丈夫だったのだ。僕の守護天使はうっかり寝すごしてはいなかったのだ。

「――ごめんなさい、でもだめなの」

彼女は言葉をとめた。

「だめなの」彼女は繰り返した。

僕は絞首台から救い出された喜びを噛みしめるのに忙しく、しばらくの間すぐに返事を返さねばならないことに思いが回らなかった。

「ああ、よしきた、ホーだ」僕はあわてて言った。

「ごめんなさい」

「全然かまわない」

「申し訳なくて言葉にならないくらいなの」

「もういいんだ、心配しないで」

「でも私たちお友達よ」

「ああ、そうさ」

「じゃあこのことはもう言わないことにして、私たちだけの優しい小さな秘密にしましょ?」

「それがいい!」

「そうよ。ラヴェンダーの花の間にしまってある、何か可愛らしくていい香りのするものみたいに」

「ラヴェンダーに――よしわかった」

長い沈黙があった。彼女は神のように僕をあわれみのまなざしで見つめた。僕がまるで彼女がフランス製の爪革でたまたま踏んづけたカタツムリか何かみたいにだ。僕は彼女に大丈夫だと言いたかった。バートラム氏は絶望の犠牲者ではない。彼の人生でこれほどうきうきした気持ちになったことはないくらいなのだ。だが、無論そんなことは言えない。僕は何も言わず、勇敢な顔をしてつっ立っていた。

「そうできたらよかったの」彼女はつぶやいた。

「できたらって？」僕は言った。心ここになかったからだ。

「あなたが私を思ってくださるのと同じように私にも思えたら、って」

「ああ」

「でもできないの、ごめんなさい」

「まったく大丈夫。僕ら二人とも悪いんだ、そうさ」

「なぜって私あなたが好きなの、ウースターさ――いいえ、私あなたのことバーティーって呼ばなきゃ、いいかしら？」

「ああ、どうぞどうぞ」

「だって私たち本当のお友達だもの」

「いやまったく」

「私あなたが好きだわ、バーティー。もし事情が違ったら私――」

「えっ？」

「そうよ、私たち本当のお友達よ……共通の思い出をもつ……あなたには知る権利があるわ……あなたにそんな風に思ってほしくないの……人生って何てごたまぜなのかしら、ねえ、そうじゃなくて？」

多くの男にとっては、間違いなくこんな支離滅裂のつぶやきはただのたわ言だと思われるし、そのようなものとして却下することだろう。だがウースター家の者は通常人よりも機知縦横であるから、行間が読めるのだ。僕は彼女が胸の内から降ろしたがっている荷物が何であるのかを、突如理解した。

「他に好きな人がいるってこと？」

彼女はコクンとうなずいた。

「君は他の男が好きなんだね」

彼女はうなずいた。

「婚約してるとか、そういうこと？」

今度は彼女はカボチャ頭を振った。

「いいえ、ちがうの、婚約はしていないの」

うむ、無論何事かではある。とはいえ彼女の話し振りからすると哀れなガッシーも出走馬表から名前を消されることになる。僕は奴に悪いニュースを伝えるのはいやだった。僕はあの男を詳しく研究しているから、これで奴はおしまいだということを確信していた。

おわかりと思うがガッシーは、僕の友達のいく人か——ビンゴ・リトルの名がすぐさま思い出される——つまり、女の子にふられても「そうか、じゃあ元気で」とか言って、次の娘を探しに行ってしまうような男とはちがう。奴は最初の試合で勝利を得られなければ、すべてを終わりにして残りの人生をイモリの世話をしながら、長くて灰色の頬髯を伸ばして暮らしてゆくのだ。小説に出てくる、木立の間に見える大きな白い家に住んで世界との交渉を断った、苦悩に満ちた顔の男みたいにだ。

「でも彼は私のことをそんな風に思っていてはくれないと思うの。少なくとも彼は何も言ってくれないわ。どうして私がこういう話をするか、おわかりいただけるでしょう。だって……」

「ああ、もちろんさ」

「あなたが一目ぼれを信じるかっておっしゃるのが不思議だわ」彼女は半分目をつぶった。「愛する者を愛する者で、一目で恋に落ちない者があろうか?［シェークスピア『お気に召すまま』第三幕一場。元来はクリストファー・マーロウの詩から］」彼女はおかしな口調で言ったので、僕は――なぜかはわからないが――さっき話したページェントでボアディケア［紀元一世紀のイケニ族の女王。ローマの支配に対して反乱を起こした］に扮したアガサ伯母さんの姿を思い出した。「ほんとにつまらないおかしなお話なの。私は田舎のお友達のところに行っていて、それで私は犬を連れてお散歩していたの。そしたらかわいそうなワンちゃんが小さな足にトゲを刺してしまって、私どうしていいかわからなくて、そしたら突然その人が現れたの――」

そのページェントのことにもう一度話を戻すと、先ほど読者諸賢のためにその時の感情を描写した際、実は僕はその絵の暗い部分だけを語っていたのだ。今はお話しすべきだと思うが、鎖帷子《くさりかたびら》をやっとこさ脱いで地元のパブに出かけていったとき、僕は特別室に行って主人に生ビールを頼んだ。一瞬の後、自家醸造の特製生ビールの取っ手つき大ジョッキを僕は手にした。最初の一口をゴクリとやったときの喜悦は、未だ僕の記憶の中で青々としている。僕が経てきたあの苦痛は、この完璧な瞬間を完璧たらしむるために必要な通過点だったのだ。

今このときと同じだ。彼女の言葉を聞いて、ガッシーのことを言っているにちがいないと気がつき――同じ日に彼女の犬の足のトゲを抜いた男が一個連隊もいるはずがない、犬は針刺しじゃあないのだ――一瞬前にはどう見ても賭けるに値するとは到底思えなかったガッシーが、最終的に大勝利を収めたのだと気づいたとき、決定的なスリルが全身に行き渡り、僕の唇からは「ワオ！」という声が飛び出した。それはひどく溌剌と、はしゃいだ調子だったのでバセット嬢は地表から何十センチも跳び上がった。

「どうなさったの？」彼女は言った。

僕は快活に手を振った。

「なんでもない」僕は言った。「なんでもないよ。今夜忘れずに書かなきゃならない手紙があるのを思い出したんだ。もし構わなきゃここで失礼するよ。ほら」僕は言った。「ガッシー・フィンク＝ノトルがこっちに来るぜ。君の面倒を見てくれるはずさ」

僕が話している間に、ガッシーが木の後ろから姿を現した。

僕は立ち去って彼らに任せることにした。この二人に関する限り、すべては完全にうまく行った。あとガッシーは頭を下げて、急ぎすぎなければいいのだ。屋内に戻る道すがら、すでにもうハッピーエンディングが訪れているものと僕は思っていた。つまり女の子と男が二人きりでいて、彼女は彼を、彼は彼女を愛しているということであれば、両当事者を黄昏時に近接して並置させるなら、二人して婚礼祝いの品定めを始めるほかにすることが多くあるとは思えない。

何事かが試みられ、何事かが成し遂げられた［ロングフェローの詩「村の鍛冶屋」より］。喫煙室でささやかな祝杯をあげる価値はある。

僕はそちら方面に歩を進めた。

11. 事態ますます混迷を深める

サイドテーブルに材料はきれいに揃っていた。グラスに一センチかそこらのスピリットを注ぎ、そのてっぺんにいくらかソーダウォーターをふりかけるのは、僕にとっては一瞬の仕事だった。この後、僕は肘掛け椅子に腰を下ろし、脚を上げて無頓着なよろこびと共に飲み物をすすった。ネルヴィ族を征服した日にシーザーが天幕でしたみたいにだ。

あの平和な庭園で今何が起こっているだろうと思いを馳せるにつけ、僕の心は昂揚し、活気づいた。オーガスタス・フィンク＝ノトルが布きれ頭のバカ界における大自然の最後の言葉だという僕の見解は一瞬たりとも揺らぐものではないが、僕はあの男が好きだし、うまくやって欲しい。もし奴でなく自分が当事者だったとしても、求愛の成功にこれほど深く身を入れて心配する気持ちにはなれなかったろう。

今頃奴はきわめて容易に予備交渉を終え、うち解けた様子でハネムーンの計画について夢中で話し合っているところだろうなどと考えるのは、とても気持ちのいいものだった。

無論、マデライン・バセットがどういう種類の女の子かということを考えると――お星様とかウサギとかそういうことだ――冷静な悲しみの方がよりふさわしいと考える向きもおありだろう。しかし、この手の問題に関しては蓼食《たでく》う虫も好き好きだということをよくよく理解しないといけない。まともな思考の男ならバセットを見たらその衝撃で二キロも走って逃げるところだが、何らかの理由で彼女はガッシーの胸にはディープに訴えかけるのであり、まあ、そういうことなのだ。

沈思黙考しつつ、思いがここまで及んだとき、ドアの開く音にはっとさせられた。誰かが入ってきてヒョウみたいにサイドテーブルに突進してきた。脚を降ろしながら、僕はそれがタッピー・グロソップであることを視認した。

奴の姿を見て僕は一瞬良心の呵責《かしやく》を覚えた。つまり、ガッシーの件をうまく片付けた興奮から、僕はこのもう一人の依頼人のことを忘れていたのだ。一度に二つの事件を解決しようとすると、しばしばこういうことになる。

しかし今やガッシーのことは懸案を離れた。これからはグロソップ問題に全関心を傾注すべき時である。

ディナーの席で奴が見事に課題を成し遂げたことについては、僕は非常に満足していた。僕は保証するがこれは容易なことではない。最上級の料理の数々がどんと出てきたのだ。とりわけ素晴らしかった——ノネット・ド・プーレ・アニェス・ソレルである——一皿を前にしたら、鉄の決意だって簡単に打ち破られてしまうところだったのだ。だが奴は断食のプロみたいにそいつを押し返した。僕は奴を誇りに思う。

「ああ、ハロー、タッピー」僕は言った。「会いたかったんだ」

ブランデーグラスを手に奴はこっちを向いた。あの喪失が奴にとってはなはだしい試練であったことは容易に見て取れた。高木によじ登っていくキジを見つけたロシアの大草原地帯のオオカミみたいな様子だった。

「なんだ？」不愉快そうに奴は言った。「ああ、俺はここだ」

「それで？」

「それで？　って、何のことだ？」

「報告しろよ」

「何を報告するんだ？」

「アンジェラのことで何か言うことはないのか？」

「あいつがひどい女だってことだけだ」

僕は心配になった。

「お前のところにまだ寄って来ないのか？」

「来てない」

「そりゃあ変だ」

「何で変なんだ？」

「お前の食欲不振に彼女は気づいたはずだ」

奴はいらいらと吠えるような声を出した。心の扁桃腺が腫《は》れているみたいだ。

「食欲不振だって！　俺はグランドキャニオンみたいに空洞なんだ」

「しっかりしろ、タッピー！　ガンジーのことを考えるんだ」

「ガンジーがどうしたって？」

「彼は何年もちゃんとした食事を摂《と》ってないんだ」

「俺だってそうだ。っていうか俺もそんなような気がするぞ。ガンジー、わが左足だ」

ガンジーのモティーフについては脇にのいてもらったほうがいいように思った。僕はスタート地点に戻ることにした。

「彼女はたぶん今頃お前のことを探してるんだ」

「誰が？　アンジェラがか？」

「そうだ。彼女はお前の最大限の犠牲に気づいたはずだ」

「彼女がそもそも気がついたかどうかだって疑問に思うね、あのかわいい間抜け頭が。まるで気にも留めてないにちがいないんだ」

「いいか、タッピー」僕は煽《あお》った。「そいつは病的だ。そんな陰気な見方はするな。少なくとも彼女は、お前があのノネット・ド・プーレ・アニェス・ソレルを押し返したのには気づいたはずだ。あの拒絶は目覚ましかったし、腫れた親指みたいに目立ったぞ。それとクレープ・ア・ラ・ロッシーニのとき――」

ねじまげられた奴の唇からしゃがれた叫び声が上がった。

「頼むからやめろ、バーティー！　俺が大理石でできてるとでも思ってるのか？　アナトールの至高のディナーが次から次へと通り過ぎてくのを座って眺めただけじゃまだ足りなくて、お前がそんな風に吹かすのを聞かされなきゃならないのか？　あのノネットのことは思い出させないでくれ。我慢できん」

僕は鼓舞、激励にかかった。

「しっかりするんだ、タッピー。食料庫のステーキ・アンド・キドニー・パイのことを考えるんだ。

聖書にあるじゃないか、それは朝に訪れるんだ［『詩編』三〇・五。「喜びは朝訪れる」］」

「そうだ、朝になったらだ。それで今は夜の九時半だ。お前はあのパイのことを思い出させてくれたな。考えないようにって一所懸命封印してたのにだ」

奴の言いたいことはわかった。あのパイを掘りだすまでにはまだまだ時間がいる。僕はその話はやめ、ずいぶん長いこと黙って座っていた。それから奴は立ち上がって部屋の中を興奮した様子で歩き始めた。食事の合図のベルを聞いた動物園のライオンが、飼育係が皆に食事を配分する際に自分のことを忘れないようにと願っている、といった風情だった。僕は如才《じよさい》なく目をそらしたが、奴が椅子や何かをけとばす音は聞こえた。奴の魂が辛苦にあえぎ、血圧が上がっているのは明白だった。

今や奴は椅子に戻ってきた。奴は僕を真剣な目で見つめている。奴の態度物腰には何か言いたいことがあるようだった。

僕は間違っていなかった。奴は僕のひざを意味ありげに叩いて言った。

「バーティー」

「ハロー?」

「話したいことがあるんだが、いいかな?」

「もちろんだ、心の友よ」僕は心を込めて言った。「このシーンにはもっと会話を入れた方がいいって思い始めてたところなんだ」

「アンジェラと俺の件なんだが」

「ああ」

「俺はこの問題に怜悧《れいり》な考察を加えてみたんだ」

「ああ、それで？」

「冷徹なまなざしで俺はこの状況を分析した。するとあるひとつのことが動かしがたく明らかになってきたんだ。汚い手が使われてるんだ」

「どういう意味かわからん」

「よし。いいか、事実の概要を見よう。カンヌに行くまではアンジェラは俺が好きだった。彼女は俺に夢中だったんだ。あらゆる意味で俺は彼女の青い目の青年だった。その点に異論はないな？」

「全くなしだ」

「帰って来てすぐに関係はぶちこわしだ」

「その通り」

「何でもないことでだ」

「なんだって、おいお前！　何でもないことだって？　お前はやっぱり考えが浅いな。彼女のサメのことでじゃないか」

「俺は彼女のサメについちゃあ腹蔵のない、率直なところを述べたまでだ。それがまさに俺の言いたいところなんだ。真面目な話、つまらないサメのことでちょいとばかり見解がちがったくらいのことで女の子がはい、さようならと男に帽子を渡すと思うのか、その女の子の心が本当にその男のものだったとしてだぞ？」

「そりゃそうだろう」

こんなことがどうしてこいつにわからないのかが驚きだ。とはいえこの哀れなタッピーは微妙な陰翳《いんえい》などにはとんと興味を持たない男だ。奴はタフで大柄なフットボールなんかをするタイプの男で、ジーヴスが言うところのデリケートな感性などは欠如しているのだ。パントをブロックしたり、敵方の選手の顔の上をスパイクシューズで歩いたりするのはきわめて優秀だが、過度に神経質になった女性の感受性を理解するとなるとそれほどではない。サメのことをあきらめるくらいなら女の子は一生の幸せを棒に振ったってかまわないということが、奴には思いもよらないのだ。

「まったく！　あんなものはただの口実なんだ！」

「何が口実だって？」

「このサメの一件さ。彼女は俺を追っぱらいたいんだ。それで手近な口実に飛びついたんだよ」

「ちがう、それはちがう」

「絶対にそうだ」

「だがどうして彼女はお前を追い払いたいなんていうんだ？」

「まさしくそれだ。その疑問を俺も検討してみたんだ。ここに解答がある。すなわちそれは彼女が他の誰かと恋に落ちたからだ。明々白々だ。他に考えようがない。彼女は俺にぞっこんでカンヌに出かけた。帰ってきたときには俺はもう済んだことになってたんだ。明らかにこの一カ月の間に、彼女は向こうで会ったどこかの馬鹿に、心を移したんだ」

「ちがう、ちがう」

「〈ちがう、ちがう〉なんて言い続けるのはよせ。そうにちがいないんだ。ひとつ言っておこう。公式声明だと思ってもらっていい。このぬるついた、ずるずるはいずる草ヤブのヘビ野郎を俺が見つけたときは、そいつはお気に入りの病院の入院予約を早いとこ済ませたほうがいい。俺はずいぶん荒っぽいことをしてやるつもりだからな。そいつを見つけたら、首根っこをつかまえて泡を吹くまで揺すってやって裏返しにして自分で自分を飲み込ませてやるんだ」

これだけ言うと奴は黙った。僕は一、二分奴に落ち着く間をやると、立ち上がって客間に向かった。女性には夕食後に客間で憩う傾向があることはよくよく研究済みである。僕はアンジェラがそこにいるものと思ったのだ。アンジェラとひとこと話がしたいと僕は考えていた。

誰か横恋慕した男がカンヌで彼女のハートを盗んだというタッピーの仮説には、すでに示唆したようにまるきり信憑性はない。恋人を失った男のバランスを欠いた単なるたわ言であろう。愛の若き夢を沸騰させる炎を一時的に止めたのはもちろんあのサメであり、サメ以外の何物でもない。この時点で従姉妹と話をしておくことで、すべては正常な状態に復するものと僕は確信していた。

なぜなら正直な話、彼女のように生まれついての可愛らしさと心の優しさとをもった女の子が、今夜ディナーの席で見たことに心の底から揺さぶられないはずがないのだ。ダリア叔母さんの執事のセッピングスは冷静で、非感情的な男だ。だがその彼でさえ、タッピーがあのノネット・ド・プーレ・アニェス・ソレルを断って脇にのけたときには絶句してほとんどよろめかんばかりだった。一方、ポテトを持って脇に立っていた給仕は幻覚でも見るかのように目を見はっていた。アンジェラのようないい娘がことの重要性を理解しないなどという可能性を僕は断固拒絶する。彼女がハートから盛大に血を流しながら客間におり、すぐさま和解に応じる用意があるものと僕は全面的に期待していた。

しかし僕が入って行くと、客間にはダリア叔母さんしかいなかった。僕を見る彼女の目つきには僕に対する反感が表れているように思われた。だがこれは、先ほど苦悩に苛《さいな》まれるタッピーを見たばかりだったので、それは奴と同じくメニューを軽く済ませたという事実に起因するものと僕は考えた。空腹の叔母に満腹の叔母と同じようににこやかであってくれとは、期待できるものではない。

「ああ、あんたなの？」彼女は言った。

無論そうだ。

「アンジェラはどこ？」僕は聞いた。

「寝たわ」

「もう？」

「頭が痛いんだって」

「ふーん」

こう聞いていい気分だったかどうか定かではない。別れた恋人がセンセーショナルにも食事を口にしないでいる姿を見た女の子は、胸のうちに再び愛が生まれていれば頭痛で寝込んだりはしないものだ。彼女は彼について回って、伏し目がちのまつげの下からすばやい、自責の念を湛えたまなざしを彼に送り、彼が円卓に向かい合って和解の手順を見つけようというなら大賛成だと伝えようとするのが普通だろう。そう、僕はその寝込んだという話を少々不穏なこととして聞いたと言わねばならない。

「寝たんだって？」僕は沈思黙考しつつ、つぶやいた。

「あの子に何の用よ？」

「ちょっといっしょに歩いて話をしようと思ったんだ」

「あらあんた歩きたいの？」突然関心をあらわにしてダリア叔母さんは言った。「どこに？」

「まあ、あちこちさ」

「じゃああんた、あたしのために何かしてくれるのは嫌かしら?」

「どういうこと?」

「時間はかからないわ。菜園の温室の間を抜けてく道は知ってるね。そこを行けば池に出るわ」

「その通りだ」

「あんたはしっかりした、丈夫なロープかコードを持ってその道を歩いて池までいくの」

「池までいく、と。わかった」

「それから周りをよく見て、手頃な、重たい石を見つけてもらいたいの。ごく大きいレンガでも大丈夫だわ」

「わかった」僕は言ったが、何のことやら皆目《かいもく》見当がつかなかった。「石かレンガだね、わかった。それから?」

「それから」この親戚は言った。「いい子だからね、そのロープをレンガに縛りつけたら、そいつをそのどうしようもない首に結んで、そのまま池に飛び込んでおぼれ死んでもらいたいの。二、三日したら誰かにあんたを引っぱりあげてもらって埋葬してあげるわ。なぜって、あたしはあんたのお墓の上でダンスを踊ってやりたいんだから」

ますますわからなかった。わからないだけではない——傷ついたし憤慨もした。僕はこんな本を読んだのを思い出した。それによると、娘は「突然部屋から出ていった。唇から恐ろしい言葉が飛び出すのを恐れていたたまれなかったのだ。この家にもう一日でも残って、侮辱され、誤解されるのは耐えられないと決心したのだった」僕もほとんど同じように感じていた。

それから僕はスプーン半分しかスープを飲んでいない女性に対しては、寛容であらねばならぬと思いなおした。それで口許まで出かかっていた灼熱の警句を言葉にするのは差し控えた。

「何だい」僕は静かに言った。「いったい何のことさ？　叔母さんはバートラムを怒ってるのかい？」

「怒ってるわよ！」

「だいぶ怒ってるみたいだけど、このむき出しの憎悪はどういうわけなんだい？」

突如、彼女の目から炎が噴きだし、僕の髪を焦がした。

「どこのバカよ、どいつよ、どこのまごまごした間抜けよ。あたしの賢明な判断に逆らって、ディナーを抜けなんて言ったのは。わかってなきゃいけなかったんだわ――」

彼女の不機嫌の根本原因を僕が的中させていたことがわかった。

「大丈夫だよ、ダリア叔母さん。どういう気持ちかはわかるよ。おなかがちょっとすいてるんだろう？　でも苦悩は過ぎるんだ。もし僕が貴女だったら、家族が寝静まった後で食料庫に潜行するな。とってもおいしいステーキ・アンド・キドニー・パイが、探せばあるって聞いてるんだよ。信じるんだ、ダリア叔母さん」僕は励ました。「すぐにトム叔父さんがやって来るさ。心配と同情で胸を一杯にしてね」

「来るかしら？　あの人がどこにいるかあんた知ってるの？」

「僕は会ってないけど」

「あの人は書斎で頭をかかえてるわ。文明と坩堝がどうとかぶつぶつ言いながらね」

「えっ、どうして？」

「アナトールが辞表をよこしたってあの人に知らせるのが、あたしの苦しい義務だったのよ」

僕は自分がよろめいたことをここに白状する。

「なんだって？」

「辞表をよこしたのよ。あんたのあの馬鹿げた計画の結果ね。みんなに食べ物を食べるなって言ってまわったら、感じやすい神経質なフランス人のコックがどうなるかって考えたの？　最初の二品がほとんど手つかずでキッチンに戻ってきたとき、彼はあんまり傷ついたもんで子供みたいに泣いたそうよ。それから残りのディナーも戻ってきたとき、彼はね、全部が全部考えつくされ、計算された侮辱だっていう結論に達したの。それで辞表を出そうって決心したのよ」

「なんと！」

「あんたは〈なんと！〉とか何とか言ってりゃそれでいいのよ。アナトール。神の与え給いし胃液への贈り物。バラの花びらから露が転がり落ちるみたいに行ってしまったわ。みんなあんたのバカのせいよ。これであたしがどうしてあんたに池に飛び込んでもらいたいかわかったでしょう。あんたが首を突っ込んで、利口の真似をしようとしたが最後、とんでもない災厄がこの家に稲妻みたいに落ちてくることになるってわかってなきゃいけなかったのよ」

叔母から甥に贈る言葉としては無論、残酷だ。だが僕は彼女に憤りを覚えはしなかった。確かに、一定のアングルから見れば、バートラム氏は水死体のようなものである。

「すまなかったよ」

「すまながって何のいいことがあって？」

「僕は最善と思ってしたことなんだけど」

「今度は最悪と思ったほうをやってご覧なさいな。そしたらかすり傷くらいですむかもしれないわ」

「トム叔父さんはあんまり元気じゃないってことだったっけ?」

「あの人は迷子みたいにうめいてるわ。あの人からお金を引き出す望みはまるで潰《つい》えたわね」

僕は考え深げにあごをさすった。彼女の言ったことに理があるのは認めなければならない。アナトールに去られることがトム叔父さんにとってどれほど恐ろしい痛手か、僕ほどわかっている者はいないのだ。

この物語の最初のほうで、ダリア叔母さんと深いつながりのあるこの海辺の奇妙な物体が、常々苦痛に苛《さいな》まれる翼竜に似て見える人物だという話はしておいた。そう見える理由というのは、彼は極東で何百万も儲けながら何年も過ごしてきたため消化機能が不調だからだ。上着の第三ボタンの下をモスクワのオールド・ホーム・ウィークみたいにしないで彼の体内に食物を送り込める唯一のコックは、比類なき才能を持ったこのアナトールだけなのだ。アナトールのサーヴィスが得られなくなれば彼が愛する妻に送るのは嫌な目つきだけになるだろう。そうだ。疑問の余地なく事態は石だらけの畑に行き当たっている。そして僕は急迫の事態を前にして建設的なアイディアに窮しているのだ。

しかしながら、これらはやがて克服されると確信し、僕は上唇を固くして平然たる態度を保った。

「そりゃあまずい」僕は認めた。「かなりまずい。疑問の余地なしだ。ひどい打撃だ。だけどダリア叔母さん、心配しないでいいよ。僕が全部何とかしてみせる」

前に僕は座りながらにしてよろめくことの困難さについて触れた。僕にはとてもできない芸当だと述べておいたはずだ。ところが驚いたことに、ダリア叔母さんは明らかに何の努力もなしにそいつをやってのけた。彼女は深い肘掛け椅子にしっかりと腰を下ろしていた。だが、であるにもかかわらず、彼女は猛烈な勢いでよろめいたのだ。恐怖と憂慮の痙攣《けいれん》で、彼女の顔はゆがんでいた。

「あんたがこれ以上キチガイじみた計画を試そうって言うなら――」

彼女を理詰めで説得するのは無理だと僕は見てとった。明らかに彼女は絶好調ではない。そういうわけで、愛情を込めた共感を体で表すことで満足して僕は部屋を出た。彼女が美麗なる装丁の『アルフレッド・テニスン卿著作集』を僕に投げつけたかどうかについては、僕はお伝えする立場にない。彼女の脇のテーブルにそいつが載っていたのは見た。また僕がドアを閉めると何らかの鈍器がドアにぶち当たったという印象を得たのを憶えている。だが僕は心ここになく、注意を払ってそれを観察したりはしなかったのだ。

家族ほぼ全員の突然の節食がアナトールの衝動的なプロヴァンス人気質に及ぼしうる影響について考慮を欠いていた点で、僕は自分を責めた。ガリア人はこういうことには我慢がならないのだと思い出すべきだったのだ。彼らがほんのちょっとした刺激によってもカッとなることはよく知られている。間違いない。彼はあのノネット・ド・プーレにもてる精魂のすべてを傾注したのだろう。それが手つかずで戻ってくるのを見て、彼の胸はナイフでえぐられたみたいだったにちがいない。

とはいえこぼれたミルクを呪《のろ》ったところで何ら得るところはないし、そんなものの上にじっとしていてもしょうがない。今バートラムが立ち向かうべき任務は、事態を正しい方向に建てなおすことだ。僕はあれこれ考えながら芝生の上をゆっくり歩いていた。すると突然、魂も張り裂けんばかりのうめき声がどこからか聞こえてきた。僕はその声をトム叔父さんが発しているのだと思った。館に囚われの身から逃れて、庭にうめき声をあげにやって来たのだ、と。

しかし周りを見渡しても何ら叔父らしきものは確認できなかった。僕が困惑して、再び沈思黙考を開始しようとしたその時、またもやその声が聞こえてきたのだった。闇を透かして熟視すると、庭園中に盛大にばらまかれた田舎風のベンチのひとつに、ぼんやりした人影が座り込んでいるのと、その傍らに別のぼんやりした人影が立っているのを僕は見てとった。二度目により鋭い観察を向けた時、僕は事実の概要を理解した。

このぼんやりした人影は、発見順に名をあげるとガッシー・フィンク＝ノトルとジーヴスだった。ガッシーがしていること、すなわち奴が身も世もなくうめき声を上げていることは、僕の理解の範囲を超えていた。

なぜならつまり、失敗の可能性などなかったのだ。奴は歌を歌っているのではなかった。僕が近づいていくと、奴はアンコールをよこした。間違いなくそいつはうめき声だった。さらに、今や僕には奴の顔がはっきり見えたのだが、奴の顔はどこから見ても完全に砂袋でぶん殴られたみたいだった。

「こんばんは、ご主人様」ジーヴスは言った。「フィンク＝ノトル様はご気分がすぐれないとのことでございます」

僕だってそうだ。ガッシーは低い、ぶくぶくいうような音をたて始めた。もはやことが恐ろしくまずい具合に運んだにちがいないのは、隠しようもなく明白だった。つまり、結婚とはきわめて厳粛な事業だと、僕にはわかっているし、そいつを始めようとしているのにハタと気がついた時、男というものはしばしば動転するものだということもわかっている。が、たった今婚約したばかりの男が、これほど完璧に打ちのめされたあり様なのは見たことがない。

ガッシーは顔を上げた。目に光がない。奴は草をぐいと引っぱった。

「さよなら、バーティー」奴は立ち上がりながら言った。

僕は誤りに気がついた。

「〈ハロー〉だろ?」

「ちがうんだ。さよならだ。僕はここを出ていくよ」

「どこへ?」

「菜園だ。そこでおぼれ死ぬんだ」

「馬鹿なこと言うなよ」

「僕は馬鹿じゃないさ……僕は馬鹿かなあ? ジーヴス?」

「おそらく少々ご思慮が足りないかと存じますが」

「おぼれ死ぬことがかい?」

「さようでございます」

「君は全面的に、僕はおぼれ死ぬべきじゃないと思うのかい?」

「ご賛成はいたしかねます」

「そうか、わかった、ジーヴス。君の判断を支持しよう。トラヴァース夫人にしてみれば、彼女の庭の池に水死体が浮いてるのを見たら、いい気持ちはしないだろうからなあ」

「さようと存じます」

「君は僕にずいぶんよくしてくれたな、ジーヴス」

「有難うございます」

「それから君もだ、バーティー。とてもよくしてくれた。誰も彼もみんな僕によくしてくれた。とても、とてもだ。本当に親切だったよ。まったく不満はないんだ。じゃあわかった、僕は散歩してくることにするよ」

奴が暗闇の中に歩き出すと、僕は奴の姿を目で追った。

「ジーヴス」僕は言った。僕は親ヒツジの注意を引こうとクンクン鳴く仔ヒツジになったような気分だった。「一体全体どうしたんだ?」

「フィンク＝ノトル様は取り乱しておいでていらっしゃいます。非常に過酷なご体験をなすっていらしたのです」

僕はこれまでの出来事のあらましをまとめようとした。

「僕はあそこでバセット嬢と奴を二人にして別れたんだ」

「はい、ご主人様」

「僕は彼女の心を和らげたんだ」

「はい、ご主人様」

「奴にはどうすればいいか完全にわかってたんだ。僕は奴にせりふや何かを教えたんだからな」

「はい、ご主人様。フィンク＝ノトル様もそうおおせでいらっしゃいました」

「じゃあどうして――」

「残念ですが、ご主人様。いささか故障がございました」

「うまくいかなかったってことか?」

「はい、ご主人様」

僕にはわからなかった。脳みそが玉座でぐらついているみたいだ。

「だが一体どうしたらうまくいかなくなりようがあるんだ？　彼女は奴が好きなんだぞ、ジーヴス」

「さようでございますか？」

「彼女ははっきり僕にそう言ったんだ。奴はプロポーズするだけでよかったんだ」

「はい、ご主人様」

「で、奴はしたんじゃないのか？」

「いいえ、ご主人様」

「じゃあ一体あいつは何の話をしたんだ？」

「イモリでございます、ご主人様」

「イモリか？」

「はい、ご主人様」

「イモリだって？」

「はい、ご主人様」

「だがどうして奴はイモリの話なんかしたがったんだ？」

「あの方はイモリの話をなさりたいとお考えでいらっしゃったわけではございません。わたくしがフィンク＝ノトル様からお伺いいたしたところでは、あの方のご計画とはまったくかけ離れた話題であったそうでございます」

僕には話が飲み込めなかった。

「だが人に強制して無理やりイモリの話をさせるなんてできない話だ」

「フィンク＝ノトル様はご不運にも、突然の神経過敏のご発作の犠牲になられたのでございます。

お若いレディーとお二人きりになられて、意気阻喪なさったのだとお認めでいらっしゃいました。そのような状況で、ご紳士がたはしばしば場あたり的にお話をなさい、たまたま頭に浮かんだ最初のことをお話しになられるものでございます。それがフィンク＝ノトル様の場合、イモリの病気時と健康時の取り扱い、であったようでございます」

僕の目からウロコが落ちた。わかった。危機的瞬間には、僕にも同じような経験がある。僕の下の尖歯にドリルをあてようとする歯医者を引き留めようと、僕はスコットランド人とアイルランド人とユダヤ人に関する話を十分ばかりしたことがある。純粋に自動的な反応だった。彼が突きを入れようとするたびに、僕は「うヘッ、母ちゃん」とか「ビゴラー［いやはや、まったく。アイルランド語で by God のなまり］」「オイ、オイ」とか続けたものだった。まともな神経状態を喪失したとき、人はただただぺちゃくちゃとしゃべくるだけなのだ。

僕もガッシーの立場に自分の身を置いて考えることができる。その情景を心に浮かべることができる。奴とバセットは宵闇の沈黙のうちに二人きりでいたのだ。間違いない。僕がアドバイスしたとおり、奴は夕暮れやら妖精のお姫様やらなにやらに関する仕事をかましていたのだ。そして奴が彼女に何か言うことがある、という話をしなければならない段階に差しかかった。僕が思うに、そこで彼女は目を閉じて言ったのだ。「ええ、何かしら?」

想像できる。それから奴は、それはとても大事な話なのだと言い、それに対する彼女の答えは、おそらく「本当?」とか「そうなの?」の線のどこかか、あるいは深く息を吸い込んだだけだったかどうかだろう。やがて二人の目は合い——ちょうど僕と歯医者の目が合ったようにだ——それから突然、何かが奴の体の奥深いところをつかみ、すべては真っ暗になって、イモリに関するくだらない話を始める自分の声が、奴の耳に聞こえて来たにちがいないのだ。うん、この心理学は僕には理解できる。

それでもなお、僕はガッシーを責めていた。自分がイモリの話をそんなふうに強調していることに気がついたら、無論奴はそこで方向転換をすべきだったのだ。たとえそれが何も言わずそこに座っていることを意味するとしてもだ。どんなに動揺していたとしても、奴にだって自分が作品をスパナで叩き壊していることに気づく正気はあったはずだ。男がその魂のありったけを炎熱の熱情を込めて今まさに吐露しようとしていると期待するに至った女の子というものは、そいつが話を突然棚上げしてイモリ属の水棲動物に関する演説に方向転換するのを好むものではない。

「駄目だな、ジーヴス」

「はい、ご主人様」

「どれくらいこの困った状態は続いたのかな?」

「少なからぬ時間であったかと拝察いたします、ご主人様。フィンク＝ノトル様によりますと、あの方はバセット様に対して、普通種のイモリのみならずカンムリイモリ、蹼足イモリといった変種につきましても最大限、完璧な情報をご提供なすったとのことでございます。あの方はイモリが繁殖期に水中でオタマジャクシや昆虫の幼虫、甲殻類などを食し、そしてその後、陸に上がってナメクジやイモ虫等を食して、どのように暮らしているかを、そしてまた生まれたばかりのイモリがどのような三対の羽毛状の外えらを持っているかということを、バセット様に詳しくご説明になられました。あの方がイモリの尾はサンショウウオの尾とは形が異なり、扁平であること、またほとんどの種において両性間に著しい二形性が認められることについてお話しをなさっていらっしゃる際に、お若いレディーはお立ち上がりになられ、屋内に戻ろうとお考えであるとおっしゃられました」

「それで――」

「お立ち去りになられました」

僕はつくづく考え込みながら立っていた。このガッシーという男が、なんと特別に救い難い男であることかという確信を、僕はますます強めた。きびきびした切れ味をいちじるしく欠いているようだ。最大限の努力を払って、突撃すればいいだけの位置に奴を置いてやったのに、奴は突撃せずわき道に逸れて目的物を完全に見失ってしまったのだ。

「難しいな、ジーヴス」

「はい、ご主人様」

無論もっと幸福な状況であれば、この問題に関する彼の見解を詳細に吟味検討したはずのところなのだ。だがあのメスジャケットに関連して起こった事件の後、僕の唇は封印されていた。

「うむ、もう一度考え直さないといけないな」

「はい、ご主人様」

「脳みそに研ぎをかけて、何とか解決しないとな」

「はい、ご主人様」

「じゃあ、おやすみだ、ジーヴス」

「おやすみなさいませ、ご主人様」

彼はゆらめき消え去り、後には闇の中に静止し立つバートラム・ウースター氏の、愁《うれ》いに沈む姿だけが残された。どうするのが最善かを知るのは困難だと、僕には思われた。

12・食料庫の邂逅

皆さんはどうか知らないが、僕に関して言うと、お手上げで立ち往生に見える問題に直面したとき、しばしばよき眠りが朝になってその解答を運んで来てくれることがある。

今回もそうだった。

思うに、こういう問題を研究しているお偉方は、それは無意識の心理に関係するとか何とか主張するのだろう。おそらく彼らは正しい。僕は無闇に無意識の心理が存在するなどと言いはしないのだが、おそらく僕は知らぬ間にそいつを持っているにちがいなく、ウースター氏の肉体が八時間の眠りを貪《むさぼ》っている間も、そいつは勤勉に汗して働いているのだろう。

翌日僕が目を開けたとき、僕には日の光が見えた。とはいえそのままの意味ではない。つまり当然見えるに決まっているからだ。何が言いたいかというと、すべての見取り図ができたということなのだ。懐しき無意識の心理が材料を配達してくれて、オーガスタス・フィンク゠ノトルにロメオ役の練習をさせるにはどんな段取りが必要かが、僕にはわかったのだ。

もし差し支えなければ貴重なお時間を少々お割きいただき、前日に奴と僕が庭でした会話に記憶を戻していただきたい。明滅する光景はだめだ。そいつはいいから最後の会話のところにである。

奴が僕に自分はアルコールに触れたことがないと言った時、僕は首を少々振って、女の子にプロポーズする際に奴の力は必然的に脆弱化《ぜいじゃくか》するにちがいないと感じた、と述べたことをご記憶だろうか。すべての出来事が僕の不安に確固たる根拠があったことを明らかにしている。

オレンジ・ジュースしか投入していない身体で試練に臨んだ結果、奴はもう完全な敗北者だ。赤く熱した錐《きり》が半ポンドのバターに突き刺さるみたいにマデライン・バセットの内側に突き通る、熱く熔けた情熱の言葉が要求されているときに、奴はしとやかな頬を紅に染めるような言葉は一言りとも口にせず、ただイモリに関する雄弁な、しかしこの状況にはきわめて不適切な講義を始めただけだったのだ。

ロマンティックな乙女はかくのごとき戦法では勝ちとり得ない。明らかに、さらなる進攻を試みる前に、オーガスタス・フィンク＝ノトルは過去の足枷《あしかせ》たる抑制をかなぐり捨てるべく誘導され、燃料満タンにされねばならない。第二ラウンドでバセットと対決するフィンク＝ノトルは、血気盛んで自信に満ちたフィンク＝ノトルたらねばならぬのだ。

かくして初めて、モーニング・ポスト紙は結婚のお知らせの掲載料五〇ペンスを――まあいくらかはどうでもいい――獲得し得るのである。

この結論に到達して残りは簡単だと気づき、ジーヴスがお茶を運んでくるまでの間に僕はごく隅々まで完璧なひとつの計画を練り上げていた。僕がこれをジーヴスに披露しようとしたまさにその時――実際、僕は前置きの「なあ、ジーヴス」まで言ったのだ――タッピーの到着で邪魔が入った。

奴は物憂げに部屋に入ってきた。一晩の休息がこの不幸な廃人の外見を改善しなかったのを認めて僕の心は痛んだ。実際、奴は最後に会ったときよりももっと、虫食いでボロボロな度合いを増しているように見えた。アバラにけりを入れられ、猫に晩ごはんをくすね取られたブルドッグの姿を思い浮かべていただけると、僕の前に今立っているヒルデブランド・グロソップの姿がどんなありさま様だったかをご想像いただけると思う。

「こいつは驚いた、タッピー、死体野郎」僕は心配して言った。「お前端から端まで真っ青に見えるぞ」

ジーヴスはいつもの如才《じょさい》ない、ウナギのようなしなやかさで、そっと立ち去った。僕は残留者に椅子を勧めた。

「どうしたんだ?」僕は言った。

奴はベッドに投錨《とうびょう》すると、しばらく黙ってカヴァーをつついていた。

「俺は地獄を通り抜けてきたんだ、バーティー」

「何を通り抜けたって?」

「地獄だ」

「ああ、地獄か? どうやって行ったんだ?」

陰気なまなざしで前方を見つめながら、再び奴は黙り込んだ。奴の目線をたどると、マントルピースの上に置かれた、フリーメイソンの衣装に身を包んだトム叔父さんの大きく引き伸ばされた写真に目をやっているのがわかった。この写真に関しては、僕は何年もダリア叔母さんに対して説得を試みている。二種類の選択肢を提案してあるのだ。(a)このいまいましいしろ物を燃やしてしまう。(b)とっておく必要があるなら、僕が来たときには別の部屋をあてがって欲しい。だが彼女は要求を拒絶した。彼女によるとそいつは僕のためになるという。それは、人生には暗い面もあり、我々がこの世に生まれ落ちたのは快楽のためだけにではないということを僕に教えてくれる有用な規律・訓練である、と彼女は主張するのだ。

「そいつがもし気に障るなら、壁のほうに向けてくれないか、タッピー」僕は静かに言った。

「えっ？」

「バンドマスターの格好をしたトム叔父さんの写真のことだ」

「俺はここに写真の話をしに来たんじゃない。同情を求めてやって来たんだ」

「それならやれるぞ。困りごとは何だ？　アンジェラのことで困ってるのか？　だが心配するな。あの若いエビ娘を包囲するための別のいい計画があるんだ。あの太陽が沈むまでに、彼女はお前の首に取りすがって泣いてるはずだって保証してやる」

奴は鋭く吠えた。

「見込みなしだ！」

「タンマ、トッピー！」

「はあっ？」

「すまん、〈とんま、タッピー〉って言いたかったんだ。僕はやるぞ。お前が入ってきたとき、ちょうどジーヴスに僕の計画を説明しようとしてたところなんだ。聞きたいだろう？」

「お前のとんでもない計画の話なんかもう聞きたくない。計画はもうだめだ。彼女は他の男と恋に落ちて去って行ったんだ。それで今じゃ俺の内臓まで嫌ってるんだ」

「バカな」

「バカじゃない」

「いいか、タッピー、女性のハートが読める男として言わせてもらおう。アンジェラは今でもお前を愛してる」

「昨晩食料庫で会った時はそんな様子じゃなかったぞ」

「おお、お前昨夜食料庫に行ったのか?」

「行ったさ」

「アンジェラがいたのか?」

「いた。それからお前の叔母さんと、叔父さんもいた」

注釈が必要になってきた。全部僕には新要素だ。僕はブリンクレイ・コートに何度も何度も滞在しているが、食料庫がそんな社交の渦だとはとんと知らなかった。いつの間にか、あそこは競馬場のスナック・バーみたいな場所になっていたらしい。

「お前の言葉で全部話してもらいたい」僕は言った。「どんな細部も省略しないで、どんなに些細と思えることでも。まるきり些細な細部が、どれほど重要かはわからないからな」

陰気な気配を増しながら奴は例の写真をちらっと見た。

「よしわかった」奴は言った。「こういうことだ。ステーキ・アンド・キドニー・パイに関する俺の見解はわかってるな?」

「ああ」

「うん、夜中の一時ごろだった。機は熟したと俺は思って階下に降りた。あのパイが俺に手招きしてるような気がしたんだ」

僕はうなずいた。パイというものがどんなふうにそうするものか、僕にはわかる。

「俺は食料庫に着いた。そいつを見つけたんだ。それでテーブルの上にそれを置いた。ナイフとフォークも見つけた。塩、マスタード、コショウも持ってきた。コールド・ポテトもあったから、それもいっしょにした。俺がそいつをやっつけようとしたまさにその時、俺の背後で音がした。お前の叔母さんがドアのところに立っていた。青と黄色のドレッシング・ガウン姿でな」

「そりゃあ間が悪いな」

「最悪だ」

「目のやり場に困っただろう」

「俺はアンジェラに目をやった」

「彼女も叔母さんといっしょだったのか？」

「ちがう、お前の叔父さんといっしょだったんだ。一、二分遅れてやって来たんだな。藤紫色のパジャマを着てピストルを持ってた。お前親父さんがパジャマ姿でピストルを持ってるところを見たことあるか？」

「ない」

「見逃したからって残念がるようなもんじゃない」

「話してくれ、タッピー」僕は聞いた。この点を明確にせずにはいられなかったのだ。「アンジェラのことだ。彼女は俺を見つめる目が、一瞬和らぎはしなかったか？」

「彼女は俺を見つめたりはしなかったんだ。パイを見てた」

「彼女何か言わなかったのか？」

「すぐには言わなかった。お前の叔父さんが先に話し始めたんだ。彼は叔母さんに言ったよ。〈神のお恵みあらんことを。ダリア、ここで何をしてるんだ?〉すると彼女は答えたね。〈あたしもだけど、あたしの陽気な夢遊病者さん、貴方はどうして?〉するとお前の叔父さんは、物音がしたんで家に泥棒が入ったにちがいないと思ったって、そう言うんだ」

僕はまたうなずいた。この話の筋書きは理解できる。シャイニングライト号がシザウィッチで進路妨害で失格になった年に、洗い場の窓が開け放しになっているのが見つかって以来というもの、トム叔父さんには強い泥棒コンプレックスがあるのだ。彼がすべての窓に横木を打ち付けた後のはじめての訪問の際、田舎の空気を満喫しようと窓から頭を突き出し、あやうく中世の監獄にあるような鉄格子みたいなものに頭をぶつけて頭蓋骨折するところだったときの感興は、今でもありありと思い起こせる。

「〈どんな物音よ?〉お前の叔母さんが言った。〈おかしな物音だ〉お前の叔父さんが言った。そこでアンジェラが――意地の悪い、鋼鉄みたいな響きの声で、あのかわいいつむじ曲がりが――こう言ったんだ。〈それはグロソップさんがお食事をなさっていらっしゃる音だと思うわ〉って。それから彼女は俺に目線をよこした。レストランで太った男がスープをがっついてるのを見て、すごくスピリチュアルな女性がくれるみたいな、びっくりしたような、不快げな目線だった。あの目を見たら、男は自分のウエストは一メートル以上もあって、カラーの後ろには余分の肉のでっかいうねりが盛大にはみ出してるって感じずにはいられないんだ。それから、あの不愉快な調子で、こう付け加えたんだ。〈お父様、申し上げておくべきでしたわ。グロソップさんはいつも夜中に三、四回、たっぷりお食事をおとりになりますのよ。それで朝食まで何とかもつんですわ。驚くほど食欲旺盛でいらっしゃるのよ。ご覧になって。あの大きなステーキ・アンド・キドニー・パイをもうほとんど食べ尽くしていらっしゃるわ〉って」

　これらの言葉を語るタッピーの全身を熱病のような感情が圧倒した。奴の目は不思議な光にキラキラ輝いていた。奴は拳でベッドを暴力的にぶちのめしたから、もう少しで僕の脚は効き目のいい奴を一発食らうところだったのだ。

「心が痛むってのはこういうわけだ、バーティー。苦悩してるってのはこういうわけだ。俺はまだあのパイを食べ始めてもいなかったんだぞ。女なんてあんなもんだ」

「永遠に女性的なるもの、だな［ゲーテ『ファウスト』終章］」

「彼女はまだ話を続けたんだ。〈おわかりにならないと思いますわ〉彼女は言った。〈グロソップさんがどんなに食べ物がお好きでらっしゃるか。それだけのために生きてらっしゃるんですの。毎日六、七回はお食事をなさいますのよ。それでお休みになられた後でもまたお食事をお始めなんですわ。ねえ、ほんとに素晴らしくていらっしゃるわね？〉お前の叔母さんは興味を持ったみたいで、俺がボアコンストリクター［獲物を絞め殺す熱帯アメリカの大型ヘビ］を思い出させるって言ったんだ。アンジェラはニシキヘビのことじゃない？　って言った。それから二人でどっちなのか議論し始めたんだ。お前の叔父さんはしばらくあのとんでもないピストルを持って、近在じゅうの人間の生命に危険が及ぶくらいの勢いでその辺を捜しまわってた。その間パイはテーブルの上に載ったままだ。触れもしなかったんだ。俺が地獄を通り過ぎてきたって言った意味がそろそろわかってきただろうが」

「よくわかった。まったく愉快じゃあり得ないな」

「しばらくしてお前の叔母さんとアンジェラは議論を終えた。アンジェラが正しくて、俺が思い出させたのはニシキヘビだったってことで落ち着いた。それからすぐに俺たちは寝室に戻ったんだ。

アンジェラは母親みたいな声で、階段をあんまり急いで上るなって言うんだ。七回目か八回目の食事の後じゃ、俺みたいな体格の男はとても気をつけなきゃいけない、卒中の発作の危険があるからってな。犬も同じだって言うんだ。犬も太りすぎで食べすぎると、階段を上がるときは急ぎすぎないように気をつけてやらなくちゃいけない。あえいでハーハー息をするようになって心臓に悪いんだそうだ。彼女はお前の叔母さんに、今はもう死んだスパニエル犬のアンブローズのことを憶えてるかどうか聞いた。するとお前の叔母さんは言ったよ。〈かわいそうなアンブローズ。あの子をゴミバケツから引き離しとくことはできなかったわ〉するとアンジェラは言った。〈そのとおりよ。お気をつけあそばせ、グロソップさん〉これでもお前はまだ彼女が俺を愛してるって言うのか！」

　僕は奴を励まそうと最善を尽くした。

「女の子らしい悪ふざけだよ、な？」

「女の子らしい悪ふざけなんかクソ食らえだ。彼女は俺から去って行った。かつて彼女の理想だった俺は、今や彼女の車の車輪の下の塵《ちり》以下だ。彼女はそいつにのぼせ上がっちまったんだ。誰かは知らないが、カンヌでな。それで今じゃ俺を見るのもいやなんだ」

　僕は眉を上げた。

「なあ、タッピー。このカンヌにおけるアンジェラ及び男性問題についちゃお前、いつもの良識をなくしてるぞ。こう言って許してもらえるかどうか、お前はイデー・フィクス［固定観念］を持ってるんだな」

「何だって？」

「イデー・フィクスだ。わかるだろ。男はこういうものを持ちやすいんだ。トム叔父さんの、警察にちょっとでも知られてる人間は誰だって、庭をうろついて家に押し入るチャンスをうかがってるっていう妄想みたいなもんだよ。お前はカンヌの男の話をし続けてるが、カンヌの男なんていやしないんだ。どうしてそんなことが断言できるかっていうとな、教えてやろう。アンジェラと僕はほとんどずっといっしょだったんだ。誰か彼女の前で鼻をひくつかせてる奴がいたら、一秒で見つけてたはずなんだぞ」

奴はビクッとした。この言葉は奴に感銘を与えたようだ。

「ああ、そうか。彼女はカンヌでお前とずっといっしょにいたのか?」

「彼女は他の誰かとふた言だって話してないはずだぞ、そりゃ無論、混みあったディナーテーブルでのむだ話とか、カジノの人混みでたまたま話したってのを別にしてだが」

「わかった。つまり男女で泳いだり、月夜にそぞろ歩いたりってのはみんなお前がいっしょだったってことか?」

「そのとおり。ホテルじゃちょっとしたうわさの種だったんだ」

「お前はきっと楽しんだろうな」

「そりゃそうだ。僕はいつだってアンジェラにぞっこんだからな」

「えっ、そうなのか?」

「子供の時分、彼女は自分のことを僕の小さな恋人って呼んでたんだぞ」

「そうなのか?」

「絶対にだ」

「わかった」

奴は座って考え込んでいた。一方僕はというと、奴の心に平安あらしめたことを喜びつつ、お茶を飲んでいた。階下のホールからゴングの音が聞こえ、奴は軍隊ラッパの音を聞いた戦馬のように飛び上がった。

「朝食だ！」奴は言い、フライング・スタートで飛び出して行った。残された僕はじっと考え込み、思索にふけった。僕が考え、思索にふければふけるほど、すべては今やきわめて円滑に進行しているように思えた。タッピーは食料庫での胸痛むシーンにもかかわらず、まだアンジェラを熱烈に愛しているのだ。

これはつまり危機脱出大作戦と僕が呼ぶところのこの計画を信頼しても大丈夫だということだ。僕はすでにガッシー＝バセット問題の解決策も見つけているから、もう何も心配することはない。

ジーヴスがお茶のトレイを下げに入ってきたとき、僕はこうした意気盛んな精神状態にあったのだった。

13．知恵者バーティー

「ジーヴス」僕は言った。

「はい？　ご主人様」

「今ちょっとタッピーと話をしたところなんだ、ジーヴス。今朝のあいつがずいぶんな悪党づらをしてたのに、君は気づかなかったか？」

「はい、ご主人様。グロソップ様のお顔は憂鬱な青白い考えで覆われていたようでございます［『ハムレット』第三幕第一場、ハムレットの独白］」

「そのとおりだ。昨晩僕の従姉妹のアンジェラに食料庫で逢ったそうだ。その後なかなかに心痛む会話が続いたそうだぞ」

「残念なことでございます、ご主人様」

「奴の半分も残念がれないぞ。彼女は奴がステーキ・アンド・キドニー・パイといっしょに閉じこもってるところを見つけたんだ。それで食べるためだけに生きてる肥満した男について、辛辣《しんらつ》な皮肉を浴びせたそうだ」

「まことにお気がかりなことでございます、ご主人様」

「まったくだ。実に、事ここに及んでは、この断絶を架橋する術《すべ》はもはやないと言う向きも多いだろうな。一日に九回も十回も食事はするわ、卒中発作の危険のために階段を急いで上がらないように注意はしなきゃならない人間ニシキヘビについて、ジョークが言えるような女の子は、その心のうちに愛はもはやないっていうのが多くの人の言うところだろう。多くの人はそう言うだろうな、なあ、ジーヴス？」

「否定の余地なくそうかと存じます、ご主人様」

「彼らは間違ってるんだ」

「そう思われますか、ご主人様？」

「そう確信してる。僕にはこういう女性のことがわかるんだ。彼女たちの言うことを信じちゃいけない」

「アンジェラ様のご非難を、オ・ピエ・デ・ラ・レットルに受け取るべきではないとお考えでいらっしゃいますか、ご主人様？」

「へっ？」

「我が国の言葉で申しますと、〈文字通り〉となりますが」

「文字通りか。僕が言いたいのはまさにそういうことだ。女の子がどういうものかは知ってるだろう。ちょっとしたいさかいが起きる。すると首を横に振るんだ。だがその下には愛がまだみんな残ってるんだな。これでいいかな？」

「そのとおりでございます、ご主人様。詩人のスコットは——」

「よしきた、ホーだ、ジーヴス」

「かしこまりました、ご主人様」

「再び愛を表面でブイブイ言わせるためには、適切な治療が必要だ」

「適切な治療とおっしゃいますと、つまり――」

「賢明な取り扱いだ、ジーヴス。古きよき、ちょいとばかり小ずるい仕事だ。従姉妹のアンジェラを正常に戻してやるにはどうしたらいいか僕にはわかるんだ。話してやろうか?」

「そうしていただければ幸いに存じます」

僕はタバコに火をつけ、煙ごしに彼を鋭く見た。彼はうやうやしげに僕が叡智の言葉を発するのを待っている。ジーヴスは――よくあることだがクチバシをはさんで揚げ足をとって邪魔をし始めない限り――きわめて優秀な聞き手であると言わねばならない。彼が本当に聞きたくてうずうずしていたかどうかはわからないが、聞きたくてうずうずしているようには見えた。それはすごいことだ。

「君は果てなきジャングルを歩いていると考えてみてもらいたい、ジーヴス。すると君は子トラを見つけたんだ」

「その可能性はごくわずかかと存じますが、ご主人様」

「気にするな。そう考えてもらえばいい」

「かしこまりました、ご主人様」

「君はその子トラを殴ったと考えてもらいたい。するとそいつがいじめられる声が母親トラのところに聞こえた、と、そう考えてもらいたい。母親トラの態度はどんなだと君は予測する? その雌トラがどういう心のありようで君に近づいてくると思うかな?」

「ある一定の不快感を表明しているものと予想いたすべきと存じますが」

「そうだ。いわゆる母性本能という奴のせいだな、どうだ？」

「はい、ご主人様」

「よし、ジーヴス。ここでこう考えてみよう。最近この子トラと母トラの間にはいささか険悪な感情が漂っていたんだ。たとえば何日も互いに話をするような関係じゃなかったんだな。そのことが後者が前者を救出しようと飛びかかる、その情熱に何らかの影響を及ぼすと君は思うか？」

「いいえ、ご主人様」

「そのとおりだ。せんじ詰めれば僕の計画はこういうことなんだ、ジーヴス。僕は従姉妹のアンジェラをどこか人目につかない場所に引っぱっていって、タッピーをうまいこと火あぶりにしてやるんだ」

「火あぶりとおっしゃいますと？」

「叩くんだ。ぶってやるんだ。怒らせるんだ。あざけってやるんだ。罵倒してやるんだ。僕はタッピーにきついことを言ってやるつもりだ。奴は本質的に、イギリスの名門パブリックスクールの元在校生っていうよりはイボイノシシの方に似ているって言ってやるんだ。どうなると思う？　奴が攻撃されるのを聞いて、僕の従姉妹のアンジェラの女らしい心は泥みたいにむかつくんだ。彼女の中の母トラが目を覚ますんだな。二人の間にどんないさかいがあったとしても、彼女には奴が自分の愛する男であるということしか思い出せないんだ。それで奴を助けに飛びかかって来る。そこから奴の腕にかき抱かれて済んだ過去はみんな水に流すまでは、ほんの一歩だ。君はこれをどう思う？」

「きわめて巧妙なお考えと存じます、ご主人様」

「我々ウースター家の者は巧妙なんだ、ジーヴス。すこぶる巧妙なんだ」

「はい、ご主人様」

「実を言うとデータなしにこう言ってるわけじゃない。この仮説はテスト済みなんだ」

「さようでございますか？　ご主人様」

「ああ、直接にだ。これは効くんだ。先月アンティーブのエデンロックに立って海で遊び戯れる人々を見ていたときのことだ。僕の知っている女の子がひとりの男のダイヴァーを指さして、そいつの脚はおよそ人間の身体にくっついてるつっかい棒としてはこの世の中で一番、バカみたいに見えるしろ物じゃないかって聞いてくるんだ。僕は実際そのとおりだって答えてやった。それからおそらく二分間ほど、そいつの脚に関する恐ろしく才気縦横な皮肉を言ってやったんだ。ところがそいつが終わる頃になったら、僕は突然竜巻の尻尾につかまったような気がした。

　僕の手足の批判に始まって――彼女はそいつを正当にも、とるに足らないつまらないしろ物って言ったんだが――それから僕のマナー、道徳性、知性、体格全般、それからアスパラガスの食べ方に至るまで、きわめて辛辣に微に入り細をうがった酷評を加えてくれたんだ。それでしまいには、バートラム氏について言える最善のことは、今のところ本当に人を殺してはいないとか、孤児院に放火したわけじゃないとかいうだけになってしまった。その後の調査でわかったんだが、彼女は実はその脚の男と婚約していて、前の晩スペードを七枚持っているけどエースはないって時にスペード二枚のコールを出すべきか否かという問題について、ちょっとした意見の不一致があったってことなんだ。その晩二人が実に楽しそうに食事をいっしょにしてるところを見かけたんだが、見解の相違は埋められ、愛の輝きが再び二人のまなざしに宿っていた。これでわかるだろう、ジーヴス」

「はい、ご主人様」

「僕がタッピーを火あぶりにかけ始めたとき、従姉妹のアンジェラからまったく同じ結果が得られるものと僕は期待してるんだ。昼食までには、再び婚約は復活して今までどおりアンジェラの中指ではダイアモンドとプラチナの指輪が輝きを放つものと僕は考えてる。それともあれは薬指だったかな？」

「残念ながらご昼食前にというわけには参りません。アンジェラ様のメイドがわたくしに知らせてくれましたところでは、アンジェラ様は今朝方早く、ご近在のご友人と一日をお過ごしとのことでお車でご出発なさいました」

「うーん、それじゃあ帰って来て半時間かそこらで、ってことでいい。たいしたちがいじゃない、ジーヴス。差し出た口をはさまないでくれ」

「失礼いたしました、ご主人様」

「重要なのは、タッピーとアンジェラに関する限り、すべてはご機嫌な具合に戻るって確信できるってことだ。愉快じゃないか、ジーヴス」

「まったくもっておおせのとおりと存じます」

「僕を不快にさせることがあるとしたら、それは二つの愛し惹《ひ》かれあう魂が引き裂かれることだ」

「わたくしの常々敬服いたすところでございます、ご主人様」

僕はタバコを灰皿で押し消すと、もう一本に火をつけた。これで第一章はおしまいの意である。

「じゃあよしきた、ホーだ。西部戦線は片づいた。これから東部戦線に向かうぞ」

「はい？」

「比喩だ、ジーヴス。つまり我々はこれからガッシーとバセット嬢の問題に立ち向かうってことが言いたいんだ」

「はい、ご主人様」

「今度はな、ジーヴス、もっと直接的な方法が必要となってくるんだ。オーガスタス・フィンク＝ノトルの件に対処する際には、我々は常に屁みたいな奴を相手にしてるってことを念頭に置いていないといけない」

「オジギ草のごとき感受性の強いお方、というのがおそらくはより穏健なご表現かと存じますが」

「ちがう、ジーヴス。屁だ。屁に対しては強力で強硬、直截な方策をとらなくちゃならない。心理学なんかじゃどうにもならないんだ。君は――気分を害さずに思い出して欲しいんだが――このフィンク＝ノトルに関しては心理学をこねまわす過ちを犯したことがあった。結果は大失敗だったな。メフィストフェレスの扮装をさせて仮装舞踏会に送り込むことで、奴に一線を踏み越えさせようとしたんだった。君の見解ではあの真紅のタイツが奴の気持ちを大胆にするってことだったんだ。くだらん」

「その問題は実際のテストに付されたわけではございません、ご主人様」

「それはそうだ。なぜなら奴は仮面舞踏会に到着しなかったんだからな。その点も僕の論証を補強するんだ。仮面舞踏会に行こうとタクシーで出発しながらそこに着けなかったなんて男は明らかに普通の常識を欠いた屁だ。仮面舞踏会に到着することもできなかったなんていうとんでもなくバカなアホのことを、他に聞いたことがあるとは思えないんだ。君はあるか？　ジーヴス」

「ございません、ご主人様」

「だがこのことを忘れちゃいけない。結局僕が強調したいのはこの点なんだからな。すなわち、ガッシーが仮面舞踏会に着いていたとしても、あの真紅のタイツが、あの角ブチのめがねと相まって女の子に何かの発作を起こさせるってことがなかったとしてもだ、彼女がショックから立ち直ってダンスしたり打ち解けて談笑したりできたとしても、だとしても君の努力は実を結ばなかったろう、ということなんだ。なぜならオーガスタス・フィンク゠ノトルには絶対に、彼女に彼のものになってくれと言うだけの勇気がないからだ。結局のところ彼女はイモリに関する講義を幾日か早く聞いたってだけの話なんだ。なぜかわかるか、ジーヴス？　なぜだか教えてやろうか？」

「はい、ご主人様」

「なぜなら奴はオレンジ・ジュースを頼りに事をなそうという、希望なき投企を試みているからなんだ」

「はいっ？　ご主人様」

「ガッシーはオレンジ・ジュース依存症なんだ。他には何にも飲まない」

「それは存じませんでした」

「僕はこのことを奴から直接聞いたんだ。何らかの遺伝性の欠陥か、母親に禁酒を誓ったからか、あるいは単に味が嫌いなのかどうかは知らないが、ガッシー・フィンク゠ノトルは生まれてこの方ジントニックですらその喉頭を通過させたことはない。それで奴は――この屁はだ、ジーヴス――このよろよろしてがたがたしておずおずした、人間のかたちをしたウサギ野郎はだ、そんな状態で愛する娘に求婚しようとしてるんだ。笑っていいのか泣いていいのかわからないじゃないか、どうだ？」

「完全に素面《しらふ》であられることがご結婚のお申し込みをなさろうとするご紳士にとってハンディキャップであるとお考えでいらっしゃるのですか？　ご主人様は」

この質問は僕を驚かした。

「どうしてだ、まったく」僕はびっくりして言った。「君にはわかってるだろうが。知恵を使えよ、ジーヴス。プロポーズが何を意味するものか考えてもみろよ。まっとうで、自尊心のある男が、もし銀幕上で話されたならすぐさま切符売場に飛んでいって入場料をとり返したくなるような言葉を自分で言わなきゃならないってことなんだぞ。それをオレンジ・ジュースを飲んでやらせてみろ。結果はどうなる？　羞恥《しゅうち》の念が奴の唇を封印する。そうでなきゃ士気を喪失してバブバブ言い出すだけだ。たとえば前に見たように、ガッシーは切分イモリのことをバブバブ言ったんだったな」

「蹼足イモリでございます」

「蹼足だろうが切分だろうが、どっちでもかまわないんだ。肝心なのは奴はバブバブ言ったし、もしもう一回やったとしてもまたバブバブ言うだろうってことだ。この点に十分注意して聞いて欲しいんだが、ジーヴス、適切な手続きを経てすぐさま手立てが講じられないことには、だ。積極的な手段が適切に適用された場合にのみ、このあわれな、腰抜けの屁野郎に、元気をつけてやることが可能なんだ。そういうわけで、ジーヴス、僕は明日ジンを一ビン確保して奴の昼食のオレンジ・ジュースにどっさりふりかけてやるつもりなんだ」

「ご主人様？」

僕は舌をチッと鳴らした。

「ジーヴス、僕はすでに」僕は譴責《けんせき》するように言った。「君のしかし、ご主人様とさようでございますか、ご主人様の言い方についてはコメントをしたはずだ。この機を逃さず言わせてもらうが、僕は同じく断固として、君のご主人様？ にも抗議をさせてもらう。純粋かつ単純だ。だがこの言葉は、君の見解によると僕がとてつもなく奇ッ怪な言明を述べ、計画を提示しているものだから、君の脳みそが打撃を受けてる、ということを示唆しているように聞こえるぞ。現段階でご主人様？なんて言われる理由はまったくないんだ。僕の提案した計画は、全面的に合理的かつ怜悧《れいり》なまでに論理的なんだ。ご主人様？呼ばわりされる筋合いはない。君はそう思わないのか？」

「しかし、ご主人様――」

「ジーヴス？」

「ご寛恕《かんじょ》を願います、ご主人様。粗漏《そろう》な表現でございました。しかしながら、是非にということであれば申しますが、わたくしが申し上げたかったことは、ご主人様のご提案にかかる行動はいささか無思慮に感じられるという点でございます」

「無思慮だって？ わからないなあ、ジーヴス」

「管見によりますれば、一定量のリスクは避け得ないものと存じます。そのような刺激物に慣れておいでない方に及ぼすアルコールの効果を予測するのは必ずしも容易ではございません。わたくしはオウムにつきまして残念な結果が出来《しゅったい》いたしました件を存じております」

「オウムだって？」

「ご主人様にお仕え申し上げる以前の出来事のことを考えておりました。今は亡きブランカスター卿にお仕え申し上げておりました折のことでございます。卿は一羽のオウムをご所有であられ、それをたいそうご寵愛《ちょうあい》でいらっしゃいました。ある折、たまたまその鳥が嗜眠症に罹患し、卿は常のご生気を回復させようとのご親切な意図をもって84年産ポートワインに浸漬したシード・ケーキを一切れお与えになられました。かの鳥は喜んでそれを受け取るときわめて満足した様子でそれを食し終えたのでございます。しかしながらその後すぐさま、鳥はいちじるしい病的興奮におちいりました。卿の親指に嚙《か》みついたかと思いますと海の歌を一節うたい、鳥カゴの底に落下いたしますと、少なからぬ時間足を空中に向け、動けぬままそこに留まっておりました。わたくしがこれをお話し申し上げましたのは、ひとえに――」

僕はこの話の欠陥を指摘した。ずっと気がついていたのだ。

「だがガッシーはオウムじゃない」

「さようでございます。しかしながら――」

「僕の意見では、ガッシーが本当にいかなる人間かという問題が、精査検討を終えられて解答を与えられるべき機は今こそ熟した。奴は自分を雄イモリだと考えているようだ。それで君は奴をオウムだと言う。しかし真実は奴は平凡で普通の屁であって、人類史上かつてないくらい一杯飲んでおく必要があるんだ。したがって議論の余地はなしだ、ジーヴス。僕の心は決まっている。この困難な事案を解決する方法はひとつだけだ。そしてそれは僕が概略述べたやり方なんだ」

「かしこまりました、ご主人様」

「よしきた、ホーだ、ジーヴス。その件についてはこれまでだ。さて、別件があったな。すなわち、君は僕がこの計画を明日決行すると言ったのに気づいているな。間違いなく君はなぜ僕が明日と言ったのか疑問に思っているはずだ。なぜ僕はそう言ったのか、ジーヴス？」

「それは〈善は急げ〉とお考えのゆえと存じますが」

「一部正解だ、ジーヴス。だが全部じゃあない。僕がこの日を特に指定するのは明日という日が、君は間違いなく忘れてるにちがいないが、マーケット・スノッズベリー・グラマー・スクールで表彰式がある日だからだ。君も知ってるように、そこでガッシーは男性スター兼祝宴局長となるはずなんだ。オレンジ・ジュースにジンをふりかけてやることで、奴にバセット嬢にプロポーズする勇気をもたせるのみならず、マーケット・スノッズベリーの聴衆を虜《とりこ》にしてやれる態勢を整えることができるんだ」

「実際、一石を投じて二鳥を殺すがごときことになりましょうか」

「その通りだ。言い得て妙だな。ところで、たいしたことじゃないんだがひとつ問題がある。考えてみるとジュースに酒を入れるのは、僕より君がやった方が計画の最善を期せるように思うんだ」

「ご主人様?」

「ジーヴス!」

「ご容赦を願います、ご主人様」

「どうしてそれが最善の計画なのかって話してやろう。なぜなら君の方が目的物への接近が容易だからだ。僕は見たんだが、そいつは毎日ガッシーに一人用の水差しで運ばれて来るんだ。その水差しは明日の昼食前におそらくは台所かどこかに置いてあるはずだ。君にしてみれば、そいつに何フィンガーかのジンをたらすのは、ごくごく簡単な仕事だろう」

「それはそうでございます、しかし——」

「しかしはよせ、ジーヴス」

「ですが、ご主人様——」

「ですが、ご主人様も同じくだめだ」

「わたくしがあえて申し上げようとしておりますのは、申し訳ございませんが、わたくしは無条件のノッレ・プロセクウィに入らねばならないということでございます」

「何だって？」

「法律用語でございます。その問題について手続きを停止するという決定でございます。言い換えますれば、ご主人様のご指示にお従い申し上げたいのはやまやまでございますが、一般原則といたしまして、わたくしはこの件につきまして謹んで協力をご辞退申し上げねばなりません」

「やってくれない、ということか？」

「さようでございます」

僕は驚愕した。将軍が一個連隊に突撃命令を下し、そんな気分ではないと言われたらどんな気がするものか、僕にはわかってきた。

「ジーヴス」僕は言った。「君がそんなことを言おうとは思ってもみなかったぞ」

「さようでございましょうか？　ご主人様」

「無論だ。確かにガッシーのオレンジ・ジュースにジンを入れるのが君が月給をもらってる通常業務の範囲内でないのはわかる。もし君が契約の文言を厳格解釈しようとするのであれば、僕としてはどうすることもできない。だが僕に言わせてもらえば、そいつは古きよき封建精神に反するぞ」

「申し訳ございません、ご主人様」

「まったく構わない、ジーヴス。僕は怒っちゃいない。少しばかり傷ついただけだ」

「かしこまりました、ご主人様」

「よしきた、ホーだ、ジーヴス」

14. 令嬢アンジェラ

調査の結果明らかになったところでは、アンジェラが一日を過ごしに行った友人というのは、ストレッチリー＝バッドとかいう大邸宅の所有者だった。パーショア方向に十三キロばかり行ったところにあるキングダム・メイナーと呼ばれる建物に住んでいる。僕はこの人たちを知らないが、彼らの魅力には少なからぬものがあるにちがいない。というのは、アンジェラはディナーの着替えにようやく間にあう時間になるまで帰ってこなかったからだ。したがって、コーヒーを飲み終わるまで事態の始動はできなかった。僕は彼女を客間で見つけると、すぐさま手はずを整え始めた。

二十四時間前、この同じ客間で同じ仕方でバセットに近づいて行ったときに胸に去来した思いとはまったくちがった感情を抱きつつ、僕は彼女の座っている所に向かった。タッピーに言ったように、僕はいつだってアンジェラに夢中だし、彼女といっしょにそぞろ歩くくらい好きなことはない。

そして今や彼女の顔つきからは、僕の助けと癒しがどれほど必要かが見てとれた。

率直に言って、この不幸な若いスモモの外見に僕はショックを受けたのだ。カンヌでは、彼女は脳みそと金をどっさり持ち、幸せで、にこにこ笑う最高のタイプのイギリス娘だった。今、彼女の顔は青白くやつれ、むこう脛《ずね》に手ひどい一撃をお見舞いされた上、「スティック［スティックを肩まで振り上げること］」で反則を取られた女子校のホッケー・チームのセンター・フォーワードみたいだった。普通の集まりだったらどんなところでも、彼女の様子はすぐさま注目を集めそうだった。だが、現在のブリンクレイ・コートの陰気さの水準はいちじるしく高いため、未だ気づかれぬままでいるのだ。実際、世界の終わりを待ちながら隅っこでうずくまっているトム叔父さんが、彼女が無作法なまでに陽気すぎると思わなかったとしてもいっこう不思議ではない。

僕はいつもの颯爽《さっそう》とした調子で、予定表に着手を開始した。

「やあ、アンジェラ、かわいいお嬢さん」

「ハロー、バーティー、ダーリン」

「やっと帰ってきてくれて嬉しいよ。会いたかったんだ」

「あらそうなの、ダーリン」

「そうだよ、本当さ。ちょっといっしょに散歩しないか？」

「あら素敵ね」

「よかった。人に聞かれたくない話がちょっとあるんだ」

この瞬間あわれなタッピーは、突然痙攣《けいれん》の発作に見舞われたにちがいない。奴はじっと座って、天井を見つめていたのだが、今や鉤《かぎ》竿で引っかけられたサケみたいに鋭く飛び上がり、花瓶と、ポプリ・ボウルと、磁器製の犬二匹と、オマル・カイヤーム〔その詩集『ルバイヤート』は、エドワード・フィッツジェラルド訳でヴィクトリア期に出版され、愛読された〕の皮綴じの本一冊の載った小テーブルをひっくり返した。

ダリア叔母さんはびっくりした狩声を発した。トム叔父さんはこの音を聞いて文明がとうとう破滅したのだと想像し、コーヒーカップを壊すことで事態の混乱を促進した。

タッピーは詫《わ》びを述べた。ダリア叔母さんは臨終のうなり声を上げ、大丈夫だと告げた。そしてアンジェラは、とりわけ汚らわしい下層民のひどい無作法に接したアンシャンレジームの王女のように偉ぶったまなざしでもって奴を一瞥すると、僕について出て行った。それで今僕たち二人は庭の田舎風のベンチに腰かけている。今夜の仕事に取りかかる準備はできた。

しかしながら僕はそれを始める前に、他愛ないおしゃべりを少しして空気を和らげておくのがいいと思った。このデリケートな仕事を性急にやっつけようとしてはならない。それでしばらく僕らはどうでもいいような話をした。彼女がストレッチリー＝バッド家にこれほど長いこといたのは、ヒルダ・ストレッチリー＝バッドが彼女を引きとめて、明晩催される使用人たちの舞踏会のしつらえの手伝いをさせたからで、ブリンクレイ・コートの召使全員が出席予定であるため、彼女としては断るわけにはいかなかったということだった。陽気な夜の歓楽こそ、アナトールが機嫌を直して気持ちを切り替えてくれるのに必要なことかもしれないと僕は言った。彼女はそれに対してアナトールは行かないのだと応えた。ダリア叔母さんに出かけるよう勧められたとき、彼はただ頭を悲しげに振り、プロヴァンスに戻りたいと、向こうでなら自分は大切にされるのに、と言い続けるだけだったそうだ。

この言明によってひき起こされた憂鬱な沈黙の後、アンジェラは芝生が露《つゆ》で濡《ぬ》れているから部屋に入ろうと思うと言った。

無論それでは僕の計画が立ち行かなくなる。

「行かないで。君が帰ってきてから話をするチャンスがなかったんだ」

「だって靴がだいなしになってしまうわ」

「僕のひざに脚を置けばいい」

「わかったわ。そしたら私の足首をくすぐれるものね」

「その通り」

事態はこの線で片がついた。それから何分か僕たちは打ち解けた様子でおしゃべりを続けた。それから会話が途切れた。僕は黄昏《たそがれ》の静寂とか、星が姿をのぞかせている様、湖水の柔らかな光とかを取り上げて風景的効果に関する二、三の省察を語り、彼女はそうねと言った。僕たちの前の植え込みで何かがガサガサ言い、僕はおそらくそいつはイタチだという仮説を展開し、彼女はそうかもしれないと言った。だが、彼女がうわの空なのは明らかだったので、もはやこれ以上は時間を無駄にしないほうがいいと僕は考えた。

「ねえ、かわいい子ちゃん」僕は言った。「君らの喧嘩の話はみんな聞いたよ。するとウエディングベルはもう鳴らないってことになるのかな?」

「そうよ」

「完全に終わりってこと?」

「そうよ」

「僕に意見を言わせてもらえるなら、そいつは君にとっちゃいい目が出たってもんだ、ねえかわいいアンジェラ。ほんとにまったくよかったよ。どうして君があんなグロソップなんて野郎に我慢していられるのか僕にはまったく不思議だったんだ。奴を総合的に判断しても、ワイン・洋酒類の格付けじゃあかなり下の方になるな。まあ、落伍者だ。途轍もなく下品で、蹴りつけてやりたいところばかりだ。タッピー・グロソップみたいな無茶苦茶な奴と生涯つれ添う女の子に僕は同情するよ」

そして僕は哄笑を放った——鼻でせせらうような奴だ。

「私あなたと彼はいい友達だって思ってたわ」アンジェラは言った。

それからもう一度僕は高笑いした。最初のより、もうちょっとトップスピンのかかった奴だ。

「友達だって？　絶対にちがうよ。無論礼儀正しくはつき合うよ。だけどだからって二人が友達だなんて言ったら馬鹿げてるさ。クラブの知り合いだよ、それだけだ。それと学校がいっしょだったってこともあるな」

「イートン校で？」

「とんでもない、ちがうさ。イートン校はあんな奴を入れやしないよ。その前に行った子供の学校さ。汚らしい乱暴者だった。思い出すよ。いつもインクと泥だらけでさ。二週にいっぺん木曜日にしか洗濯しないんだ。とんでもないはぐれ者で、みんなに敬遠されてたんだ」

僕は一時停止した。少なからず心かき乱されていたのだ。輪を引っ張って夜会服姿の僕をプールに落とし込んだときはともかく、いつも大の仲良しで大事に思ってきた親友のことをこんなふうに言わなければならない苦悩を別にしても、このままでは何をしているのかわからない。仕事の成果が上がっていないのだ。黙って植え込みを見つめながら、彼女はごく落ち着いて僕の中傷やあてこすりを受け止めているように見えた。

僕はもう一度やってみた。

「一言で言えば〈ぶざまな奴〉かな。僕はグロソップよりぶざまな子供を見たことがあったかどうかわからないくらいだ。誰でもいいからあの頃の奴を知ってる人間に、奴のことを一言で述べよって言ったら誰だって〈ぶざまな奴〉って言葉を使うにちがいないんだ。奴は今だってまったく変わっちゃいない。昔から言うじゃないか。子供はその男の父親だって［ワーズワース「霊魂不滅の頌」の題詞］」

彼女は聞いていないようだった。

「子供は」僕は繰り返した。聞き逃してもらいたくなかったのだ。「その男の父」

「何の話をしてるの？」

「グロソップの話だよ」

「誰かのお父さんの話をしてるんだと思ったけど」

「僕は子供はその男の父って言ったんだ」

「子供って誰よ？」

「グロソップ少年だよ」

「彼にお父様はいないわ」

「僕はそんなこと言っちゃいない。僕は彼はその子供の父親だって——もとい、男の父親だって言ったんだ」

「男って誰よ？」

適切な措置が講じられないとこの会話はどこまでも混乱するばかりだと僕は見てとった。

「僕が言いたいのはね」僕は言った。「グロソップ少年は今いるグロソップ氏の父親だってことなんだ。言い換えれば、周囲の仲間をして眉をひそめさせたグロソップ少年の忌まわしい欠点や汚点は、グロソップ氏の中にそのまま存在しているし、メンバーにある一定の品位が要求されるドローンズみたいなクラブで、奴を——僕は今グロソップ氏の話をしてるんだが——嫌悪や物笑いの種にしてるんだ。ドローンズに行って誰でもいいから聞いてみろよ。みんな奴がメンバーリストにうまいこともぐり込んだ日は、由緒ある我が愛するクラブにとって暗黒の日だって言うはずだ。奴の顔がいやだって男もいるし、奴の態度ふるまいがああじゃなけりゃ顔は何とか我慢できるのに、って男もいる。だが奴が愚劣な人間でダニ野郎だって点にはコンセンサスがあるんだ。入会したいって兆候を見せたときに強硬なノッレ・プロセクウィを言い渡して徹底的に反対投票すべきだったんだ」

僕はここでまた一時停止をした。半分は息つぎのため、もう半分はあわれな友人タッピーについて、こんな風におそろしいことを言う、ほとんど身体的な拷問と格闘するためだ。

「世の中には」僕は我が身にこのむかむかする仕事を再び強い、また始めた。「服を着たまま寝て起きたような格好をしてたって、人当たりがよくて感じがよく、受けのいい男っていうのはいる。ぶざまに太って周りから笑いものにされたって、機知と才気ほとばしるユーモアでもって貸し方にまわってる男っていうのもいる。だがこのグロソップって男は、残念ながらそのどちらでもない。木のうろから湧いて出て来た連中みたいな顔をして、奴は第一級のもの言わぬレンガだってあまねく認められているところなんだ。魂なし。会話なし。要するに奴と婚約するなんて無分別な女の子が、どたんばで何とかそこから逃げおおせたとしたら、その娘は自分のことをとんでもなくラッキーだと考える権利があるってもんなんだよ」

僕はもう一度一時停止した。そしてアンジェラに目をやって、この措置がどう効果をあげているかを見た。僕が話をしている間じゅうずっと、彼女は黙って植え込みを見つめていた。だが仕様書によれば、彼女が今や雌トラのごとく立ち上がり、僕に飛びかかって来ないのは信じられないことだと思えた。どうして彼女はまだ始めないのか僕にはショックだった。僕が言ったことの十分の一ですら、もし雌トラに向かって彼女の愛する子トラについて言ったとしたなら、彼女は——つまりその雌トラはだが――飛びあがって天井に激突しているはずなのだ。

次の瞬間、僕はつま楊枝一本でだってノックダウンされたと思う。

「そうね」彼女は言った。思慮深げにうなずきながら。「まったくその通りね」

「はあっ？」

「私もまったくおんなじように思ってるの」

「なんだって！」

「〈もの言わぬレンガ〉うまい表現だわ。彼ってイギリス六大バカの一人にちがいないって私思うわ」

僕は口がきけなかった。身体機能の調整に努めていたのだ。応急手当てが早急に必要な状態だった。

つまりこれはみんな完全な驚きだったのだ。現在実行中の入念な計画作成の際、僕が予算案に組み入れていなかったのは、僕が表明する見解を彼女が共に信奉するという可能性であった。僕は気をしっかり持って激情の奔流と戦った。僕が期待していたのは涙ながらの抗議とか、女の子らしいやり返しとか、その他その線に沿った手の数々だった。

しかし、僕の発言へのこれほど真摯《しんし》な同意は僕のまったく予見するところではなかった。これによって僕はいわゆる一時的な思考停止におちいった。

彼女はさらに続けて主題を展開した。よく響く、情熱的な声で、まるでその話が好きでたまらないとでも言いたげに話している。ジーヴスなら僕が言いたい言葉を教えてくれるだろう。「恍惚《こうこつ》」でよかったはずだ。もしそれが軟膏《なんこう》を塗らないといけない顔の吹き出物のことでなければだが。だがもしその言葉が正しいとすれば、彼女が哀れなタッピーの問題について意見を表明しているその様を形容する語はまさにそれなのだ。彼女の声の調子だけで判断するなら、東洋の帝王について謳《うた》いあげる宮廷詩人か、一番最近埋葬したイモリについて語るガッシー・フィンク＝ノトルもかくやと思われるほどだった。

「ねえバーティー、ほんとに素敵だわ。あのグロソップって男について本当に思慮のある見解を持ってらっしゃる方と話すのって。お母様は彼はいい人だって言うのよ。そんなのバカげてるわ。誰にだって彼が絶対的にどうしようもない男だってことはわかるじゃないの。彼ったらうぬぼれが強くて、独善的で、しじゅう文句ばっかり言って、自分がでまかせを言ってるって自分でよくわかってる時でさえそんななのよ。タバコを吸いすぎるし、食べすぎるし、お酒も飲みすぎ。私あの人の髪の色も嫌いだわ。まあどうせ一、二年もしたら髪の毛なんて残ってないでしょうけど。もうてっぺんがだいぶ薄いし、気がついた時にはもうタマゴみたいなツルッパゲになってるんだわ。あれでハゲたら見られたもんじゃないわよ。それに私あの人が始終がつがつ食べてばっかりなのには、ただもううんざりなの。ねえ知ってる？　私あの人を今朝午前一時に食料庫で見つけたのよ。ステーキ・アンド・キドニー・パイに完全に惑溺してたの。ほとんど食べつくしてあったわ。彼がディナーのときどれだけ食べたか憶えてらっしゃるでしょ？　本当にむかむかするわ。でもこんなところに一晩じゅういて、話すだけの価値もなければ、ヒラメとサメを見分ける分別もないような人のことをいつまでもしゃべっていてもしょうがないわ。私部屋に戻ります」

夜露を避けるため細い肩に掛けたショールをかき合わせ、彼女は行ってしまった。夜の静寂の内に僕をひとり残して。

いや、実を言うと完全にひとりだったわけではなかった。しばらくして、僕の前の植え込みが内側からかき分けられ、タッピーが現れ出たのだ。

15. バーティー危機一髪

僕は奴に目をやった。夜はさらにふけ、そのため可視性はあまり高くはなかったものの、奴の姿をはっきり見るのに十分な明るさはまだ残っていた。そして僕の見たものは、頑丈な田舎風のベンチで二人の間を隔てていたほうがずっと心穏やかでいられると、僕に確信させた。したがって僕は立ち上がり、まっすぐに舞い上がるキジを手本に当の物件の反対側に身をひるがえしたのだった。

僕の敏捷《びんしょう》さはいくらか効果をあげた。奴は少し面食らったようだった。奴は急停止すると、僕の眉から玉の汗が流れ落ちて鼻の先に達するまでの時間、黙って立って僕を見つめた。

「そーうかあ！」長々と奴は言った。奴が「そーうかあ！」と本当に言ったのを僕は完全な驚きとして聞いた。そんなせりふは本の中で読むものと僕はいつも思っていたからである。「やんぬるかな！」みたいなものだ。あと「さればこそ！」とか、「さはさりながら！」とか。

とはいえ、そういうことだ。古風でゆかしかろうがゆかしくなかろうが、奇ッ怪であろうが奇ッ怪でなかろうが、奴は「そーうかあ！」と言ったのだ。この流れに適応できるかどうかは僕にかかっている。

この愛すべき男がかなりだいぶ興奮していた、と記さないほどバートラム・ウースターは愚鈍な男ではない。奴の目が実際に炎を噴出していたかどうかは定かでないが、まぎれなき白熱のきらめきがそこにはあった。その他の点について付言しておくと、彼のこぶしは固く握り締められ、耳は震え、あごの筋肉はまるで何か早めの夜食を食べているみたいにリズミカルに回転していた。

奴の髪の毛は小枝だらけだった。頭の横にはコガネムシが一匹ぶら下がっていたから、ガッシー・フィンク＝ノトルなら興味を持ちそうだった。とはいえ僕はそいつに注目するどころではなかった。コガネムシの研究をすべき時もあれば、すべきでない時もある。

「そーうかあ！」奴はまた言った。

さて、バートラム・ウースターをよく知る人であれば、彼は急迫の危険の際に最も冴えわたり、かつ冷静沈着な男であると語るだろう。何年か前のボートレースの晩に法執行官に腕をつかまれヴァイン街警察本署に連行された際、即座にウエスト・ダリッジ市アレイン・ロード、キングサリ荘、ユースタス・H・プリムソルの名を名のり、由緒あるウースターの名を汚辱にまみれさせることなく、誤った種類の世評の広まりを未然に回避したのは、誰あろうこの僕である。然《しか》り、誰あろう……

しかしこの点をあまりくどくどしく述べる必要はあるまい。僕の記録がおのずと語ることだ。三《み》度《たび》検挙されはしたが、一度たりとも正しいレッテルの下に科刑されたことはない。ドローンズの誰でもいいから聞いてみてもらいたいものだ。

そういうわけで、一瞬ごとに悪化してゆくこの状況で、僕は思考力を失わずにいた。僕はいつもの冷静沈着さを維持していた。愛想のいい、愛情のこもった笑顔で笑いながら、この表情がよく見えるよう、辺りが暗すぎないといいがと願った。僕は陽気な真心を込めて言った。

「どうした。ハロー、タッピー。いたのか？」

奴はイエス、いたんだと言った。

「長いことそこにいたのか？」

「そうだ」

「そりゃあよかった。会いたかったんだ」

「ああ、ここにいるぞ。ベンチの後ろから出て来い」

「だめなんだ。なあ親友、僕はこうして寄りかかってるのが好きなんだ。こうすると背骨が楽だからな」

「二秒以内に」タッピーは言った。「俺はお前の背骨を蹴り上げて頭のてっぺんから突き出させてやる」

僕は眉を上げた。無論だからどうなるというものではない。だが全面的和解の助けになりそうに思えたのだ。

「話をしているのはヒルデブランド・グロソップか？」僕は言った。

奴はその通りだと答え、その点を確かめたければ何メートルかこっちに来ればいいと付け加えた。それから僕のことを口汚い言葉で侮辱した。

僕は再び眉を上げた。

「おいおいタッピー、この会話を苦々しいものにするのはよそうじゃないか。〈苦々しい〉でよかったんだったけか？」

「そんなこと知るか」奴は答えた。ベンチのこちら側に回りこもうとにじり寄って来ている。

言いたいことはともかくも早く言ってしまわないといけないと僕は了解した。すでに奴は二メートル近くにじり寄って来ている。また、奴がにじり寄るにもかかわらず、僕は何とか二人の間のベンチを死守してはいるものの、この幸福な状態がいつまで続くものか、誰にわかろうというのだ。したがって僕は核心に進んだ。

「お前がどう思ってるかはわかるつもりだ、タッピー」僕は言った。「さっきの僕とアンジェラの会話の間じゅうその植え込みの中にいたなら、僕がお前について話したことをみんな聞いたってことだからな」

「聞いた」

「わかった。そのことの倫理性に立ち入るのはよそう。立ち聞き、という言い方もあるな。ある程度の厳しい批判も予想できる。こうは考えられないか――お前の感情を傷つけたくはないんだが――だが、そいつはイギリス的じゃないと、そうは考えられないか。少しばかりイギリス的じゃない。タッピー、親友よ、その点は認めなきゃならん」

「俺はスコットランド人だ」

「ほんとか?」僕は言った。「全然知らなかった。マック何とかって名前じゃなくて〈オッホ、エイ〉とか言ったりしない人間がスコットランド人だなんて普通思わないじゃないか。そうかあ」僕はさらに続けた。何かあたり障りのない話題に関する学術的な議論が、この緊張を和らげてくれはしないかと思ったのだ。「かねがね不思議に思ってきたことなんだが、よかったら教えてくれないか? ハギス「羊などの臓物を刻みオートミールや脂肪と共にその胃袋に詰めて煮るスコットランド料理」の材料は何なんだ? 何なんだろうってよく考えるんだ」

この問題に対する奴の唯一の反応が、ベンチを飛び越えて僕につかみかかってくることであったという事実から、奴の思いはハギスにはなかったことがわかる。

「しかし」ベンチを飛び越えながら僕は言った。「そいつは枝葉末節の問題だ。話を戻すが、お前がそこの植え込みで僕がお前について話すのを聞いていたなら――」

奴は北北東方向にベンチの周りを移動し始めた。僕も奴の例にならい、南南西に進路を定めた。

「僕の話し方に驚いたのはもっともだ」

「驚いちゃいないさ」

「なんだって？　僕の言いようがおかしいとは思わなかったのか？」

「お前みたいな裏切り者の卑劣なイヌがいかにも言いそうなことだと思ってたんだ」

「おいおい、友達じゃないか」僕は抗議の声をあげた。「いつものお前らしくないぞ。のみ込みが悪いじゃないか。これが入念な計画の一部だってお前ならわかるだろうって思ったんだが」

「今すぐとっつかまえてやる」僕の首をわしづかみにしようとして失ったバランスを立て直しながらタッピーは言った。おそらくこれ以上の遅延は許されない。急いで事実をつまびらかにせねばならない。

早口でしゃべり、また常に移動を続けながら、僕はダリア叔母さんの電報を受け取ったこと、事件現場へすぐさま急行したこと、車中で僕が熟考したこと、そしてこの入念な計画の立案に至ったこと、を、感情を織りまぜつつ話した。僕は明晰かつ雄弁に語った。したがってその結果、奴が――もっと悪いことに、固く嚙みしめた歯の間から――一言たりともまったく信じられない、との所見を述べるのを聞いて、少なからぬ憂慮を覚えたのだった。

「だがタッピー」僕は言った。「どうして信じないんだい？　僕にしてみれば最後の一滴まで丸ごと真実なんだ。どうして疑うんだい？　打ち明けてくれよ、タッピー」

　奴は立ち止まって息つぎをした。アンジェラは反対して辛辣《しんらつ》なことを言うだろうが、タッピーは本当に太っているというわけではない。冬の間は、陽気な叫び声を上げながら奴がフットボールをけとばしている姿が常に見られるし、夏になると奴の手からテニスのラケットが離れることはほとんどない。

　とはいえ先ほどの晩餐の際には、食料庫での痛々しいシーンの後、さらなる節食によって得られるところなしと判断したのだろう、彼は自己を解放し、遅れを回復しようとしたのだった。アナトールのディナーに心底没頭した後では、奴のような体格の男は少々柔軟性を失う傾向がある。奴の幸福を願った僕の計画の提示部の間、僕らの「桑の木のまわりをまわってまわって」の陽気な騒ぎには、一種の活気が入り込んできていた。おしまいの数分間、我々は特大のグレイハウンドと幾分やせた電動ウサギが、大衆に娯楽を供するため円形トラックを走り回ってるような様子に見えたことだろう。

　これで奴は少々消耗したようだった。僕は喜ばなかったとは言わない。僕自身疲労を覚えていたし、小休止は大歓迎だった。

「いったいどうしてお前が信じてくれないのか僕には衝撃だよ」僕は言った。「僕らは長いこと友達じゃないか。お前がドローンズのプールで僕に垂直降下を食らわせたときは別として――あの出来事のことは僕の脳裏から拭《ぬぐ》い去って、死した過去は埋葬し去ろうと決心してだいぶになるんだが、と言ってお前にわかるかどうかだが――とにかく今言ったようにあのときのことを別にすれば、僕はお前のことを最大限に尊敬しているってことに、お前は気づいてくれてるはずだ。じゃあどうして、今大略説明したような動機じゃなしに、僕がアンジェラにお前の悪口を言わなきゃいけないんだ？　答えてくれよ。注意深く言うんだぞ」

「注意深くってどういう意味だ？」

いや、実を言うと、自分でもよくわからないのだ。これは僕がキングサリ荘のユースタス・プリムソルとして被告席についたときに治安判事が僕に言った言葉なのだ。あの時ひどく感銘を受けたものだから、今、会話に様式性を加えようと思って挿入してみたのだ。

「よしわかった。じゃあ注意深くのことはもういい。僕の質問に答えてくれるだけでいいんだ。僕がお前のためを心から思ってるんじゃなけりゃ、どうしてお前のことをあんなに悪く言う必要があるんだ？」

奴の足底から頭頂まで、鋭い痙攣《けいれん》が走った。件《くだん》のコガネムシは、先のやりとりの間も奴の頭にしがみつき、いずれ良いこともあろうかと願っていたのだが、この時点で見切りをつけ、職を辞していった。そいつは振り払われ、夜の闇にのみ込まれた。

「ああっ！　お前のコガネムシが」僕は説明した。「お前は気がついてなかったろうが、さっきからずっとお前の頭の横に何かのコガネムシがくっついていたんだ。今お前、追っ払っちゃったな」

奴はフンと鼻を鳴らした。

「コガネムシの奴らだって！」

「奴らじゃない。一匹だけだ」

「お前の鉄面皮は気に入ったよ！」タッピーは叫んだ。繁殖期のガッシーのイモリみたいに身体を震わせながら。「コガネムシの話ときた。お前が裏切り者の卑劣なイヌだっていってるときに」

無論これには異論の余地がある。裏切り者の卑劣なイヌにはどうしてコガネムシについて語る資格がないというのか。あえて言うが優秀な弁護人なら反対尋問でこの点を厳しく追及するはずだ。

だがその点は聞き流すことにした。

「お前が僕をそんな風に呼ぶのは二回目だぞ。そして」僕は決然として言った。「僕は断固説明を要求する。僕がアンジェラの前でお前を火あぶりにするにあたっては、どこからどこまでも最善かつ最も親切な動機から行動してるんだ。あんなふうに言わなきゃならなくて骨の髄まで断ち割られる思いだったんだぞ。ただただ生涯の友情を大切に思えばこそやったことだ。なのにお前は僕を信じないと言い、僕を悪しざまにののしるんだ。お前を裁判官や陪審員の前に引きずり出して重大な損害に対する賠償請求をしないでいられるかどうか、わからないくらいだ。無論僕の弁護士に聞いてみないといけないことだが。もし訴訟にならなかったら僕には驚きだな。道理をわきまえろよ、タッピー。僕に他にどんな動機があり得るっていうんだ、言ってみろよ。ひとつでいいから」

「言ってやるよ。気がつかないとでも思ってるのか？　お前はアンジェラに恋してるんだろう」

「なんだって？」

「それでお前は俺をこきおろして彼女の心に毒薬を投げ入れ、俺を嫌わせて邪魔者をどけようとしたんだ」

生まれてこの方こんなに絶対的にイカれた話は聞いたことがなかった。いったい全体、僕はアンジェラをごく小さい頃から知っている。人は小さい時分から知っている、ごく近い親戚と恋に落ちたりはしないものだ。それは別にしても、法令集には従姉妹との結婚を禁じる法律が何かあるんじゃなかろうか？　それともあれは祖母とだったか？

「なあタッピー、心の友よ」僕は叫んだ。「そりゃあまったくのたわ言だ！　お前ねじが外れてきてるぞ」

「ふん、そうか？」

「僕がアンジェラに恋してるだって？　彼女はお前を〈ダーリン〉って呼んでた」

「ハハハなんて言ってもだめだ。彼女はお前を〈ダーリン〉って呼んでた」

「わかってる。反証しよう。鳥の粒餌みたいにそこらじゅうにダーリンを振りまいて歩くのが若い女の子の習性だっていうのが僕の反論だ。僕に言わせりゃだらしない話だ」

「お前は彼女の足首をくすぐってた」

「純粋に従兄弟としての愛情からやったことだ。なんでもない。どうしてだ、こん畜生！　深く真実な意味で僕はアンジェラを舟竿でだって触ったことはないんだ！」

「ほう？　どうしてだ？　お前にはもの足りないってことか？」

「誤解だ」僕はあせって答えた。「アンジェラに舟竿でだって触れてないっていうのは、僕の彼女に対する感情は、礼儀正しいが距離を置いた尊敬だって言いたかっただけだ。言い換えれば、この若いスモモと僕との間には、普通の友情よりももっと熱く強い感情は、今までもなかったしこれからもあり得ないって信じてもらっていい」

「昨日の晩アンジェラに俺が食料庫にいるって教えたのはお前だって俺は確信してるんだ。そうやって俺とパイを彼女に発見させて、俺の威信を失墜させようとしたんだ」

「おい、タッピー！　ウースター家の者がか？」僕はショックを受けた。「お前ウースター家の者がそんなことをすると思ってるのか？」

　奴は深く息を吸った。

「聞くんだ」奴は言った。「そこに立ってご託を並べてもだめだ。事実からは逃れられない。誰かがカンヌで俺から彼女を奪ったんだ。カンヌでずっといっしょだったし、他に誰も見なかったって言ったのはお前だ。お前は水浴やら月夜の晩にいっしょにそぞろ歩いたなんて言って悦に入って――」

「悦に入ってなんかいない。僕はそういう話をしただけじゃないか――」

「わかったろう。このいまいましいベンチを片づけたら、お前の身体をバラバラに引き裂いてやるんだ。一体どうしてこのクソいまいましい庭には、ベンチなんかが置いてあるのか」タッピーは腹立たしげに言った。「俺にはわからない。邪魔なばっかりじゃないか」

　奴は言葉を止め、僕につかみかかり、僕は危機一髪のところで難を逃れた。

　こんなときには速やかな思考が要求される。またこういう時こそ、先ほど述べたように、バートラム・ウースター氏の真価が発揮されるのだ。僕は突然、先のバセットとの誤解を思い出した。洞察力のひらめきと共に、こいつをうまく利用できると僕は理解した。

「お前はまったく間違ってる、タッピー」左に移動しながら僕は言った。「確かに僕はアンジェラとずっといっしょだった。だが僕と彼女のつきあいは最も純粋かつまったく全面的に友情に基づいたものなんだ。その点を証明しよう。カンヌに逗留している間、僕の愛情は別のところに向いてたんだ」

「なんだって？」

「別のところに向いてたんだ。僕の愛情だ。あの逗留の間だ」

　僕の行動は適切だった。奴はにじり寄るのをやめた。奴の拳は脇に下ろされた。

「本当か？」

「まったく正式の話だ」

「一体誰だ？」

「親愛なるタッピー、愛する女性の名をそんなに軽々しく口にできるか？」

「そのいまいましい頭を引きちぎられたけりゃ、言わずにいろ」

これは特殊な場合だと僕は理解した。

「マデライン・バセットだ」

「誰だって？」

「マデライン・バセットだ」

奴は驚愕したように見えた。

「お前はそこに立って、あのバセットなんてとんでもない奴に恋してるって、そう言うのか？」

「僕ならバセットなんてとんでもない奴、なんて言い方はしないな、タッピー。無礼じゃないか」

「無礼だろうがなんだろうが構やしない。俺は事実が知りたいんだ。お前はあの、変な、どうしようもない奴を愛してるって、正気で言ってるのか？」

「お前がどうして彼女を変などうしようもない奴なんていうのかも、僕には理解できない。とてもチャーミングな、美しい娘だ。ちょっとおかしなことを言うかもしれないが——確かに星とかウサギとかについちゃあ目を合わせていられないところがある——だが変な、どうしようもない奴じゃないぞ」

「まあいい、あくまでもお前は彼女を愛してるって言い張るつもりだな？」

「そうだ」

「怪しい話だ、ウースター。実に怪しいな」

仕上げの手を加える必要を、僕は感じた。

「この件については完全に極秘ってことで頼みたいんだが、グロソップ、実は彼女が僕を振ってからまだ二十四時間もたってないんだ」

「お前を振ったって？」

「ベッドカヴァーみたいにだ。まさに同じこの庭でだ」

「二十四時間前にか？」

「二十五時間かもしれない。これで僕がカンヌでアンジェラをお前から奪った男じゃない――まあ、そんな奴がいたとしてだ――ってことがわかったろう」

もう少しで僕はアンジェラを舟竿でだって触れちゃいないと言うところだったが、もう一度言ってあることと、それであまり思わしい効果はあげられなかったことを思い出し、思いとどまった。

僕の男らしい率直さはいい結果をもたらしたようだった。タッピーの目から、あの殺人鬼のぎらぎらした輝きは消滅していった。奴の顔つきは、立ち止まってもう一度考え直そうかな、と思っている殺し屋のそれだった。

「わかった」ついに奴は言った。「わかった。すまない、お前も苦しんだんだな」

「そんなことは言わないでくれ、心の友よ」僕は礼儀正しく応えた。

植え込みからあわれなグロソップが這い出てきて以来はじめて、バートラム・ウースターは自由に息をしたと言っていい。僕が実際にベンチの後ろ側から出たとは言わないが、放免されたのは確かだ。旧約聖書に出てくる三人の男が火の燃えさかる炉から逃げおおせたとき『ダニエル書』三に感じたであろう安心と同種の安心を覚え、僕はちょっとの間、手探りしてシガレット・ケースを探したくらいだ。

　次の瞬間、突如憤然と鼻を鳴らす音が聞こえ、僕はそいつに噛みつかれでもしたみたいに、ケースから指を離した。旧友の顔に再び先ほどの逆上が戻ってきたのを認め、僕は愕然《がくぜん》とした。

「いったい全体、俺が子供の時分インクまみれだったなんて言ったのはどういう了見だ？」

「タッピー、わが心の友――」

「子供の時分俺は、清潔さには細心の注意を払ってたんだぞ。ディナー皿代わりに使えたくらいだったんだ」

「その通りだ、だが――」

「魂がないってのはどういうわけだ。俺にはハイハイの時分から魂が備わってるんだ。それでドローンズじゃのけ者扱いだって――」

「だがさ、旧友よ。説明したじゃないか。みんな僕の策略というか計画の一部だったんだ」

「そうか？　そうなのか？　これからは頼むから俺をお前のバカげた計画の埒外《らちがい》に置いといてくれ」

「言うとおりにする、心の友よ」

「じゃあよし。了解成立だ」

　奴は再び沈黙した。腕を組んで立っている。女の子に今さっき肘鉄《ひじてつ》を食わされて、ロッキー山脈でも訪ねていって熊を二、三匹投げ飛ばしてやろうかと考えている、小説に出てくる強い寡黙な男みたいに前を見つめている。明らかに不機嫌な奴の姿は僕に同情をもよおさせた。僕は思い切って親切な言葉をかけた。

「お前にオウ・ピエ・デ・ラ・レットルなんて言ってわかるとは思わないが、タッピー、アンジェラが言ったことを額面どおりに受け取るべきだと僕は思わないっていうのはそういうわけだ」

奴は関心を惹《ひ》かれたようだった。

「いったい全体」奴は聞いた。「何の話だ?」

もっとはっきり言わないといけないと僕は理解した。

「彼女のたわ言を文字通りにとっちゃいけないいってことだ、親友。女の子がどういうもんかはわかってるだろう?」

「わかってる」足の甲からじかに出たような音で、奴はもう一度鼻を鳴らした。「もう女には会いたくない」

「つまりさ、彼女はお前があの植え込みに隠れてるって気づいてたにちがいないんだ。それでわざとお前をこき下ろしたんだな。つまりだ、お前に心理学がわかるかどうか、彼女はお前を見つけ、女の子に特有の衝動性によってお前をちょっとからかう機会をつかまえたんだ——それでちょっと不愉快な事実を陳述したってわけだ。そういうことさ」

「不愉快な事実だって?」

「その通りだ」

奴はまたもや鼻をフンと言わせた。僕は艦隊から二十一発の祝砲を献ぜられた国王みたいな気分になった。これほど達者な、左右両利きの鼻鳴らし男には会ったことがない。

「どういう意味だ? 〈不愉快な事実〉ってのは。俺は太っちゃいない」

「そうだ、そうだ」

「それで俺の髪の色のどこが悪いって言うんだ?・」

「いや、立派なもんだ、タッピー、なあ親友よ。その髪の毛だ」

「俺の頭のてっぺんはちっとも薄くなんかない……お前ニヤニヤ笑ってるのはどういうわけだ?・」

「ニヤニヤ笑いじゃない。心もちほほ笑んでるだけだ。僕はちょっと一種のヴィジョンを思い描いてみたんだ、と言ってお前にわかるかどうかだが、アンジェラの目から見たお前の姿をさ。まん中は膨満しててっぺんはハゲてるんだ。おかしいな」

「お前はそいつがおかしいって言うのか?・」

「いや、まったく」

「面白がらないほうがいいな」

「わかった」

　また会話が難しくなってきたと僕は思った。こいつは終わりにしたいところだと僕は願った。と、そこに終わりが訪れた。この瞬間、静けき薄暮の月桂樹の葉蔭から、何ものかがゆらめき現れたのだった。それはアンジェラだった。

　彼女は可愛らしく、聖女のように見えた。手にはサンドウィッチの皿を捧げ持っていた。後にこれがハムサンドであるのを僕は知ることになる。

「バーティー、グロソップさんをどこかでお見かけになったら」タッピーのファサードに夢見るような目を遣《や》りながら彼女は言った。「これをあの方にお渡ししていただきたいの。私、あの方がお腹をすかせていらっしゃるんじゃないかと思って心配でたまらないのよ。かわいそうな方。もう十時になるのに、あの方はディナーの後ひと口だって召し上がってらっしゃらないんですもの。これはこのベンチに置いておきますわ」

彼女は立ち去った。これを奇貨として、僕も彼女と行くことにした。いつまでここにいたってしょうがない。僕らが館に向かって歩を進めると、ほどなくして僕らの後方で、キックを決められたハムサンドウィッチの皿が粉々に砕け散る音が夜の闇に鳴り響き、憤激したたくましい男の押し殺した悪罵の声がそれに続いた。

「なんて静かで穏やかな夜なのかしら」アンジェラは言った。

16. 細工は上々

陽光がブリンクレイ・コートの地面を金色に照らし、窓外のツタに遊ぶ小鳥のさえずりの声が耳をそばだたせる。翌朝僕が目覚めたときの、新たな一日の始まりであった。しかしそれとは対照的に、ベッドに起き上がり、強心のお茶をすするバートラム・ウースター氏の魂には、何らの陽光も射しておらず、またその心には小鳥のさえずりも何ら届きはしなかった。昨夜の出来事を再検討するに、タッピー＝アンジェラ問題の状況は事実上の失敗だ。前途の光明を見出そうといかに努力しても、この二つの傲慢《ごうまん》な精神の不和はあまりにも深刻で、両者の架橋は僕の能力をすら超えていると思わずにはいられなかった。

僕は洞察力ある観察者だ。タッピーがハムサンドウィッチを蹴とばした、あの姿からは、よほどのことがなくてはもう許さないという奴の気概が見てとれた。

このような状況下では、当面この問題は棚上げにし、ガッシーの問題に関心を転ずるのが得策と僕は判断した。こちらの問題のほうが先行きが明るそうだ。

ガッシーに関しては、すべて順調だ。オレンジ・ジュースにジンを混ぜてやる件に対するジーヴスの病的な躊躇《ちゅうちょ》には、はなはだ迷惑したが、由緒正しきウースター家流のやり方でもって僕は障害を乗り越えたのだ。僕は必要な酒類は潤沢《じゅんたく》に確保したし、そいつはフラスクに入れて化粧テーブルの引出しにしまってある。さらに、しっかり一杯にされた水差しは、執事の配膳室の棚の上に一時頃に置かれるのを僕はつきとめてある。棚からそいつを取って僕の部屋にこっそり戻り、酒を混入して昼食に間に合うようにまた元に戻しておくことは、手際のよさこそ要求されるものの、まったく骨の折れる仕事ではない。よい子にごほうびを用意してやる時のような気持ちで、僕はお茶を飲み終えるともうちょっぴり余計に眠っておくことにした。これからなすべき仕事があり、そのため脳みその調子を研ぎ澄ましておかなければならないときには、これをするとしないとでは大きなちがいがある。

一時間かそこらして階下に行った時、ガッシーを元気づけるためにこの計画を立案した自分がいかに正しかったかを僕は知った。僕は奴に芝生で出くわしたのだが、この世に気の利いた刺激物を必要とする男がもしいるとしたら、そいつは奴だということが一目でわかった。すでに述べたように大自然全体がほほ笑んでいた。しかし、オーガスタス・フィンク゠ノトルはちがった。奴は、皆さんを長々とお引き留めするつもりはないが、このめでたきよき日のこの場で何ごとか祝辞を述べずにはおられない、とか何とかブツブツ言いながら、ぐるぐる円を描いて歩き回っていた。

「ああ、ガッシー」奴がブツブツまた始めるところで、それを阻止して僕は言った。「素敵な朝だな、そうじゃないか?」

もし僕がすでにそれに気づいていなかったとしても、素敵な朝をコン畜生呼ばわりする奴のぶっきらぼうさから、彼が陽気な気分でいないことは見抜けたことだろう。奴の頬に再びバラ色を回復してやる任務を僕は自分に課した。

「いいニュースがあるんだ、ガッシー」

突如鋭い関心を示しながら奴は僕を見た。

「マーケット・スノッズベリー・グラマー・スクールが焼け落ちたのかい?」

「いいや、僕の知る限りちがう」

「おたふく風邪の流行だな? ハシカで休校かい?」

「ちがう、ちがう」

「じゃあいったい何がいいニュースだっていうのさ?」

僕は奴をなだめようと努力した。

「そんなに難しく考えるなよ、ガッシー。学校で表彰式をするなんて、笑っちゃうくらい簡単な仕事を、何でそんなに心配するのさ?」

「笑っちゃうくらいに簡単、だって? 僕は何日も汗して頑張って、まだ何にも話すことが見つからないでいるんだぞ。皆さんを長々とお引き留めしたくないが、の他はだ。いったい全体何を話したらいいんだ、バーティー? 君なら表彰式で何の話をする?」

僕は考えた。一度、僕は昔行った私立学校で聖書の知識で賞をとったことがある。であるからしてそうした内情にはよく通じているはずである。しかし記憶はない。

しばらくして何かが霧の中から姿を現した。

「足の速い者は競走に必ずしも勝つとはいえない［『コヘレトの言葉』九・十一］っていうのはどうだ」

「どうして?」

「うまいギャグだ。拍手喝采のはずだ」

「いや、僕が言いたいのは、どうしてそうなんだい？　どうして足の速い者が競走に勝たないんだい？」

「ああ、その点僕も同感だ。だがお偉方はそう言うんだ」

「だけどいったいそりゃどういう意味なんだい？」

「賞をもらえなかった連中を慰めるつもりなんだと思うぞ」

「そんなことして僕に何の得があるのさ？　僕はそんな奴らの心配なんかしちゃいないさ。僕が心配してるのは賞を取った方の連中なんだ。悪党のガキ連中は演台に上がって来るんだぞ。奴らが僕におかしな顔をして見せたらどうするのさ」

「しないだろ」

「どうしてしないってわかるんだい？　まず第一番にそうしてやろうって考えるはずさ。仮にもししないとしたって――そうだ、パーティー、言っときたいことがあるんだ」

「なんだ？」

「僕は君の助言を容れて、一杯飲もうと思ってるんだよ」

僕はそっとほくそ笑んだ。奴は僕の計画を知らないのだ。

「いや、お前なら大丈夫だよ」僕は言った。

奴はまた興奮してきた。

「どうして僕なら大丈夫だなんて君にわかるんだい？　僕は絶対せりふを忘れるにちがいないのさ」

「チェッ！」

「でなけりゃ賞状を落っことすんだよ」

「チッ！」

「そうじゃなきゃ何か別のことさ。僕の骨が感じてるんだ。僕が今ここに立ってるのと同じくらい確かなことなんだよ。今日の午後、何かが起こって誰もがみんな僕を死ぬほど笑い者にするのさ。今でももうそれが聞こえてくるよ。ハイエナみたいな……バーティー！」

「ハロー？」

「イートン校に行く前に通った子供の学校を憶えてるかい？」

「憶えてるとも。あそこで僕は聖書の知識で賞をもらったんだ」

「君の聖書の賞のことはどうだっていい。僕は君の聖書の賞の話をしてるんじゃないんだ。ボッシャーの事件は憶えてるかい？」

よく憶えている。あれは僕の子供時代のハイライトのひとつだ。

「サー・ウィルフレッド・ボッシャー少将があの学校に来て表彰式をやったんだ」ガッシーは沈んだ、生気のない声で言った。「彼は本を落っことした。それでそいつを拾おうと身体をかがめたんだ。そしたらかがんだ拍子に彼のズボンのお尻が破けたんだった」

「僕たちがどんなに大笑いしたことか！」

ガッシーの顔がゆがんだ。

「そうだ、笑ったんだ。僕たちは卑劣なブタだったよ。沈黙を保って、特別恥ずかしい瞬間に勇敢な軍人に対してしかるべき同情を示す代わりに、僕らは大笑いして大喜びで叫んだんだよ。僕は一番騒いだ。今日の午後、僕に起きるのはこれなんだ、バーティー。僕があの時、サー・ウィルフレッド・ボッシャー少将をあんなふうに笑ったことへの審判が下ったんだ」

「ちがうぞ、ガッシー、心の友よ。お前のズボンは破けたりしない」

「どうして破けないなんてわかるんだい？　僕よりずっと立派な人物のズボンが破けたんだぞ。ボッシャー少将はインド北西戦線における軍功によって殊勲章を受けてるんだ。だけど彼のズボンは破けた。僕なんか嘲笑されてなぶり者さ。わかるんだよ。それで君は僕がどんな状態なのか完全にわかってるはずなのに、いいニュースがなんとかって言いにやって来るわけだ。マーケット・スノッズベリー・グラマー・スクールの生徒たちに腺ペストが大流行して、みんなにブツブツが出てベッドに隔離されてるって話以外に、今この瞬間この僕にとってどんないいニュースがあり得るって言うんだい？」

　僕の語るべき瞬間は来た。僕は奴の肩にやさしくポンと手を置いた。奴はその手を払いのけた。僕はまた手を置いた。奴はまたそれを払いのけた。僕が何とか三回目に手を置こうとすると、奴は水平に移動して一定程度の癇癪《かんしゃく》をあらわにし、いまいましい整骨医か何かのつもりかと僕に詰問した。

　奴の態度を腹立たしく思ったが、許してやらねばならない。昼食後のガッシーはちがう人物になっているのだからと、僕は自分に言い聞かせた。

「いい知らせって言うのは、マデライン・バセットのことなんだ」

　熱っぽいきらめきが奴の目から消え去り、果てしない悲しみがそれにとって代わった。

「彼女についてはいいニュースなんてありようがないよ。僕が全部だめにしちゃったんだ」

「そんなことはないぞ。も一度バシッとやってみれば、全部うまくいくはずだって僕は確信してる」

　奴を元気付けようと、僕は前の晩にバセットと僕の間にあったことをみんな話してやった。

「だからお前は次のデートの日取りを決めればいいだけなんだ。票は逃しようがない。お前は彼女の夢の男なんだ」

奴は頭を振った。

「駄目だ」

「何だって？」

「無駄だよ」

「どういう意味だ？」

「そんなことしたってまったく無理なんだ」

「だけど言ったじゃないか、彼女はあんなに言葉を尽くしてお前のことを――」

「だからどうってことはないんだよ。彼女はかつて僕を愛してたかもしれない。だけど昨日の晩ですべては破滅さ」

「そんなことはない」

「そうなんだよ。彼女はもう僕を嫌ってるんだ」

「絶対にそんなことがあるもんか。彼女はお前が怖気《おじけ》づいただけだってわかってるさ」

「だからってもう一度やったって僕はまた怖気づくだけさ。だめなのさ、バーティー。僕はどうしようもない男なんだよ。もうおしまいだ。宿命が僕を、ガチョウにだって〈バアッ〉って言えない気弱な男にしたんだ」

「ガチョウに〈バアッ〉って言えるかどうかは別問題だ。そんな問題じゃない。簡単な話だ――」

「わかってる、わかってるよ。だけどだめなんだ。僕にはできないんだ。全部おしまいさ。昨夜の大失敗の繰り返しをまたするつもりはないよ。君はもう一度バシッとやるなんて軽々しく言うけど、その意味をわかってないだろ。愛する女性に結婚してくれって言おうとしてたのに、生まれたばかりのイモリの羽毛状の外エラについて話してる自分に突如気がついたなんて経験は、君にはないだろ。あんなのは二度とごめんだ。僕は自分の運命を甘受するよ。おしまいなんだ。それで今のところなんだけど、パーティー、お願いだからどこかに行っててくれないかな。スピーチをまとめなきゃならないんだ。君にまとわりつかれてちゃスピーチがまとまらないんだ。まだまとわりつきたいっていうなら、せめていくつかいい小噺《こばなし》を見つけてくれないか。地獄の幼い猛犬たちが、一つ二つは面白い話を期待してると思うんだ」

「じゃあこういう話は知ってるか――」

「だめだ。ドローンズの喫煙室で仕入れてきたような下品な冗談は勘弁してくれよ。きれいな話が欲しいんだ。後々の人生の助けとなるような奴さ。だからって僕は奴らの後々の人生の心配をしてやってるわけじゃないぞ。みんな窒息すればいいって思ってる他にはだけどさ」

「前に聞いた話なんだ。ちゃんとは思い出せないんだが、いびきをかいては周りの者に迷惑をかけてる男の話なんだ。で、おしまいはこうだ。〈彼らをあでほどのやませていどのは彼のアデノイドだった〉」

奴はうんざりしたしぐさをしてみせた。

「いったい君は僕に、おそらく全員アデノイドの洒落はさんざん聞いてるだろう男子生徒連中に向かって、そんなせりふをスピーチに入れろって言うのかい？　だめだ。奴らみんなで演台に突進してくるよ。ほっといてくれないか、バーティー。消えてくれよ。僕が頼むのはそれだけだ。消えてくれ……レディース・アンド・ジェントルメン」低い、独り言を言うような調子でガッシーは言った。「皆さんを長々とお引き留めするつもりはありませんが、このめでたきよき――」

思慮深きウースター氏はその場を立ち去り、奴を一人にした。すべての手はずを整え、一瞬の注意でボタンを押して事態を始動できるようにするという、確かな良識を備えた自分自身に今まで以上に満足する僕であった。

おわかりと思うが、今まで僕はバセットの心理的態度を奴に明かせば、大自然の恩寵が残る仕事をやってくれるものと、すなわち人工の刺激物が不要になるくらい奴を元気にしてくれるものとの希望を胸にもてあそんでいた。なぜなら、当然だが、一個の男子たるもの田舎の邸宅の中をオレンジ・ジュースの水差しを持って疾走したくはないものである。つまりそれが絶対的にどうしても必要、というのでないならば。

しかし、今や僕は計画通りことを進めねばならないことを理解した。奴が会話の間じゅう露呈し続けた、元気、活力、まともな精神の完全なる欠如は、僕をして最も強力な手段の必要性を確信させるに至ったのだ。したがって奴の許を去ってからすぐさま、僕は配膳室に行って執事が姿を消すのを待ち、すばやく走り込んで事態の生死を握るこの水差しを確保した。そしてそれから何瞬かの後、細心の注意を払って階段を上った僕は自室にたどり着いた。まず最初に僕が気づいたのは、そこにジーヴスがいることだった。彼はズボンをいじくりまわしていた。

彼は僕の水差しに非難するような目――とはいえこれが誤った診断であることをすぐに僕は知ることになるのだが――をよこした。僕は少々気持ちを引き締めた。彼のたわ言に耳を貸す気はなかった。

「何だ？　ジーヴス」

「はっ？　ご主人様」

「君は何か言いたいことがあるようだが、ジーヴス」

「いいえ、滅相もございません、ご主人様。わたくしはご主人様がフィンク゠ノトル様のオレンジ・ジュースの水差しをお持ちでいらっしゃることに気がつきましただけでございます。そこに酒精を加えるのはわたくしの見解では無思慮なことであるとお話し申し上げようといたしておりましたに過ぎませぬ」

「ジーヴス、それがまさしくいらぬ評言だというんだ――」

「と申しますのは、その件につきましてはすでにお世話をいたしておいたからでございます」

「何だって？」

「はい、ご主人様。結局のところわたくしは、不本意ながらご主人様のご意志に従うことを決意いたしました」

　僕はびっくりしてこの男を見た。僕は猛烈に感動していた。つまりこうだ。古《いにし》えの封建精神は死に絶えたと思ってばかりいた男が、そうではなかったと知って猛烈に感動を覚えないなどということがあり得ようか？

「ジーヴス」僕は言った。「感動したよ」

「有難うございます、ご主人様」

「感動したたし、嬉しいよ」

「たいへん有難うございます、ご主人様」

「だが何でまた翻心したんだ？」

「ご主人様がいまだご就寝中でいらっしゃる間に、たまたま庭園でフィンク゠ノトル様とお目にかかり、いくばくかの会話をやりとりいたしました」

「それで君は奴には元気づけの飲み物が必要だって感触を得て、その場を離れたというわけだな？」

「さようでございます、ご主人様。あの方のご様子は敗北主義者のそれと拝見いたしました」

僕はうなずいた。

「僕の感じたのも同じことだ。〈敗北主義〉とは言い得て妙だな。君は奴の態度が敗北主義的だって話してやったのかい？」

「はい、ご主人様」

「それでも改善の兆《きざ》しはないんだな？」

「さようでございます」

「じゃあ結構、ジーヴス。行動あるのみだ。水差しにはどれくらいジンを入れたんだ？」

「コップに一杯たっぷりとでございます」

「成人敗北主義者の適正服用量はそのくらいだと君は思うんだな？」

「適量かと存じます」

「僕は思うんだ。半ペニー分のタールを惜しんでヒツジを死なせちゃならない。あと三十ccかそこらは足してやろうと思うんだが」

「わたくしは賛成いたしかねます、ご主人様。ブランカスター卿のオウムの一件では――」

「君はまた前と同じ誤りを犯しているぞ、ジーヴス。つまりガッシーをオウムだと考える誤りってことだ。その誤りと戦うんだ。僕はあと三十cc足し入れさせてもらう」

「かしこまりました、ご主人様」

「ところでジーヴス、フィンク＝ノトル氏はスピーチに使える気の利いた、きれいな話を欲しがってるんだ。何か知ってるのはあるか？」

「二人のアイルランド人の話はいかがでございましょう」

「パットとマイクか？」

「はい、ご主人様」

「ブロードウェイを歩いてたって話か？」

「はい、ご主人様」

「奴の気に入りそうな話だな。他にはないか？」

「ございません、ご主人様」

「うむ、何であれ助けにはなりそうだ。行って話してやったほうがいいな」

「かしこまりました、ご主人様」

彼は部屋から去り、僕はフラスクのふたを開け、水差しにその中身を少量かしげ入れた。僕がやり終えるのと同時に、僕の耳に足音が聞こえてきた。水差しを大急ぎでマントルピースの上のトム叔父さんの写真の後ろに押しやったところで、ドアが開き、サーカスの馬みたいにクルベット［前足が着地しないうちに後足から躍進する優美な跳躍］しながら、ガッシーが入ってきた。

「やあやあバーティー」奴は言った。「やあ、やあ、やあ。もひとつやあやあだ、ホー。なんて世界は美しき哉《かな》だ、バーティー。こんなに美しい世界があったかなあ」

僕は奴を見つめた。口がきけなかった。我々ウースター家の一族はいなずまのごとく機敏である。したがって一目見て僕は何ごとかが起こったのを理解したのだ。

つまりこういうことだ。僕は奴がぐるぐる歩き回っていたという話をした。芝生の上のやりとりも記録しておいた。僕があのシーンを相当な熟練をもって描写していたとするならば、読者諸賢が胸に抱かれたフィンク＝ノトルの絵柄とは、膝下をガクガクさせ、顔を緑色にし、臆病な恐怖に我を忘れてコートの襟の折り返しを熱心にはじき続ける神経症の廃人である。換言すれば敗北主義者だ。これを要するに先の会見中のガッシーは、打ちのめされ、カスタードみたいにベトベトになった男の特徴をすべて示していた。

今僕の前に立つガッシーは大いにちがう。奴の身体じゅうのすべての毛穴から自信が噴き出しているみたいだった。顔は紅潮し、瞳には陽気な光が宿り、唇には空威張りな笑いが浮かんでいる。奴が僕に快活な様子でパンチをよこし、僕が逃げそこなってそいつを背中にくらった時には、まるでラバに蹴とばされたような気がしたものだ。

「なあ、バーティー」何の思いわずらいもないアカヒワみたいに楽しげに奴はさえずった。「お前の言ったとおりだったよ。お前の仮説は検証され、真だと証明されたんだ。僕は闘鶏にでもなった気分だ」

僕の脳はぐらぐらを止めた。すべてわかった。

「お前、飲んだな?」

「そうなんだ。お前の助言のとおりだ。いやなシロモノだった。薬みたいなもんだな。のどが焼けて、めちゃくちゃに渇くんだ。何でまたみんなあんなものを喜んで飲むのかは、まあ、お前もそうだが、僕にはわからないよ。とはいえあいつが身体組織を活性化させることだけは誰よりも認めよう。トラにだって噛みついてやれる気分だ」

「何を飲んだんだ?」

「ウィスキーだ。少なくともデカンターにはそう書いてあった。お前の叔母さんみたいな女性が――信頼に足る、真正のイギリス人であるところのだ――わざわざ大衆をあざむくと考える理由はない。もし彼女がデカンターにウィスキーというラベルを貼ったなら、僕にはそれが何だかわかってると考えていいと思うんだ」

「ウィスキー・アンド・ソーダを飲んだのか? そりゃあいい、一番効くんじゃないか」

「ソーダだって?」ガッシーは考え深げに言った。「何か忘れてるとは思ってたんだ」

「ソーダを入れなかったのか?」

「考えてもみなかった。僕はただ食事室に行って、デカンタからラッパ飲みしただけだ」

「どのくらい?」

「うーん、十ゴククくらいかな。十二ゴクだったかもしれない。いや、十四ゴクゴクだな。中サイズの十六ゴクゴクだったと思ってくれ。ああ、のどが渇いたなあ」

奴は洗面台のところに行ってビンから盛大に水を飲んだ。僕はひそかに奴の後ろにあるトム叔父さんの写真に目をやった。わが人生にそいつが関わり合いになってよりはじめて、僕はそれが大きくてよかったと思った。秘密の井戸を隠してくれている。もしガッシーがオレンジ・ジュースの入ったあの水差しを見つけたら、ナイフみたいにそいつに飛びつくに決まってるのだ。

「いやあ、元気が出てよかった」僕は言った。

奴はうきうきした調子で洗面台のところから戻ってきて、またもや僕の背中にパンチを送ってきた。だが今度は僕の敏捷なフットワークに攪乱《かくらん》され、ベッドによろめき着いた奴はそこに腰を下ろした。

「元気だって？　トラにだって噛みつけるって話はしたか？」

「うん、した」

「トラは二匹にしといてくれ。鋼鉄の扉だってかじって穴をあけてやれるくらいだ。庭で会ったとき、僕のことをなんて間抜けだってお前は思っただろうな。お前、袖の陰でこっそり笑ったろう」

「そんなことは、ない、ない」

「いや、そうだ」ガッシーは言い張った。「その袖だ」指差しながら奴は言った。「だからってお前を責めやしないよ。なんでまた僕はあんなどうでもいいようなチビ臭い田舎のグラマー・スクールで表彰式をするくらいのつまらん仕事で大騒ぎをしていたのか、まるでわからないんだ。なあ、バーティー、わかるか？」

「わからん」

「その通りだ。僕にもわからない。何でもないことなんだ。演台に上って、恩着せがましく親切な言葉を二つ、三つ言って、悪党のガキどもに賞を渡してやって、降りてきてみんなに褒《ほ》められる、と、それだけのことだ。はじめから終わりまで、ズボンが破ける余地はない。つまりだ、どうしてズボンが破けたりする？　想像もできない。想像できるか？」

「できない」

「そうだ。僕にも想像できない。僕の人気は爆発だ。何が必要かはわかってるんだ――質朴で、男らしく、楽観的な単刀直入さだ。つまりこの僕だな」そう言ってガッシーは自分の肩を叩いた。「何で自分が今朝あんなにビクビクしていたのか、僕には想像もできないな。ろくでもない本を垢《あか》じみた顔したガキどもにやるくらい簡単なことが他にあるかどうか、想像もつかない。とはいえ僕には想像もつかないような何らかの理由で僕は少しばかりビクついていたんだ。だが今や僕の気分は最高だ、バーティー——最高、最高、最高です——旧い友達としてお前にこれは言っておこう。なぜってお前は旧い友達だからだ。なあ旧友よ。すべての煙が晴れわたってみれば——わが旧友よ。お前くらい旧い友達には今まで会ったことがないぞ。お前が旧い友達になってからどれくらいになるかなあ、なあバーティー？」

「おう。何年も、何年もさ」

「想像してもみろよ！　むろんお前が新しい友達だったときもあるにはちがいないがな……ハロー、昼食の合図だ。来たれ、旧友よ」

サーカスのノミみたいにとび上がって、奴はドアに向かった。

僕は物思いに沈みながら後に続いた。むろん、予想以上の効果があがったと人は言うだろう。つまり、僕は元気一杯のフィンク゠ノトルが欲しかったのだし——いや実際、僕の計画は徹頭徹尾、元気なフィンク゠ノトルの育成を目的としていたのだ——とはいえ今、階段の手すりを滑り降りてゆくこのフィンク゠ノトルは、少しばかり元気一杯が過ぎるのではあるまいか、と僕は思っていた。奴の態度物腰立居振舞いは、昼食時に気安くパンを放り投げるような男のそれだと僕には思えたのだ。

しかし幸いにも、周囲の人々の安定した陰気さが、テーブルについた奴を抑制する効果をあげた。

あれほど陰気な集いで大はしゃぎするには、もっとぐでんぐでんの酔っ払いが必要であろう。僕はバセットに痛みうずく心がブリンクレイ・コートにあると言ったが、今やほどなく胃も痛むことになろうと僕には思われた。聞くところでは、アナトールは気鬱の発作でベッドで休んでおり、我々の前にある料理は台所メイド——かつてフライパンを振るった中でおそらくC3クラスに分類されると思われる——がこしらえたのだ。

各人が抱える厄介ごとの上にこれが重なって、我らが食卓の集いには全員一致の沈黙が——厳粛なる沈黙、と言ってよい——が覆いかぶさっており、それはガッシーをしても打ち破り得なかったと見た。したがって、わずかに奴が一節歌を歌ったほかは、何ら不都合は起こらなかった。式服に着替えて三時半までにマーケット・スノッズベリーに到着しなければならないとのダリア叔母さんの指示の下、我々は席を立った。それで湖の横の木蔭のあずまやでタバコを吸う暇が十分にあったのでそうすることにして、部屋に戻ったら時間は三時頃になっていた。

ジーヴスは仕事中で上着に仕上げのブラシを掛けていた。それで僕がガッシー問題の最新の進展について彼に通知しようとした、まさにその時、彼は当の人物がたった今、ウースター氏の寝室に礼儀正しい訪問をしたばかりである旨の報告をして、僕の機先を制したのだった。

「わたくしがあなた様のお召し物を取り出そうと存じてこちらに参りますと、フィンク＝ノトル様がこのベッドに腰をお掛けでいらっしゃいました」

「そうか、ジーヴス。じゃあガッシーはここにいたんだな？」

「はい、ご主人様。つい数分前にご退室されたばかりでございます。トラヴァースご夫妻と大型車に同乗なすって学校に向かわれるとのことでございました」

「二人のアイルランド人の話は教えてやったかい？」

「はい、ご主人様。あの方は心底お笑いになられました」

「よし。他にも何かしてやったかい？」

「はなはだ僭越ながらあの方に、教育とは引き出すことであって、詰め込むものではないとお若い紳士方にお話しなさってはいかがかと申し上げておきました。今は亡きブランカスター卿は諸々の学校で表彰をなされる強いご嗜癖がおありで、必ずやこの格言をお用いになられたものでございました」

「奴はそれにどう反応した？」

「心底お笑いになられました」

「君は驚いただろうな？　きっと。あのほぼぶっ通しの陽気さのことだが」

「はい、ご主人様」

「最後に会ったときには敗北主義者のAグループにゆうに入っていた男にしては、おかしなことだと思っただろうな」

「はい、ご主人様」

「説明は簡単なんだ、ジーヴス。君が最後に会ってから、ガッシーは飲んで浮かれてる。奴はぐでんぐでんに酔っ払ってるんだ」

「さようでございますか？　ご主人様」

「絶対的にだ。奴の神経は緊張のあまりだめになっちゃったんだな。それで食堂にもぐり込んで、掃除機みたいに酒を吸い込んだんだ。奴のラジエーターはウィスキーで満タンのはずだぞ。デカンター一杯をほとんど飲み干したらしいんだ。参ったな、ジーヴス。だが奴がその上さらにあのジン入りオレンジ・ジュースを飲むようなことにならなくてよかった。どうだ？」

「まったくおおせの通りでございます」

僕は水差しに目を遣った。トム叔父さんの写真が炉格子の上に落ちており、それはむき出しで置かれていた。ガッシーの目に入らずにはいられなかったろう。幸いそいつは空っぽだった。

「ご主人様、かような申しようをお許しいただけますれば、オレンジ・ジュースをお捨てあそばされたのはきわめてご賢明ななさりようでございました」

僕はこの男を見た。

「何だって？　君がやったんだろう？」

「いいえ、ちがいます、ご主人様」

「ジーヴス、はっきりさせないといけない。あのオレンジ・ジュースを捨てたのは君じゃないんだな？」

「はい、ご主人様。部屋に入った折あの水差しが空であるのを拝見いたし、わたくしはご主人様がなさったこととばかり存じておりました」

僕らは互いを見つめあった。恐怖に打ちひしがれて。二人の心は二つだが、思いはひとつだった。

「大変おそるべきことではございますが、ご主人様――」

「僕もそう思うんだ、ジーヴス」

「しかるにその点は、ほぼ確実かと――」

「まったく確実だ。事実を吟味しよう。証拠を選り分けるんだ。水差しはマントルピースの上にあった。二人ともそれを見ている。ガッシーはずっとのどの渇きを訴えていた。君は奴をここで見つけた。奴は大笑いしていたんだ。すなわち今この瞬間、あの水差しの中身はほぼ全量、すでに煌々《こうこう》と照らされていたあの男の体内の積込み済荷物の上に落ち着いていることに疑問の余地はあり得ないと僕は思う、ジーヴス。困ったな、ジーヴス」

「きわめて困ったことでございます」

「事実と向き合おう。冷静でいないといけないぞ。君があの水差しに入れたのは——コップ一杯の酒であったと言っていいのかな？」

「コップになみなみと一杯でございました」

「それで僕がさらに同量を足し入れたんだ」

「はい、ご主人様」

「これからアヒルが尻尾を二振りする間にだ、奴はあれだけの酒をラッピングした身体でもってマーケット・スノッズベリー・グラマー・スクールに行って、この界隈で一番立派で一番洗練された観衆を前に表彰式を執り行おうっていうんだ」

「はい、ご主人様」

「ジーヴス、式典はいちじるしく興味をそそるものになりそうだと僕には思えるんだが」

「はい、ご主人様」

「君の見解によるといかなる収穫がありそうかな？」

「あえて憶測は困難でございましょう、ご主人様」

「つまり想像力が恐れをなしている、ということだな」

「はい、ご主人様」

僕は自分の想像力を検分してみた。彼は正しかった。そいつは恐れをなしていた。

17. マーケット・スノッズベリーの寵児

「だがな、ジーヴス」慎重にステアリング・ホイールを回しながら僕は言った。「物事にはいつだっていい側面はあるものだぞ」

あれから二十分ほどが経過し、玄関前でこの正直者を乗せてやった後、僕は二人乗りの車で、絵のように美しいマーケット・スノッズベリーの街並みを走っていた。彼と別れてから——彼は自室に帽子を取りに行き、僕は自分の部屋に残って礼装の仕上げをし——僕はつらつら考えたのだ。

その成果を今僕は彼に伝えようとしていた。

「見通しがいかに暗かろうと、ジーヴス、あらし雲がいかに暗鬱たる様で重なり合おうとな、鋭利なまなざしをもってすればいつだって青い鳥が見えてくるんだ。これから約十分後にガッシーが高度の酩酊《めいてい》状態で表彰式を執り行うっていうのは間違いなく困ったことだ。だが悪い面ばかりじゃないってことを忘れちゃならないんだ」

「とおっしゃいますと、ご主人様は——」

「そうなんだ。奴の求婚者としての能力について考えてるんだ。この一件によって奴はいまや結婚の申し込みにはかつてないほど好都合な態勢になってるはずなんだ。これで奴が一種の荒くれ男になっていなかったら僕は大いに驚くところだ。ジェームズ・キャグニーの映画は見たことがあるかい？」

「はい、ご主人様」

「だいたいあの線だ」

彼が咳き込むのを耳にし、僕は横目でチラッと目をやった。いつもの訳知りげな顔でいる。

「ではお聞き及びではいらっしゃらないのでございますね、ご主人様」

「えっ」

「フィンク＝ノトル様とバセット嬢の間には婚約が相整い、近くご結婚あそばされるとの件をいまだご存じではいらっしゃらないのでございますね？」

「何だって？」

「はい、ご主人様」

「いつの話だ？」

「フィンク＝ノトル様がご主人様の部屋を出られてまもなくのことでございます」

「ああ！　オレンジ・ジュース以降の時代だな？」

「はい、ご主人様」

「だが確実なのか？　どうして知ってるんだい？」

「わたくしの情報はフィンク＝ノトル様から直接お伺いいたしたものでございます。どうしてもわたくしにお打ち明けになりたいご様子でいらっしゃいました。あの方のお話はいささか支離滅裂ではございましたが、本質を理解いたすのは困難ではございませんでした。あの方は最初にまずこの世界は美しい旨、ご宣言なさった後、心底お笑いになられ、正式にご婚約をなさったとお話しになられました」

「詳細はなしか?」

「さようでございます」

「とはいえ情景が目に浮かぶな」

「はい、ご主人様」

「つまり想像力が恐れをなしたりはしないってことだ」

「はい、ご主人様」

そのとおりだった。僕には何が起きたかが鮮明に理解できた。常にしらふでいる男がチャンポンでたっぷり飲んだのだ。それで奴は強力化したというわけだ。奴は立ちすくんで指を弾いて口ごもったりはしなかったのだ。奴は行動したのだ。奴はバセットの許に行き、沖仲仕《おきなかし》が石炭の袋をつかむみたいにしっかり彼女を抱きしめたにちがいないのだ。ロマンティックな心の女の子にそれがどんなに効果的か、容易に予想がつくというものである。

「いやはや、ジーヴス」

「はい、ご主人様」

「すごいニュースだな」

「はい、ご主人様」

「これで僕がどんなに正しかったかわかっただろう」

「はい、ご主人様」

「僕がこの件を仕切るのを見るのは、君にとっては啓発的だったろうな」

「はい、ご主人様」

「単純で、直截な方法は決して失敗することはない」

「はい、ご主人様」

「だが巧緻すぎるのは失敗するんだ」

「はい、ご主人様」

「よしきた、ホーだな、ジーヴス」

僕たちはマーケット・スノッズベリー・グラマー・スクールの正面玄関に到着した。僕は車を停めて、中に入った。心は満足していた。タッピー＝アンジェラ問題は依然懸案のままであり、ダリア叔母さんの五〇〇ポンドはいまだかつてないほどに遠ざかってはいたが、懐かしきよきガッシーの問題が全面的に解決したと感じるのは嬉しいことだった。

僕の理解するところでは、マーケット・スノッズベリー・グラマー・スクールは一四一六年ごろの創立で、古《いにし》えの創設にかかる他の多くの諸建築同様、この午後の式典が執り行われる大ホールの頭上には幾世紀分かのむうっとした空気が少なからず立ち込めているように見えた。この夏最高の猛暑の日であり、誰かがたまさかに窓をひとつ、ふたつ開け放ってはあったものの、その雰囲気の独特さ独自さは保たれていた。

このホールでマーケット・スノッズベリーの若人たちは五百年にわたって、毎日昼ごはんを食べてきたのだ。その香気はぬぐい難くそこに漂っていた。かの空気は重厚かつ鬱然たるもので、といってておわかりいただければだが、若きイギリスとボイルド・ビーフのニンジン添えの香がした。

ダリア叔母さんは前から二列目の地元名士の群れの中に座っていた。入っていくと僕を認め、手を振ってこっちへ来いと招き寄せた。だが僕はそうするにはあまりに賢明だった。僕は後ろの立ち見客の間に分け入って、その芳香からして穀物商か何かであるらしい男にもたれ掛かった。このような場での戦術の要《かなめ》が、できるだけドアの近くに位置を占めることなのは、いうまでもない。

ホールは小旗やら色紙やらで陽気に飾り立てられていた。さらに目をリフレッシュさせてくれたのは、少年たちとその両親その他眷属《けんぞく》の入り乱れた一群の壮観な見ものであった。前者はピカピカした顔でイートン校カラーをつけて熱心に走り回り、後者はというと、女性であれば黒サテンを強調したいでたちで、男性であれば上着がきつすぎるといった具合だった。そして今や、いくばくかの——散発的《スポラディック》な、ジーヴスが後で教えてくれた表現だ——喝采があり、ガウンを着た頬ひげの男に先導されてガッシーが演台の真ん中の席に向かうのが見えた。

告白するが、奴の姿を見、神の恩寵なかりせばあの場にバートラム・ウースターが上がっていたのだと感じたとき、僕の身体には戦慄が走ったのだった。あの女子校で演説したときのことがまざまざと思い起こされた。

むろん、冷静に見るならば、今僕の前にいるほとんど人間になりかかった聴衆と、おさげ髪を後ろにたらした幼い少女たちからなる暴徒の一群とでは、恐怖においても危険性においても比較の余地はないと人は言うかもしれない。僕もその通りだと認めよう。それでもなお、この光景は僕をして、友人が今まさに樽入りしてナイアガラの滝に落とし込まれるのを目《ま》のあたりにしている男みたいな気持ちにさせるに十分だった。そしてまた、僕が逃れ来たことどもに思いを馳せると、すべてが一瞬真っ暗になり、めまいがした。

再びはっきり目が見えるようになると、今やガッシーは着席しているのがわかった。手をひざに置き、ひじを正しい角度に傾け、どうしてニワトリたちは道路を横断するのか、とボーンズ氏に今しも尋ねようとする昔風の黒人ミンストレル［白人が黒人に扮して行う、黒人の生活を茶化した寄席演芸］みたいだ。それで前方を貼りついたような、いかにも取るに足らないことだとでもいったような笑みを浮かべて見つめており、そこに座っている人物の内側では、かのおなじみの甘露が前歯の裏側めがけて噴出中であることは、誰が見ても一目瞭然だと僕は思った。

実際、若い頃数多くの狩猟つきディナーを手伝ってきたダリア叔母さんは、病状の診断については誰に一歩も引くものではない。彼女はぎくっとした様子で、長らく熱心に見入っていた。やがて彼女は左側のトム叔父さんに何か言ったが、その時、ひげの男がフットライトの中に進み出て演説を始めた。そいつはまるで口の中に熱いジャガイモが入っているみたいなしゃべり方をしたが、それでもリングサイドシートから何の野次も飛んでこなかったという事実から演繹して、僕は彼が校長にちがいないと推論した。

彼がスポットライトを浴びた瞬間に、聴衆の間には一種諦念に似た感情が居座ったように思われた。僕はというと、穀物商氏にもたれかかって注意を散漫にさまよわせていた。スピーチは前学期のこの学校の出来事についてであり、表彰式のこうした箇所はフリの客の関心をつかめないのが常である。つまり、どういうものかおわかりだろう。J・B・ブリュースターがケンブリッジ大学の古典学のキャッツ奨学金を獲得したと告げられる。しかし本人を知らなければ、これがどれほど面白い話かは本当にはわからないと人は感じるだろう。G・バレットがバーミンガム獣医科大学のレディー・ジェーン・ウィックス奨学金を獲得したと言われたって同様だ。

実際、僕と穀物商氏は――彼は少々元気をなくしていた。きっと朝方、穀物を商うのに疲れていたのだろう――軽い居眠りを始めていた。と、その時、突然事態は活気づき、ガッシーの初の出番が訪れたのだった。

「本日は」ひげの男が言った。「我々はこの午後のご来賓《らいひん》に、幸運にもフィッツ＝ワトル氏をお迎えできたことを喜ばしく思うものであります――」

この演説が始まったとき、ガッシーは口をぽかんとあけ、一種の白日夢のうちに沈んでいた。生命のかそけき気配は、スピーチ半ばを過ぎたところで顕れ始めた。ここ数分というもの、奴は片方の足をもう一方の足の上に組み重ねようとしては失敗し、もう一度やってはまた失敗を繰り返していたのだ。とはいえようやく今になってやっと奴は生気らしきものを見せてきた。奴はビクッとすると、座りなおした。

「フィンク＝ノトルだ」目を開けて、奴は言った。

「フィッツ＝ノトル」

「フィンク＝ノトルだ」

「失礼、フィンク＝ノトル氏と申し上げるべきでした」

「もちろんそうすべきだ、このアホバカ野郎」ガッシーは鷹揚《おおよう》に言った。「結構、続けてくれ」

それから目を閉じ、奴はまた足を組もうと試みはじめた。

この一瞬の軋轢《あつれき》が、ひげの男をいささか狼狽《ろうばい》させたのが僕にはわかった。彼は一瞬おそるおそるひげに手をやりぎこちなく手探りで触れながら立っていた。しかし、学校長というのはタフなものだ。弱々しさは消えていった。彼は見事に立ち直り、再び仕事に取りかかってみせた。

「我々は皆、この日の午後のご来賓にフィンク＝ノトル氏をお迎えし、ご親切にも表彰をしていただくことを心から喜ぶものであります。ご承知のように、この任務は、わが理事会の尊敬すべき、積極的なメンバーであるウィリアム・プロマー牧師によって本来果たされるべきものでありました。しかし我々皆が心から残念に思っていると私は確信しておりますのですが、たいへん急なご病気のため本日この場においでにはなれません。しかし、おなじみの比喩を――皆さん全員になじみのある、飾りのない比喩を用いますならば――ブランコの上でなくしたものは、すべり台の上で回復できる、のであります」

彼はいったん言葉を止め、ここは笑いどころだと示すために、遠慮なく笑ってみせた。僕はできることならあの男に、そんなことをしてもしょうがないよ、と言ってやりたかった。さざ波ひとつ立たない。穀物商氏は僕にもたれかかり、「なあんてった？」とつぶやいたが、それだけだった。

笑いを期待して待ち、そのギャグが理解されていないことに気づくというのは嫌な気持ちのするものだ。ひげの男は目に見えて動揺した。しかし、彼はこれだってきっと乗り越えてみせたものと僕は思う。もしこの時点で不幸にもガッシーがこの場を攪乱させなかったらば、の話だが。

「換言いたしますと、プロマー師はいらっしゃいませんが、この午後のひととき、我々の許にはフィンク＝ノトル氏がおられます。フィンク＝ノトル氏のお名前を皆さんにご紹介する必要はないと私は確信いたしております。なぜならば、あえて断言いたしますが、この名前は、我々一同にはすでにおなじみのものであるからです」

「お前にはちがうだろう」ガッシーは言った。

そして次の瞬間、ジーヴスが心底笑うと描写したのがどういう意味かを僕は理解した。「心底」というのは絶対的にきわめて正当な表現である。その笑いはガス大爆発みたいに響き渡ったのだった。

「あんたは僕の名前をあまりよくは知らなかったようだな、ワッハ、ワッハ」ガッシーは言った。明らかに「ワッハ」という音で「ワトル」という語を思い出させ、あてこすっていた。奴は前者をおよそ十六回ほどどクレシェンドをつけて繰り返した。

「ワッハ、ワッハ、ワッハッ」奴はこう締めくくった。「よしきた、ホーだ。次いこう」

しかし、ひげの男は最後の太矢を射はなって、精根尽き果てた様子だった。彼はその場に立ち尽くし、打ちのめされた格好で奴をじっと見つめていた。彼が今、岐路に立たされているのが僕にはわかった。彼が今、何を考えているかが、まるで直接僕に耳打ちしてくれているみたいに明確に僕には言い当てられた。つまり彼としては椅子に腰を下ろして今日はこれでおしまい、ということにしたかったのだ。だがしかし、彼を押しとどめているのは、もしここでそいつをやってしまったら、次はガッシーのコルク栓を抜いて感情のほとばしるがままにするを許すか、フィンク゠ノトルのスピーチをもう済んだことにして、実際の表彰式にすぐさま移行するかのどちらかにしなければならない、という思いだった。

無論一瞬のうちに決心するにはとてつもなく込み入った選択である。ところで以前、核分裂をさせてみようとした連中について、新聞で読んだことがある。要は誰もそうしたら何が起きるかについて皆目《かいもく》見当がついていなかったということだった。大丈夫かもしれないし、大丈夫ではないかもしれない。もし核分裂をさせてみたら、突然家が焼尽に帰し、自分の身体もバラバラになってしまっているのに気がついたということになったら、そいつはずいぶんと自分のことをバカだったと思うのは間違いない。

ひげの男も同じだった。ガッシーの件の内部事情に彼が通じていたかどうかは僕にはわからない。だがこの時点までには、自分がずいぶんとホットな場面に遭遇していることは彼にはもう明白だった。足馴らしのギャロップで、ガッシーは自分のやり方を見せつけたのだ。数度の中断によって、今シーズンのこれなる大舞台を前にこの演台に着席しているこの人物が、もしスピーチをせよと背中を押されたらば一時代を画するようなやり方でもって何ごとかをしでかしてくれるであろうことは、洞察力ある者には火を見るよりも明らかだった。

他方、奴を鎖で縛りあげて緑色のラシャ布をかぶせたとする。するとどうか？　式典は三十分も早くに終わってしまうことになる。

実に解決困難な問題であった。決断は彼にかかっており、いかなる結論に達するものか、僕にはわからなかった。僕としては、彼は安全策をとるのではないかと思っていた。しかし、なんとこの時、決定権は彼の手から奪い取られたのだった。ガッシーは腕を伸ばしてちょっと欠伸《あくび》をし、大局に変化なしといった笑みをまた浮かべて、演台の縁までやってきていた。

「スピーチ」もの柔らかな調子で奴は言った。

それから奴はウエストコートのアームホールに親指を入れて立ち、喝采が収まるのを待った。

喝采は長いこと続いた。実に盛大な拍手喝采を奴は受けたのだ。マーケット・スノッズベリー・グラマー・スクールの男子生徒たちが、彼らの学校長をアホバカ野郎呼ばわりする程、公共心ある人物に出会うことは多くはないだろうと僕は思う。彼らはまったくゆるぎないやり方でもって賞賛の意を表明したのだった。ガッシーの背は一七五センチちょっとくらいだろうが、出席者の大多数に関する限り、奴は世界のてっぺんに鎮座ましましていた。

「ボーイズ」ガッシーは言った。「つまり、レディース・アンド・ジェントルメン、アンド・ボーイズ。皆さんを長くお引止めはいたしません。しかし、この場で僕はいくつか祝辞を述べずにはいられないと感じています。レディース――ボーイズ・アンド・ジェントルメン――今朝方ひげをあたってくるのをお忘れになったこちらの年長の友人の話を、我々はみな多大な関心をもって拝聴しました――彼の名前は知りません。だけど彼も僕の名を知らないのです――フィッツ＝ワトルだなんて、まったくバカバカしい――これでまあ引き分けだというものです――それでまた何とかいう名の牧師さんがアデノイドで死にかかってるそうで、一同みな、まったく残念に思っています、でもまあ結局、今日ここにいる者が明日にははかなくなりにけりの身の上です。肉なるものは皆、草に等しいのです〔『イザヤ書』四〇・六〕、どうしたってそういうものなんです。でも僕が言いたいのはそんなことじゃなかった。僕が言いたいのはこれです――自信を持って言わせてもらいます――矛盾の恐れなく言わせてもらいます――つまり、要するに、僕はこのめでたい場にいられて嬉しいし、親切にも賞を授与してあげられるのがとっても喜ばしいです。あのテーブルの上に置いてあるあの素敵な本を見てください、あれが賞です。シェークスピアも述べたように、本には説教が、流れる小川には小石があるのです〔『お気に召すまま』第二幕第一場、「流れる川には本が、石には説教がある」〕、いや、ちがったかな。ちがったとしても要するにそういうことです」

うまく行っている。僕は驚いてはいなかった。一部意味不明なところはありはしたが、誰にだってこれが実にたいへんなシロモノだってことはわかる。奴がとった治療法をもってして、いつも口のきけぬもの言わぬレンガであるところのガッシーにこれほどのことが可能たらしめられたことに僕は驚きを覚えていた。

これでわかることは、いかなる国会議員も言うであろうこと、すなわち真の雄弁家たらんと欲するならはじめに一杯飲んでおくのが肝心だ、ということである。

酔っ払っていない限り、聴衆の関心を惹《ひ》くことは望むべくもない。

「ジェントルメン」ガッシーは言った。「つまりレディース・アンド・ジェントルメン、そしてもちろんボーイズ。この世界は何と美しき哉《かな》でありますか。美しき世界。隅々まで幸せに満ち満ちている。小噺《こばなし》をひとつ披露しましょう。パットとマイクという二人のアイルランド人が、ブロードウェイを歩いていました。一方がもうひとりに言いました。〈ベゴラー。競走は足の速い者のためにあるわけじゃない〉もうひとりが答えました。〈フェイス・アンド・ベーゴップ。教育とは引き出すものだ、詰め込むものじゃあない〉」

これは僕が今まで聞いた中で一番バカバカしい話だと思われたと言わねばならない。またこんなものをスピーチに投入するに値するとジーヴスが考えたということに僕は驚いた。しかし、後に僕が彼を非難したとき、彼はガッシーがプロットをだいぶ変更したのだと言った。それならまあ説明はつくというものだ。

いずれにせよ、ガッシーが話したコントはこんな具合だった。こいつが結構な笑いを取ったと言ったら、奴がいかに大衆の寵児《ちょうじ》となっていたかがわかろうというものだ。弁士が話を切り上げて着席するのを願っている者は、演台上にひげの男が一名、あとは二列目にごくわずかいただけで、全聴衆は一枚岩と化して奴の味方だった。

大喝采が起こった。「ヒア！　ヒア！」と叫ぶ声が上がった。

「そうです」ガッシーは言った。「世界は美しい。空は青く、鳥は歌い、楽観主義が遍在しています。

結構じゃありませんか、ボーイズ・アンド・レディース・アンド・ジェントルメン？　僕は幸せだ。あなたたちも幸せだ。僕らはみんな幸せだ。ブロードウェイを歩いてるどん臭いアイルランド人だって幸せだ。とはいえ僕が申したとおり、二人いたわけですが――パットとマイクですね、一人は引き出す方で、一人は詰め込む方です。ボーイズ！　僕が時間をあげますから、この美しき世界のために万歳三唱をいたしましょう。それでは皆さんごいっしょに！」

さて、ようようにして塵《ちり》は床に落ちつき、しっくいは天井から落ちるのをやめた。そして奴はまた話し始めた。

「この世界が美しくないなんて言う人は、自分が何を言ってるのかがわからないのです。親切にも賞を授与してあげるためにここまで車で来る途中、甚《はなは》だ遺憾ながらまさにこの点で僕はわがホストを怒らせてしまいました。トム・トラヴァース氏です。二列目の席に、ベージュの服を着たあの大柄なレディーの隣に座っておられます」

奴は理解の助けとなるよう指で示した。それで指示のあった方向に首を伸ばすことのできた百人かそこらのマーケット・スノッズベリーの住民たちは、トム叔父さんが激しく赤面するのを見られたわけだ。

「僕があの方を怒らせたのは適切なことでした。かわいそうな人です。あの方は世界はまったくもってけしからん状態にあるという意見を表明なさいました。僕は言いました。〈くだらんことを言うな！トム・トラヴァース老人！〉〈わしはくだらん物言いなどには慣れておらん〉と、あの方はおっしゃいました。〈だが初心者にしちゃあ〉と、僕は言いました。〈めっぽううまいことやるじゃないか〉それで僕は思うのですが、ボーイズ・アンド・レディース・アンド・ジェントルメン。こいつはなかなかそのとおりだったと皆さんはお認めくださることでしょう」

聴衆たちは皆、奴に同意しているようだった。稼ぎ出した点は大きかった。さっき「ヒア！　ヒア！」と言った声は「ヒア！　ヒア！」をまた言った。わが穀物商氏はというと大型のステッキで力強く床をガンガン叩いていていた。

「では、ボーイズ」カフスを投げ捨て、おそろしげな薄ら笑いを浮かべながらガッシーは再び始めた。「これで夏学期も終わりです。皆さんのうちの多くの方たちは間違いなく、この学校を出て行かれることでしょう。僕は皆さんを責めはしません。ここのむかつく空気はナイフで切れるくらい濃いからです。皆さんは偉大な世界に出て行かれるのです。この中の皆さんの多くは近々ブロードウェイを潤歩されることでしょう。そこで皆さんに憶えておいていただきたいことはこれです。すなわち、たとえどんなにアデノイドで苦しんだとしても、皆さんはあらゆる努力をして、悲観主義者になってトム・トラヴァース老人みたいにくだらんことを言うような人間には、ならないようにしなければならないということです。ほらそこ、二列目にいますね。クルミみたいな顔をした人です」

トム叔父さんの顔をもう一度見てリフレッシュしたいという人々のために、奴はいったん話をとめた。そして僕はというとある小さな難問に思いをめぐらせている自分に気がついた。ドローンズのメンバーとたちとの長いつきあいは、紅深きヒッポクレーネーの霊泉［キーツ「夜鶯によせるオード」を参照］の過剰摂取がさまざまなかたちで個々人に作用を及ぼす場面に数多く僕を立ち合わせてきたが、ガッシーのような反応を見るのはまったく初めてだったのだ。

彼の仕事ぶりには一種のスナップが効いていて、それは僕が今まで目撃したことのない種類のものだった。大晦日のバーミー・ファンジー＝フィップスにおいてすらだ。

後日ジーヴスとこの問題について話し合った際、彼はそれは抑制と関係があると言った。もし僕がこの語を正しく理解していればだが。それと、彼はこう言ったと思うのだが、エゴの抑圧である。彼が言わんとしたことは、僕の理解する限りつまりこうだ。ガッシーがイモリたちとの五年間にわたる無辜《むこ》の隔離生活を終えたばかりだという事実から、五年間に細く薄く小出しにされているはずだったバカさ加減が、この間ビン詰めにされ、この機会を得て塊《かたまり》になって——あるいはこう言った方がよければこうも言える、大津波のように——表面に現れたということだ。

何かしら傾聴すべきところはあると思われる。ジーヴスはいつだってわかっているのだ。

ともあれいずれにせよ、二列目を避ける賢明さが僕にあったのは幸いだった。立見席でプロレタリアートに混じって押し合いへしあいするのは、ウースター家の威信にふさわしからぬことであるやもしれないが、少なくとも僕が感じる限りでは、僕は危険区域の外にいる。これだけ徹底して人を嫌な気持ちにさせてきたガッシーのことだ、もし僕が視界に入ったら、いかに古い学校友達であっても人格的中傷を加えてこないとは限らない。

「この世の中に僕が我慢できないことがひとつあるとしたら」ガッシーは続けた。「それは悲観主義者です。楽観主義者たれ、ボーイズ。皆さんはみんな楽観主義者と悲観主義者の違いはご存じですね。楽観主義者というのはこういう人間のことです——えー、ブロードウェイを歩いている二人のアイルランド人を例にとりましょう。一人は楽観主義者で一人は悲観主義者です。一人は名前をパットと言い、もう一人はマイクです……ああ、ハロー、バーティーじゃないか。そこにいたのか、気がつかなかったよ」

遅かった。僕は穀物商氏の後ろに隠れようとしたが、すでにそこに穀物商氏はいないのに気づいただけだった。突然思い出した約束のせいか何かで――おそらくはお茶の時間には帰っていらしてねという彼の妻との約束であろう――僕が注意を他所《よそ》に向けている間に彼はそっと立ち去ってしまったのだ。かくして僕は遮るものなき広大な大地のど真ん中にたたずむことになった。

ガッシーは今や無礼なほどに僕に指を差してよこした。僕と奴との間には、興味ありげに僕を見上げる顔、顔、顔の大海原《おおうなばら》のほかには何もなかった。

「さて」僕を指差し続けながらガッシーは声高に言った。「僕が言いたいことの例がありました。ボーイズ・アンド・レディース・アンド・ジェントルメン、あそこに立ってる――モーニングコートを着て、ズボンをはいて、地味な灰色のタイをしてボタンホールにカーネーションを挿している――あの物体をよおく見てください。間違えようがありません。あれがバーティー・ウースターです。あいつはむかつくような悲観主義者で全然まったくトラじゃないんです。僕はあの男を軽蔑します。どうして僕はあの男を軽蔑するのでしょう？　なぜなら、ボーイズ・アンド・レディース・アンド・ジェントルメン、彼は悲観主義者だからなのです。彼の態度は敗北主義的です。僕が彼に今日の午後皆さんの前でスピーチをすると話したとき、彼はそれをやめさせようとしました。どうしてやめさせようとしたかおわかりでしょうか？　なぜなら彼は、僕のズボンのお尻が破けると言ったからなのです」

このせりふに対する歓声と喝采はひときわ高かった。マーケット・スノッズベリー・グラマー・スクールの若き生徒たちの素朴な心には、ズボンが破けるなどということは何であれ、直接に訴えかけるのだ。僕の前の列にいた二人などは顔を紫色にしていたし、二人の隣に座っていたそばかす顔の子供は僕にサインを求めてきた。

「バーティー・ウースターの話をさせてください」

ウースター家の者は我慢強い。だが自分の名が人前で笑いものにされるのには我慢できない。足を上げ、そっと忍び足でドアに向かう行程の途中で、僕はあのひげの男がついに終了を決意したのを視認した。

なぜもっと早くそうしなかったのかは僕にはわからない。金縛《かなしば》りにかかっていたかどうかしたのだろう。また、この時のガッシーほど、弁士がそよ風のごとく爽《さわ》やかな人気を博しているときに、そこに割り込んで入るのはなかなか容易なことではない。しかしながらガッシーにまた別の秘話を披瀝される雲行きになりそうだという思いが、彼に決断を促したのだろう。あの宵のタッピーとの痛恨シーンの始まりに、僕がベンチから立ち上がったときのような様子で、彼はテーブルに飛んで行き、本をひったくって取ると演説者のところに運んできた。

彼はガッシーの腕に触れた。ガッシーはと言うと、すばやく振り向いてひげ面の大柄な男が本で奴の頭を一撃しようとしていると見てとると、ひと跳び後じさって自衛の体勢に入った。

「時間が足りなくなってまいりましたので、フィンク゠ノトルさん、先に進めたほうが宜しいかと……」

「え、ああ」状況を理解して、ガッシーは言った。「ああ、表彰でしたっけ？　もちろんそうですとも。よしきた、ホーですね。どんどんやりましょう。これは何です？」

「スペリングと書き取り――P・K・パーヴィス」ひげ面の男が宣言した。

「スペリングと書き取り――P・K・パーヴィス」厳しく譴責《けんせき》するかのようにガッシーが繰り返した。「前へ出なさい。P・K・パーヴィス」

今や奴のスピーチには終了のホイッスルが鳴らされた。もはや僕が企てていた戦略的退去は不要だと思われた。どうしても必要というのでなければ、僕はこの場を立ち去りたくはなかった。僕はジーヴスに、興味深い騒ぎになるだろうと言ったが、確かにその通り興味深い騒ぎになっている。ガッシーのやり方には人を夢中にさせるところがあり、人の心をつかんで事態の顚末を見届けずにはいられない気持ちにさせる。無論個人的あてこすりが僕に向けられない限りにおいてだが。したがって僕はここに留まることにし、かくして音楽がキーキー鳴り、P・K・パーヴィスが演台に上がった。

スペリングと書き取りのチャンピオンはキューキュー言う靴を履いても百十センチほどの背の高さで、ピンク色の顔と砂色の髪をしていた。ガッシーはこの髪をポンポン叩いてやっている。一目見てこの子が気に入ったようだ。

「君がP・K・パーヴィス君かい?」

「はい、そうです」

「世界は美しいな、P・K・パーヴィス君」

「はい、その通りです」

「ああ、君はわかってるんだな? そうだろう。よしよし。ところで君は結婚しているのかな?」

「いいえ、していません」

「結婚するんだ、P・K・パーヴィス」ガッシーは熱を込めて言った。「人生は一度きりだ……じゃあ、これが君の本だ、タイトルを見たところたいした本じゃないみたいだが、とはいえ、そういうことだ。じゃあどうぞ」

Ｐ・Ｋ・パーヴィスは靴をキューキュー言わせながら、スポラディックな拍手の中を退場した。しかし、このスポラディックのあと、いささか緊張を孕《はら》んだ沈黙が続いたことは見逃しようがなかった。ガッシーがマーケット・スノッズベリーの学界に一種、新風をもたらしたのは明らかだった。両親たちはそれぞれ顔を見合わせていた。ひげ面の男は苦い杯で一杯飲んだような顔をしている。ダリア叔母さんはというと、その態度物腰から、彼女の最後の疑問は晴れ、己《おの》が評決は正当だったと思っているのは明らかだった。彼女が右側に座っているバセットにささやきかけるのが見えた。バセットはというと悲しげにうなずいて、今まさに涙をこぼして、天の川にもうひとつ星を付け加えそうな妖精みたいに見えた。

Ｐ・Ｋ・パーヴィスとの別離の後、ガッシーは一種の白日夢のうちに沈み、口をあけ、ポケットに手を突っ込んで立っていた。ニッカーボッカーをはいた太った子供が、ひじの脇に来ているのに突然気づいて、奴は激しくビクッと震えた。

「ハロー！」奴は言った。目に見えて動揺している。「お前は誰だ？」

「こちらは」ひげの男が言った。「Ｒ・Ｖ・スメザーストです」

「ここでこいつは何をしてるんだ？」ガッシーは不審げに聞いた。

「貴方は今彼に図画の賞を授与しているところなのです、フィンク＝ノトルさん」

これは合理的な説明として、明らかにガッシーを得心させたようだった。奴の表情は晴れた。

「その通りでした」奴は言った。「えー、はいどうぞ、コッコちゃん。君は行っちゃうのかな？」この子供が引き上げようとすると、奴は言った。

「はい、そうです」

「待つんだ、R・V・スメザースト君。そんなに急がないで。行く前に質問があるんだ」

だが、ひげの男の目的は今やこの式典を少々急いで進行することにあるようだった。彼はR・V・スメザーストをせかして演台から下がらせた。まるで年老いた、尊敬すべきなじみ客を遺憾ながら追い出しているパブの用心棒みたいだった。それから彼はG・G・シモンズを呼び出した。一瞬の後、後者が立ち上がって壇上に上がった。彼がうまいことやった科目が聖書の知識だとアナウンスされると、僕の内に感興が湧き上がってきた。つまり、我々の仲間の一人だ、ということだ。

G・G・シモンズは不快な、生意気そうな少年で、おもに前歯とめがねからなっていた。だが、僕は彼に盛大な拍手をやった。我ら聖書の知識の秀才たちは団結するのだ。

残念なことに、ガッシーは彼が気に入らないようだった。G・G・シモンズに対する奴の態度には、P・K・パーヴィスとの会見において強く示され、いささか程度は下がるがR・V・スメザーストに対しても見られたような親愛の情は、まるで示されなかった。奴は冷淡でよそよそしかった。

「ああ、G・G・シモンズ君ね」

「はい、そうです」

「はい、そうです、ってのはどういう意味だ？　全くおかしなことを言うもんだ。それで君は聖書の知識賞を取ったんだって？」

「はい、そうです」

「うん」ガッシーは言った。「君はいかにもそういうタイプのダニ息子だな。とはいえ」言葉を止め、少年を厳しく見つめながら奴は言った。「これが公明正大に勝ちとられたものか、どうしたらわかるかな？　君をテストさせてもらうぞ、G・G・シモンズ君。何とか言った男の父親はなんて名前だったかな？　僕の質問に答えられるか？　シモンズ君」

「いいえ、わかりません」

ガッシーはひげの男のほうに向き直った。

「怪しい」ガッシーは言った。「実に怪しい。この少年には全く聖書の知識が欠落しているようですね」

ひげの男は手で額《ひたい》をぬぐった。

「保証いたします、フィンク＝ノトルさん。採点の正確には万全を期しております。このシモンズ君は他の競争相手を大きく引き離して優秀な成績をあげたのです」

「まあ、そうおっしゃるなら」ガッシーは疑い深げに言った。「結構、G・G・シモンズ君。賞を受け取りたまえ」

「はい、ありがとうございます」

「言っておくが、聖書の知識で賞をとったからっていばりくさるんじゃないぞ。バーティー・ウースターは――」

これほどひどい衝撃を受けたことが、かつてあったかどうかわからない。ガッシーはスピーチはやめさせられて、すっかり牙を抜かれたものとの前提でいたのだ。頭をひょいと下げてドアに向かってじりじり接近を始めるのは、僕にしてみれば一瞬の仕事だった。

「バーティー・ウースターはいっしょに通った子供の学校で聖書の知識で賞をとりました。彼がどんな男かはご存じでしょう。もちろん、有体《ありてい》に言って彼は不正を働いたんです。彼がもっと優秀な人々を差し置いて、あの聖書の知識のトロフィーをまんまとせしめたのは、そうした不正がごく普通に行われている学校においてすら未曾有《みぞう》であるような、きわめて露骨で鉄面皮ないかさまの手段を用いたことによるものです。試験室に入室した際、彼のポケットにユダの王たちのリストがはり裂けんばかりに詰め込まれていなかったら――」

僕はそれ以上聞かなかった。一瞬の後、僕は外に出て、興奮でぎこちなく震える足で車のセルフ・スターターを探っていた。

エンジンが高速回転した。クラッチはあるべき位置に収まった。警笛を鳴らすと僕は車を発進させた。

ブリンクレイ・コートの車庫に車を入れながらも、まだ僕の神経節は震えを止めなかった。楽な格好に着替えようと自室によろめきたどり着いたバートラム氏は、まだぶるぶると震えていた。フランネルを身にまとい、僕は少しベッドに横になった。そのまましばらく眠ってしまったらしい。次に僕が憶えているのは、傍らにジーヴスがいたことだ。

僕は身体を起こした。

「お茶か？　ジーヴス」

「いえ、ご主人様。間もなくご夕食のお時間でございます」

霧が晴れてきた。

「僕は眠ってたんだな」

「はい、ご主人様」

「大自然の作用が肉体を疲弊させたんだな」

「はい、ご主人様」

「全く、してやられたな」

「はい、ご主人様」

「それでもう夕食時だって言ったか？　わかった。何も食べたい気分じゃないんだが。着るものの用意をしてくれるかい？」

「ご不要と存じます、ご主人様。今晩ご一同様は正装にお着替えになられません。冷たい軽食が食堂に準備してございます」

「どういうわけだ？」

「トラヴァース夫人のご希望で、使用人たちの仕事を最小限に留めたいとのことでございました。今宵は皆、サー・パーシヴァル・ストレッチリー＝バッド様のお屋敷の舞踏会に出席いたしますものでございますから」

「もちろんそうだった。思い出したぞ。従姉妹のアンジェラが教えてくれたんだった。今夜だったか。あれ、君は行かないのか？　ジーヴス」

「はい、ご主人様。わたくしはかような田舎の宴会の類いはさして好きではございません」

「言いたいことはわかるぞ。田舎の飲み騒ぎなんてみんな同じだ。ピアノが一台、ヴァイオリンが一丁、床は紙やすりみたいときてる。アナトールは行くのか？　アンジェラは行かないようなことを言ってたが」

「アンジェラお嬢様のおおせの通りでございます。ムッシュー・アナトールはベッドでお休みでございます」

「気分屋なんだ、あの手のフランス人は」

「はい、ご主人様」

しばらく間があった。

「なあ、ジーヴス」僕は言った。「まったく、たいした午後だったな、どうだ?」

「はい、ご主人様」

「これほどの日が他にあったかどうか思い出せないよ。僕は終わるのを待たずに立ち去ったんだ」

「はい、ご主人様。お発ちのお姿は拝見いたしておりました」

「あそこで引き揚げたのを君は責めやしないだろ」

「めっそうもございません。フィンク゠ノトル様のお話は当惑いたすほどに人格的中傷に傾いておりました」

「僕が立ち去った後もまだ大分あったのか?」

「いいえ、ご主人様。あれからすぐ終了いたしました。G・G・シモンズ様に関するフィンク゠ノトル様のご発言が、速やかな閉式をもたらしたのでございます」

「だが奴はG・G・シモンズについての発言は終えていたはずだぞ」

「一時的にでございます。あなた様がお発ちあそばされてからすぐまた開始なさいました。ご記憶でいらっしゃいますかどうか、ご主人様、あの方はすでにシモンズ様の正直さをお疑いの旨、公然と宣言しておられました。それからさらに進みましてあの方は、お若い紳士に対して言葉による暴力をお加えになられたのでございます。すなわち、計画的な不正を非常な大規模に行うことなしに、聖書の知識の賞を勝ち得ることは不可能であったとお決めつけになられ、その上シモンズ様のことは警察によく知られているとまでおほのめかしになられたのでございます」

「ひどいな、ジーヴス！」

「はい、ご主人様。その言葉は聴衆の間に、少なからぬ興奮をひき起こしました。この告発に対する聴衆の反応は管見のところ二分されておりました。お若い生徒様方はお喜びになられ、盛大に拍手喝采をなさいました。しかしシモンズ様のご母堂は席から立ち上がられ、フィンク゠ノトル様に向かって強硬な異議申し立てをなさったのでございます」

「ガッシーは面食らったようだったか？　それで前言を撤回したのか？」

「いいえ、ご主人様。あの方はこれですべてわかったとおっしゃられ、シモンズ様のご母堂と校長との不義密通をおほのめかしになられ、さらに後者に対しては、前者の歓心を買わんがために採点に手心を加えたとご非難なさいました」

「ウソだろう？」

「本当でございます」

「いやはや、ジーヴス。それからどうした――」

「ごいっしょに国歌斉唱をなさいました」

「本当か？」

「はい、ご主人様」

「そんな時にか？」

「はい、ご主人様」

「うーん、君はその場にいたわけだからな、無論そうなんだろう。だがガッシーとそのご婦人がデュエットで歌いだすなんて、その状況で一番ありそうもないことに思えるんだが」

「誤解でございます、ご主人様。歌ったのは出席者一同でございます。校長がオルガン奏者に向かって何ごとかを小声でお話しになられました。それを受けて後者が国歌の演奏を開始し、これをもって式典の閉会となったのでございます」

「わかった。遅すぎたくらいだな」

「はい、ご主人様。シモンズ夫人の態度は疑問の余地なく、危険なほどに険悪になっておりました」

僕はつらつら考えた。むろん僕が聞いたことは、警戒と落胆は言うに及ばず、哀れみと恐怖の念とを喚起するものだ。他方、それは皆終わったことだし、僕は思うのだが、なすべきは過去を悼《いた》むことではなく明るい未来に心を向けることである。つまりこれでガッシーは、ウースターシャーにおける馬鹿ドジまぬけの最低記録を更新したことになろうし、マーケット・スノッズベリーの寵児となる機会は完全に失ったことになろう。とはいえ奴がマデライン・バセットにプロポーズしたという事実からは逃れようがないし、彼女がその申し入れを承諾したということもまた認めねばならないのだ。

僕はこの点をジーヴスに告げた。

「恐るべき見世物だったし」僕は言った。「おそらくきっと歴史のページに鳴り響くことになるだろうな。だが、我々は忘れてはならないんだ、ジーヴス。今やこの近在でガッシーは世界最低の変態とみなされているにちがいないが、別の点では大丈夫、うまくいってるんだ」

「いいえ、ご主人様」

僕には何のことやらよくわからなかった。

「いいえ、ご主人様って言ったのははい、ご主人様って意味だろう?」

「いいえ、ご主人様。いいえ、ご主人様の趣旨でございます」

「奴は別の点でも大丈夫じゃないってことか？」

「さようでございます、ご主人様」

「だが奴は婚約してるんだろう」

「もはやなさってはいらっしゃいません。バセット様はご婚約をおとりやめになられました」

「ウソだろう？」

「本当でございます」

この記録をお読みになって、一風変わった点にお気づきだろうか。僕は本書の登場人物のほぼ全員が、その顔を両手に埋めるような事態に遭遇しているという事実をそれとなくほのめかしてきた。僕はこれまでもいくつか厄介な事件に関わってきたが、これほどまとまった数の人々が頭を抱えて全員集合している事態に遭遇したのは未曾有であったと思う。

ご記憶だろうか、トム叔父さんがそうしていた。ガッシーもだ。タッピーも然《しか》りだ。データはないが、おそらくアナトールもそうだろう。バセットも外せない。それにダリア叔母さんだって、入念に整えられた髪型が乱れる心配さえなければ、間違いなくそうしたにちがいない。

それで僕が今言おうとしているのは、この時点で、僕自身がそれをやったということなのだ。両手を上げ、顔は下に向けて、一瞬の後、彼らと同じくらい力を込めて僕も両手に顔を埋めたのだった。

それから石炭が一トン到着したみたいな調子で何かがドアに衝突してきたのは、僕がまだ両手でココナッツ頭をマッサージして、次の手はどうしたものかと考えている間のことだった。

「これはおそらくきっとフィンク＝ノトル様ご自身と拝察いたします」と、ジーヴスは言った。

しかし彼の直感は間違っていた。そいつはガッシーではなく、タッピーだったのだ。奴は部屋に入ってきて、喘息のような息をあげながら立っていた。奴の心が激しくかき乱されているのは明らかだった。

18・誘惑者フィンク＝ノトル

僕はやっとの思いで奴を見た。奴の顔つきは嫌だった。聞いていただきたい。今までだって僕は奴の顔が大好きだったわけではない。なぜなら大自然がこの立派な男の設計図を描いた際、絶対的に必要な分よりもはるかずっと下方に下あごの位置を置き、帝国の建設者でもなければ交通警官でもない人物にしては少しばかり鋭すぎる、人を射抜くような眼光をこいつに与えたからである。しかし今現在のこの時、グロソップの顔は単に美的センスを損なうというだけでなく、まぎれもなく険悪な空気を漂わせた悪相であると僕には見えた。それで僕はジーヴスがいつもながらあんなに如《じょ》才《さい》ない人物でなければいいのに、と願ったのだった。

つまり、雇用者に来客があった際、泥中《でいちゅう》にそっと身をすべり込ませるウナギのように静かに姿を消してくれるのはたいへん結構なことだが、しかしその場に貼りついて、入場無料で手を貸してくれることこそ真に如才ない人物のすべき気配りだ、という時はある。そして今この時こそそういう時になりそうだ、という気が僕にはしたのだ。

もうジーヴスはいなくなっていた。僕は彼が出て行くのを見なかったし、出て行く音も聞かなかった。だが彼は行ってしまったのだった。見渡すかぎりはるかどこまでも、タッピーの他には誰一人いない。それでまたタッピーの態度物腰立居振舞いというのが、僕に言わせれば、人をして心の平安を失わしむるような、ある何ものかが感じられる、といった風だったのだ。僕には奴が、アンジェラの足首をくすぐった件をまたもや蒸し返しに来た人物であるように見えた。

しかしながら奴の冒頭陳述を聞いて、自分が不当に警戒し過ぎていたことを僕は理解した。それはごく平和的な性格のもので、僕は大いにほっとしたのだった。

「バーティー」奴は言った。「お前に謝らなきゃならない。詫《わ》びに来たんだ」

この言葉を聞いたときの僕の安堵といったら、またそれが足首をくすぐった問題にはまるで言及もしていなかったこともあって、実にまったく大変なものだった。だが、驚きのほうが安堵をはるかに上回っていたと思う。ドローンズでのあの痛恨事からもう何カ月も経つが、今の今まで奴はそれについて懺悔《ざんげ》やら改悛やらの情を示しはしてこなかったのだ。実際、私的な情報筋から得た報告によると、奴はこの話をディナーの席や他の寄り合いの席上で頻繁に披露しては、バカ笑いをしているということだった。

そういうわけで僕には実に理解困難だった。なぜこんな今更になって奴は頭を下げてくるのか。おそらく奴の中の良心が、こいつに肘鉄を食らわせて圧倒したんだろう。だが、なぜだ？

とはいえ、これは事実だ。

「友達じゃないか」最大限紳士的に、僕は言った。「そんなことは言わないでくれ」

「言わないでくれっていうのはどういう意味だ？　俺はもう言っちまったんだ」

「だから、これ以上はもう言わないでくれって意味だ。その件についてはもう触れないことにしようじゃないか。僕たちはときどき我を忘れて、平静に戻ってみれば後悔するようなことをしでかすんだ。あの時のお前は確かにやりすぎだった」

「一体全体お前は何の話をしてるつもりなんだ？」

奴の口のきき方は気に入らなかった。愛想がない。

「僕が間違ってたら訂正してくれ」やや態度を硬化させ、僕は言った。「僕はお前があの晩ドローンズで最後の輪を引っ張って、夜会服姿の僕をプールに落とし込んだ一件の、汚い振舞いのことを謝罪してるんだと理解してるんだが」

「バカ！　まるでちがう」

「じゃあ何だ？」

「あのバセットの一件のことだ」

「バセットの一件って何だ？」

「バーティー」タッピーは言った。「昨日の晩お前がマデライン・バセットを愛してるって言ったとき、俺はお前の言うことを信じたようなふりをしてみせたがその実、信じちゃあいなかったんだ。全く信じられないことだって思えたからな。しかし、あれから調査してお前の言ったことは全部本当だったたって事実が証明された。お前を疑ってすまなかったたって、謝りに来たんだ」

「調査しただって？」

「俺は彼女に直接、お前がプロポーズしたかって聞いたんだ。すると彼女はそうだ、したって答えた」

「タッピー！　まさかお前本当に？」

「ああ、本当だ」

「お前にはデリカシーとか、節度ってものはないのか？」

「ない」

「そうか、よしきたその通りだ。もちろんない。だがあったほうがよかったな」

「デリカシーなんてクソ食らえだ。俺はただアンジェラを奪ったのはお前じゃないってのが確かかどうか知りたかっただけなんだ。お前じゃないってことはわかった」

その件さえわかっていてくれれば、奴にデリカシーがない件については僕はそれほど気にしない。

「ああ」僕は言った。「じゃあよかった。そう思っててくれ」

「誰だかわかったんだ」

「何だって？」

奴はじっと考え込むような様子でしばらく立っていた。奴の目には鬱屈した炎がくすぶっていた。奴のあごは、まるでジーヴスの後頭部みたいに突き出していた。

「バーティー」奴は言った。「アンジェラを俺から奪い取った男をどうしてやるって俺が誓ったか、憶えてるか？」

「僕が憶えてる限りじゃ、そいつを裏表にひっくり返すつもりだって――」

「――それで自分で自分のことを飲み込ませてやるんだった。よし、正解だ。その計画はいまだ有効なんだ」

「だけどタッピー、僕が保証してやる。有能な目撃者としてな。あのカンヌ旅行の間、誰もアンジェラを横取りしてなんかいやしないんだ」

「その通りだ。だが帰ってきてから横取りしたんだ」

「何だって？」

「〈何だって？〉って言い続けるのはやめてくれ。もうわかった」

「だけど戻ってきてからだって誰にも会ってやしないだろう」

「そうか？　あのイモリ男はどうだ？」

「ガッシーか？」

「その通りだ。誘惑者フィンク＝ノトルだ」

これは僕には完全なヨタ話に思えた。

「だけどガッシーはバセットを愛してるんだ」

「お前らみんなで寄ってたかってあのいまいましいバセットを愛してるなんてことはあり得ん。そんなことができる人間が誰か一人でもいるってだけで、俺はびっくり仰天なんだ。奴はアンジェラを愛してる。それでアンジェラも奴が好きなんだ」

「だけどアンジェラがお前を袖にしたとき、ガッシーはここに着いてもいなかったんだぞ」

「ちがう。二、三時間は経ってた」

「奴だって二、三時間で恋に落ちられやしないだろう」

「そうか？　俺は二、三分で恋に落ちたぞ。会ってすぐ俺は彼女を崇拝したんだ。目をパッチリ見開いた、あの可愛い余計者さんをだ」

「だけど、コン畜生！」

「議論の余地なしだ、バーティー。事実は全部記載済みだ。彼女はあのイモリに鼻をすりつけてるいやらしい男を、愛してるんだ」

「バカバカしい。なあお前——まるっきりバカバカしい」

「そうか?」奴は靴のかかとをじゅうたんに擦《こす》りつけた——よく本で読むしぐさだが、実際にこの目で見るのははじめてだ。

「それじゃあおそらくお前は、彼女がたまたま奴と婚約するに至ったわけを説明してくれるんだろうな?」

僕は羽根でだってノックアウトされたことと思う。

「奴と婚約したって?」

「彼女が自分で言った」

「からかってたんだろう」

「からかったんじゃない。今日の午後、マーケット・スノッズベリー・グラマー・スクールであの大騒ぎが終息した後すぐ、奴は彼女に結婚してくれって言ったそうだ。彼女のほうは問答無用でよしきた、ホーって言ったらしい」

「何か間違いがあったにちがいない」

「そうだ。フィンク＝ノトルのヘビ野郎は間違いを犯した。もう奴にはそれがわかったはずだ。俺は五時半からずっと奴を追いかけてるんだ」

「追いかけてるだって?」

「屋敷じゅう隈《くま》なくだ。あいつの頭をねじ切ってやるんだ」

「わかった。よくわかった」

「ところでお前、奴を見なかったか?」

「見てない」

「じゃあ、もし見たらな、奴に大至急さよならを言って花屋にユリの花の予約を入れるんだ――ああ、ジーヴス」

「はい?」

僕はドアの開く音を聞いていない。だがこの男は再びここにいた。僕がそっと信じていることだが、また前に話したこともあるとは思うが、きっとジーヴスにはドアを開ける必要などないのだ。インドにいる、その高貴な身体を宙に放る――つまりあれだ。ボンベイで希薄な大気の中に消えうせ、二分後には部品を組み立てなおしてカルカッタに現れたっていう人たちのことだ――そういう連中みたいなものなんだろう。彼がある時そこにいなかったのに、次の瞬間そこにいるという事実を説明できるのは、この仮説しかない。彼はA地点からB地点まで、何かのガスみたいに漂いゆくらしい。

「フィンク゠ノトル氏に会ったか? ジーヴス」

「いいえ、お会いいたしておりません」

「あいつを殺してやるんだ」

「さようでございますか」

ドアをバタンと閉めてタッピーは引き揚げていった。僕はジーヴスに事情を説明した。

「ジーヴス」僕は言った。「知ってるか? フィンク゠ノトル氏は僕の従姉妹のアンジェラと婚約したそうだ」

「さようでございますか?」

「そうなんだ。どういうことだ？　この心理がわかるか？　つじつまが合わないじゃないか？　ほんの二、三時間前、奴はバセット嬢と婚約してたんだ」

「お若いレディーに捨てられた紳士というものは、しばしば速やかに他所《よそ》に心をお移しになられがちなものでございます、ご主人様。このことは、ジェスチャーという名称で知られております」

わかってきた。

「君の言うことはわかるぞ。挑戦ってやつだな」

「はい、ご主人様」

「あれだな、〈ああ、よしきた、ホーだ。好きにしろよ。君がだめでも女の子は他にいくらだっているさ〉ってやつだな」

「まさしくその通りでございます、ご主人様。わたくしの従兄弟のジョージは——」

「君の従兄弟のジョージのことはいい、ジーヴス」

「かしこまりました、ご主人様」

「冬の夜長のためにとっておいてくれ。いいな？」

「お心のままに、ご主人様」

「それでだ。ともあれ君の従兄弟のジョージは、ガッシーみたいにおどおど震えた、ガチョウにだってバアって言えないクラゲ野郎じゃなかったんだろう。僕が驚いたのはだ、ジーヴス——このジェスチャーとやらを拵《こしら》えてるのがガッシーだってことだ」

「ご想起いただかねばなりませぬ、ご主人様。フィンク＝ノトル様は大脳の過度の興奮状態におありでいらっしゃいます」

「そうだった。ちょいと標準を越えてるんだった。そうだったな？」

「まさしくその通りでございます」

「うん、ひとつ言っておこう――タッピーが奴を捕まえたら、奴の大脳はもっとずっと過度に興奮することになるぞ……今何時だ？」

「八時ちょうどでございます、ご主人様」

「じゃあタッピーはもう二時間半も奴を追いかけていることになるな。あの不幸な男を助けてやらなきゃならないぞ、ジーヴス」

「はい、ご主人様」

「人命は地球より重い。そうだな？」

「実にまさしくその通りでございます、ご主人様」

「じゃあ、最初にすべきは奴を見つけることだ。その後で計画や計略を話し合おう。出動だ、ジーヴス。近隣じゅうを捜索だ」

「ご不要と存じます、ご主人様。後ろをお振り返りいただけますれば、あなた様のベッドの下からフィンク＝ノトル様がお出ましあそばされるのがご覧いただけるかと存じます」

なんと！　まったく彼の言うとおりだった。

上述の通り、ガッシーは姿を現した。奴はホコリまみれで、息つぎにひょいと顔を出したカメみたいに見えた。

「ガッシー！」僕は言った。

「ジーヴス」ガッシーは言った。

「はい」ジーヴスが言った。

「ドアの鍵は掛けたか？　ジーヴス」

「いいえ。ですが、今すぐ掛けてまいります」

ガッシーはベッドに腰を下ろした。僕は一瞬、これから奴は両手に顔をうずめるモードに入るんじゃないかと思った。だが奴は眉毛からクモの死骸を払い落としただけだった。

「ドアに鍵は掛けたな？　ジーヴス」

「はい」

「あの恐るべきグロソップが、考えない保証はないからな、ここに戻――」

戻るという言葉は、奴の口の端で凍りついた。奴が「も」の音を発音しようと唇をすぼめかけたところで、ドアの取っ手が回されてガチャガチャ言い始めたのだ。奴はベッドから跳び上がった。そして一瞬立ちすくんでいたのだが、その姿は僕のアガサ伯母さんが食堂室に掛けている絵――追いつめられた子ジカ――ランドシア［十九世紀イギリスの動物画家］、そっくりに見えた。それから奴は戸棚に向かって頭からダイヴして中に入ってしまった。奴が飛びあがるのが見えるか見えないうちの早業だった。九時十五分の始業に遅刻しそうな学生だって、これほど敏捷でない動きをするのを僕は見てきた。

僕はジーヴスにすばやく目をやった。彼の右の眉毛がわずかにチラッと動くのが見えた。彼にとって、これはついに感情を露わにしたに等しい。

「ハロー？」かん高い声で僕は言った。

「入れろ、畜生！」外からタッピーの声が応えた。「誰が鍵なんか掛けやがった？」

僕は眉毛を用いた言語でもってジーヴスに伺いをたてた。彼は片方の眉毛を上げた。僕も片方の眉毛をあげた。彼はもう一方の眉毛を上げた。僕ももう一方の眉毛を上げた。それから僕たちは眉毛を両方上げた。いよいよ他にとるべき方策はないようだった。僕が門を開け放つとタッピーが突入してきた。

「今度は何だ?」僕は言った。できるかぎり何気ない風を装ってだ。

「どうしてドアに鍵なんか掛けたんだ?」タッピーは追及した。

僕は眉毛の上げ下げがそろそろ板についてきたところだったので、ちょっと奴にもやってみせた。

「人にはプライヴァシーってものがあるんじゃないのか? グロソップ」僕は冷たく言った。「僕がジーヴスに鍵を掛けるように言ったんだ。これから着替えをするところだからな」

「ありそうな話だ!」タッピーは言った。奴が「いかいかにも!」と付け加えたかどうかは記憶が定かでない。「お前の下着姿を見に人が行楽列車を仕立ててやって来るんで困るなんてたわ言を俺に信用させる必要はないんだ。お前がドアに鍵を掛けたのは、お前があのヘビ野郎のフィンク＝ノトルをここに匿《かくま》ってるからだ。出て行った瞬間にそう気づいて、それで戻って捜査しようって決心したんだ。この部屋は隅から隅まで捜索させてもらうぞ。奴はあの戸棚の中にいるにちがいない……あの戸棚には何が入ってるんだ?」

「服だけさ」さらに何気ない風を装って僕は言ったが、うまくやれたかどうかはきわめて心許ない。「田舎の邸宅に滞在中の英国紳士のごく普通のワードローブさ」

「お前は嘘を言ってる!」

ああ、確かにあと一分待ってから言えば、嘘をついたことにはならなかったろう。なぜなら奴の口がこの言葉を言い終えるかどうかのうちに、ガッシーは戸棚から出てきたからだ。僕は奴がここに入る時のスピードについて先にコメントした。しかし奴が現れたときのスピードに比べれば、そんなものは何でもなかった。ビュッと辺りがかすんで、もう奴は我々の前から消え失せていた。

タッピーは驚いたものと思う。実際そうだったと僕は確信している。戸棚にフィンク＝ノトルがいるとの見解を述べた自信にもかかわらず、こんな風に素早くやられたのにはまったく意表をつかれた様子だった。奴は鋭く咽喉を鳴らし、一メートル半くらい跳び下がった。しかし、次の瞬間には平常心を取り戻すと、敵を追い求めて廊下を疾駆していった。クォーン狩猟クラブの爽《さわ》やかな疾走との類似を完成させるには、ここにダリア叔母さんを連れてきて「ヨーイック！」と猟犬をけしかける声か何かをあげてもらうだけでよさそうだった。

僕は手近な椅子に腰を下ろした。僕はやすやすと意気消沈するような男ではない。しかし事態はバートラムの手に余る複雑さを呈し始めたように思われた。

「ジーヴス」僕は言った。「何もかも、ちょっとあんまり過ぎるんだ」

「はい、ご主人様」

「僕を一人にしてもらえないか、ジーヴス。この状況を厳密に考察する必要があるんだ」

「かしこまりました、ご主人様」

ドアが閉まった。僕はタバコに火をつけ、あれこれ考え始めた。

19. 救い難きは女

思うに、僕の立場に置かれたら、ほとんどの男はその晩ずっと考え続けて何ひとつ得られないのが普通だろう。だが我々ウースター家の者は物事の核心に切り込む超人的技巧を備えている。だから何をしないといけないかに気づくまでの時間は、熟考開始から十分少々くらいのものだったと思う。

事態の解決に必要なのは、アンジェラとの腹を割った話し合いだと僕は気づいたのだ。チャンポンで飲んだ酒と大脳の興奮状態とでもってやって来たガッシーがチーム結成を提案したときに、「ノー」というかわりに「イエス」を言った、彼女のマトン頭の軽はずみな言動がすべてのもめごとの原因なのだ。彼女に適切な譴責《けんせき》を加えた後、すみやかに奴を返品させねばならぬのは明白である。十五分後、あずまやに涼をとる彼女の姿を見つけ出し、僕は彼女と並んで腰を下ろした。

「アンジェラ」僕は言った。僕の声は厳しい調子を帯びていたかもしれない。いや、そうならない者などあろうか。「まったく完全にくだらないことだ」

彼女はとりとめのない楽しい空想から覚めたみたいな様子だった。彼女は不審げに僕を見た。

「ごめんなさい、バーティー。聞いてなかったわ。何のくだらない話をしてらしたの？」

「僕はくだらない話なんかしてない」

「あらごめんなさい。あなたがくだらない話をしてるんだと思ったの」

「ここまでやって来て、わざわざくだらない話を僕がすると思うの？」

「思うわ」

この件はここまでにして、別の角度からこの問題に接近したほうがいいと僕は考え直した。

「今タッピーに会ってきたばっかりなんだ」

「あら？」

「ガッシー・フィンク＝ノトルにもだ」

「あら、そうなの？」

「後者との婚約に踏み切ったそうだが」

「その通りよ」

「だからそのことをまったく完全にくだらないって言ってるんだ。君がガッシーみたいな男を好きになるわけがないじゃないか」

「どうしてよ」

「好きになれるわけがないんだ」

つまり、もちろん彼女に無理なのは決まってるのだ。ガッシーみたいな変態を好きになれるのは、バセットみたいな似たような変態の他にはいないのだ。まるで勝ち目はない。無論、色々な点で申し分ない男だ――礼儀正しく、気立てのいい、それに医者が来るまで、どうしたらいいかを教えてくれる男だ。もし病気のイモリを抱えていればの話だが――だがメンデルスゾーンの結婚行進曲を響かせたくなる男でないのは明白である。イギリス一番の人口稠密《ちゅうみつ》地帯で一時間おきにレンガを投げたとしても、麻酔なしでオーガスタス・フィンク＝ノトル夫人になろうなんて女の子の身に危険が及ぶことはよもやないだろう。

僕が彼女にその旨を告げると、彼女はその言明の正当性を認めざるを得ないようだった。

「そうね。多分好きなんかじゃないわ」

「それじゃ一体なんでまた」僕は厳しく言った。「奴との婚約に踏み切ったりなんかしたんだ？　わけのわからないそのかわいいマヌケ頭は」

「面白いと思ったのよ」

「面白いだって！」

「今のところ面白かったわ。ずいぶん楽しませてもらったわ。この話をしたときのタッピーの顔を見せたかったわよ」

突然明るい光が僕の上に射してきた。

「はっ！　ジェスチャーか！」

「何よ」

「君はタッピーをやっつけるためだけにガッシーと婚約したんだな？」

「そうよ」

「それじゃ僕の言ったとおりだ。それはジェスチャーなんだよ」

「そうね、そういう言い方もできるわね」

「それじゃ別の言い方もさせてもらうよ。——すなわち、とんだお粗末な愚行だ。君には驚いたよ、アンジェラ」

「どうしてかしら」

僕は一センチくらい唇をゆがめた。「君は女だからな、わからないんだ。君たち女性はみんなそうだ。良心の呵責なしに、人が一番傷つくことをするんだ。それでそいつを自慢にしてるんだ。ヘベルの妻ヤエルを見よだ〔『士師記』四・十七以下〕」

「あなたヘベルの妻ヤエルのことなんてどこで聞いてきたの？」

「僕が聖書の知識で表彰されたことがあるのを、君はおそらく知らないだろう？」

「あら知ってるわ。オーガスタスがスピーチで言ってたのを憶えてるもの」

「そうだ」少しあわてて僕は言った。僕はオーガスタスのスピーチを思い出したくなかったのだ。「うん、僕が言ったように、ヘベルの妻ヤエルを見よなんだ。客人が眠ってる間にその頭に大釘を打ち込んで、ガールガイド〔イギリス版のガールスカウト〕みたいに、そいつをひけらかして歩いたんだ。〈ああ、女、女というもの！〉って言われるわけだよ」

「誰が言ってるの？」

「そう言ってる奴がだよ。まったく、なんて性なんだ！　だけどいつまでもこうしてる気はないんだろ？」

「こうしてるって、何を？」

「ガッシーとの婚約って茶番をだ」

「私、絶対続けるわ」

「タッピーをバカに見せるためだけにか」

「ねえ彼ってバカに見えない？」

「見える」

「じゃあそう見えたってしょうがないわ」

僕は自分が本当に前進してはいないことがわかってきた。僕が聖書の知識で賞をとったとき、バラムのロバに関する事実を研究せねばならなかったことを思い出した〔『民数記』二二・二二以下〕。どんなだったかよくは憶えていないのだが、僕の印象としては大体のところ、足を土に埋め、耳をたたんで、協力を拒んだか何かだった。それで今アンジェラがしていることは、それだと僕は思った。彼女とバラムのロバは、一皮剝《む》けば姉妹なのだ。「が」で始まる四字熟語があった。「がん」何とかだ。「がんめ……ろう」――だめだ、出てこない。つまり何が言いたいかというと、アンジェラが今強情を張って抵抗しているのがそれだということだ。

「バカなかわい子ちゃんだなあ」僕は言った。

彼女は顔をピンク色にした。

「私、バカなかわい子ちゃんなんかじゃないわ」

「君はバカなかわい子ちゃんなんだ。それだけじゃない。自分でそれがわかってるんだ」

「私そんなことまるでわかってなんかいないわ」

「いいかい、君はタッピーの人生を台無しにしてる。ガッシーの人生を台無しにしてる。安っぽい意趣返しのためにだ」

「でも、あなたの知ったことじゃないわ」

僕はすぐさまこれに反論した。

「僕の知ったことじゃないだって？　いっしょに学校に行った友達が二人、人生を台無しにされるところなのにか？　はっ！　それだけじゃない、君はタッピーに夢中だって自分でわかってるじゃないか」

「ちがうわ！」

「そうかい？　君が愛の光を目に宿らせて奴を見るたびに一ポンドもらえるなら、僕は――」

彼女は僕を見つめた。愛の光なしでだ。

「もう、お願いだからどこかに行って、その頭を茹《ゆ》で上げてきてちょうだい、バーティー！」

僕はやめにすることにした。

「よかった」僕は威厳をもって応えた。「ちょうどどこかに行って頭を茹で上げて来ようと思ってたところだったんだ。少なくとも、僕は行くことにする。言いたいことは言った」

「結構よ」

「だがこれだけは言わせてくれないか」

「いやよ」

「よしわかった」僕は冷たく言った。「そういうことなら、すっとんとんだ」

胸に突き刺すつもりで僕は言った。

「憂鬱」「落胆」の二つが、あずまやを後にしたときの僕の心を修飾する語であったろう。僕がこの短い会見からもっといい結果を期待していたことを否定したって無駄だ。

僕はアンジェラには驚かされた。女の子というものの本質が悪徳の見本だということが、その子の恋愛事件に何か事故がおきるまでわからないものだというのは、まったく不可解なことではないか。この従姉妹と僕とは、僕がセーラー服を着て彼女に前歯が一本も生えてない頃から繁く顔をあわせてきたが、今の今まで彼女の隠れた底知れなさが僕にはわかっていなかったのだ。単純で陽気で親切なちっちゃい頭、というのが彼女がいつも僕に与えてきた印象だった。虫一匹殺せない、と信じていたのだ。しかしここで彼女は無情にも笑っていた――少なくとも僕は彼女が無情にも笑ったのを聞いた――気の利いたトーキー映画から出てきた、冷酷で無慈悲な何かみたいにだ。それで灰色の髪のタッピーを悲しみのうちに墓に送ってやろうという固い決意に、両手を唾で湿しているのだ。

前にも言ったが、もう一度言う――女の子とは不可解だ。キプリングの親爺さんは、「雌のほうが雄よりも危険である」と警句を飛ばした時くらい、真実を語ったときはなかったのだ［同題のキプリングの詩］。

この状況でなすべきことはただひとつと思われた。食堂室に行って、ジーヴスが話していた冷たい軽食とやらをやっつけることだ。僕は緊急に滋養を必要としていた。先の会見で少々弱っていたのだ。こういう裸の情動とやらが男の活力をそぎ、ビーフとハムをたっぷり頂きたい気分にさせることは、反論のしようのない事実である。

そういうわけで僕は食堂室に赴いた。入口の敷居をまたぐかどうかのうちに、僕はサイドボードのところでサーモン・マヨネーズをもりもり詰め込んでいるダリア叔母さんの姿を認めた。

その光景の壮観さは、すぐさま僕に「あれ、まあ」と声をあげさせた。僕はいささかバツの悪い思いがしたのだ。最後に僕がこの親類と差し向かいで話をしたとき、彼女は菜園の池で僕をおぼれさせる計画について話したのだった。彼女が現在の僕をどう評価しているのか、僕にはよくわからないのだ。

彼女が愛想のいい様子なので僕はほっとした。フォークを振る、彼女の誠心誠意の様といったらなかった。

「ハロー、バーティー、おバカちゃん」これが彼女の心安い挨拶だった。「食べ物の近くにいればあんたに会えると思ったのよ。サーモンを試してご覧なさいな。最高よ」

「アナトールの？」僕は訊ねた。

「ちがうわ、彼はまだベッドで寝てるの。だけどキッチン・メイドは見事に調子を上げてるのよ。それサハラ砂漠の猛禽《もうきん》の一群のために料理してるんじゃないってことが、突如わかったらしいの。それで人間の食用にまああ適したものを出してくれてるってわけ。あの女の子にもいいところがあったのね。ダンスを楽しんでもらいたいもんだわ」

　僕はサーモンを少しとって、それからストレッチリー＝バッド家における使用人のダンスパーティーについておしゃべりしたり、あれこれ無為な思索にふけったりして、気持ちのよい会話の時を過ごした。思い出せるのは、ルンバを踊る執事のセッピングスはどんなふうに見えるだろうか、なんて話をしたことだ。

　僕が一皿目を食べ切って、二皿目に着手したとき、ようやくガッシーの話題が登場した。その日の午後、マーケット・スノッズベリーで起こったことを考えれば、もっと早く触れられて然《しか》るべき話題だった。彼女がその話題を持ち出したとき、僕には彼女がアンジェラの婚約を知らされていないことがわかった。

「ねえ、バーティー」瞑想にふけるようにフルーツ・サラダをむしゃむしゃやりながら彼女は言った。「このスピンク＝ボトルのことなんだけど」

「ノトルだ」

「ボトルよ」叔母は頑強に主張した。「今日の午後のあのあり様の後じゃ、ボトルよ。ボトル以外の何物でもないわ［ボトルは酒の意］。それしかないわ。だけどあたしが言いたいのはね、あんたあの人に会ったらこう言ってやって欲しいってことなの。あの人のお陰でこのおばさんはとっても、とっても楽しかったって。副牧師がほどけた靴ひもに足を引っかけて説教壇の階段を転がり落ちたときを別にして、あの懐かしきよきボトルさんが突然演台からトムを叱りつけた瞬間くらい、素晴らしいひときはなかったわ。実際、すべてがすべて、完璧な趣味だったたって思ってるのよ」

　僕は異議を唱えずにはいられなかった。

「僕について言ったことなんだけど——」

「そこのところが二番目によかったわ。よくできてたって思うの。あんたが聖書の知識で賞をもらったとき、不正をやったってのは本当なの？」

「絶対にちがう。僕の勝利は精力的かつ辛抱強い努力の成果だ」

「それとあの悲観主義の話はどうよ、聞いた？　あんたは悲観主義者なの、バーティー？」

　この屋敷内で起こっていることのせいで急速に悲観主義者になりそうだと、僕は彼女に告げることもできたのだが、そうは言わずに、ちがうと答えた。

「そりゃあよかった。悲観主義者なんかになっちゃだめよ。すべての可能的世界のうち最善であるところのこの世界において、あらゆることは最善を期しているんだから。待てば海路の日和《ひより》ありよ。最も暗きは夜明け前よ。辛抱肝心今によくなるだわ。灰色の日なるとも、いずれ陽は射さん……サラダも食べてごらんなさいな」

僕は彼女の勧めに従った。しかしスプーンをせっせと動かしながらも、僕の思いは他所《よそ》に飛んでいた。僕は混乱していたのだ。最近僕はあまりにもたくさんの鬱屈した心とばかり親しく付き合ってきたという事実が、彼女のこの陽気さをこれほど奇ッ怪に見せたのだろう。しかしそれにしても奇ッ怪だった。

「怒ってると思ってたんだ」僕は言った。

「怒ってるですって？」

「今日の午後、演台でガッシーがやった大作戦のことさ。足をガンガン床に叩きつけて眉を引きつらせてるだろうなって思ってたんだ」

「ナンセンスよ。怒ることなんて何があって？　全部が全部たいへんな光栄だったたって思ってるのよ。うちの酒庫のお酒が、あれほど偉大な酩酊《めいてい》をもたらし得たってことを誇りに思ってるの。戦後のウィスキーへの信頼を回復させてくれるってもんじゃないの。それにね、あたし今夜は何があったって怒れやしないのよ。今日のあたしは手をパチパチたたきながらお日様の下で踊る、ちっちゃな女の子みたいなもんだわ。ちょっと時間はかかったけど、ねえバーティー、とうとう雲間から太陽が顔を出したの。歓びの鐘打ち鳴らさん、だわ。アナトールが辞表を撤回したのよ」

「何だって！　よかった。心からおめでとうを言うよ」

「ありがと。そうなの。今日の午後帰ってからあたしビーバーみたいに猛烈に働きかけたの。そしてとうとう、絶対同意しないって誓ってたのに、彼は同意してくれたのよ。彼はここで働き続けるのよ。ああ神を賛美せよだわ。それで今現在あたしが見るところじゃ、神、そらに知ろしめし、すべて世は事も無し［ブラウニング「ピパの唄」］――」

彼女は話を急に止めた。ドアが開き、我々は執事と共にいた。

「ハロー、セッピングス」ダリア叔母さんは言った。「あなた出かけてるんじゃなかったの」

「まだ出立いたしておりません、奥様」

「そう、楽しんでらっしゃいな」

「ありがとうございます、奥様」

「何かあたしに用かしら？」

「はい、奥様。ムッシュー・アナトールからのご照会でございます。あの方の寝室の天窓から、フィンク＝ノトル様がおかしな顔をして見せておいでていらっしゃいますのは、奥様のご意向によるものでございましょうか？」

20. 天窓の怪人

一種の長い沈黙があった。意味深長な——だったと思う——と、一般に言われる奴だ。叔母は執事を見た。執事は叔母を見た。僕は両者を見た。得体の知れない沈黙が、亜麻仁の湿布薬みたいにこの部屋を包み込んだ。僕はたまたまその時フルーツ・サラダの中のリンゴのかけらを齧《かじ》っていたのだが、カルネラ［巨体で知られた当時のボクサー］がエッフェル塔のてっぺんからキュウリの苗床めがけて飛び降りたみたいに、その音は響き渡った。

ダリア叔母さんはサイドボードに身をあずけて身体を安定させると、低い、しゃがれ声で言った。

「おかしな顔ですって？」

「はい、奥様」

「天窓から？」

「はい、奥様」

「つまり、屋根に座ってるってこと？」

「はい、奥様。ムッシュー・アナトールは甚《はなは》だ動転しておいでです」

ダリア叔母さんを動かしたのは「動転」という言葉だったと僕は思う。アナトールが動転しているならば何事かが起こったのだと、彼女の経験上明らかなのだ。僕は彼女が女性にしては足が速いことを知ってはいたが、今見せているほどの偉大なスピードの爆発が可能だとは思ってもみなかった。狩場で用いられる卑俗な罵りの言葉を吐いて胸のつかえを下ろすために一呼吸置いただけで、彼女は部屋を飛び出して階段の方向に針路をとった。その時まだ僕はバナナ——だったと思う——の小片を飲み込んでもいなかったのだ。アンジェラとタッピーに関する電報を受け取ったときに感じたのと同じように、僕のいるべき場所は彼女のそばだと感じて僕は皿を置き、後を追った。セッピングスは弾むようなギャロップで僕に続いた。

僕の居場所は彼女のそばだと僕は言ったが、そこにたどり着くのはまったく容易なことではなかった。最初の障害を跳び越えたときに彼女は六馬身差で僕を引き離しており、二番目の障害に向かうときにも僕の挑戦を振り切っていた。しかし、次の着地の際には、走行の無理がたたってきたらしい。彼女はいささかスピードを落とし、喘鳴《ぜんめい》をあげ始めた。直線に差し掛かったとき、僕と彼女はほぼ首の差で叩き合っていた。アナトールの部屋に到着したときの各馬の差はごくわずかだったので、着順をご覧になりたいものと思う。

確定
一着　ダリアオバサン号
二着　バートラム号
三着　セッピングス号
二着ハナ差。三着二分の一段差。
入室して最初に目に入ったのはアナトールだった。この調理台の魔術師は背の低い、ずんぐりした男で、特大サイズというかスープ濾《こ》しみたいな口ひげをたくわえている。だいたいいつも彼の気分がどんな具合かはそいつを見ればわかるのだ。全部うまくいっているときは、そいつは特務曹長みたいに端っこがピンとはねあがっている。心が傷ついているときには、そいつはうなだれて、垂れ下がるのだ。

それは今、うなだれていた。不吉な兆候である。彼がどう感じているかについて疑問の影をいささかでもお持ちなら、彼が興奮して騒ぎ立てる様がそいつを払拭《ふっしょく》してくれるはずだ。彼はベッドの脇にピンクのパジャマ姿で立ち、天窓に向かって手を振り上げていた。ガラス越しに、ガッシーが見下ろしている。奴の目はとび出し、口は大きく開けられ、水族館にいる何とかいう希少種の魚に驚くほど酷似している。一目見たらアリの卵をくれてやりたくなるようなやつだ。

拳を振り上げるコックと目のとび出した客人の姿を見て、僕の同情は完全に前者に向けられたと言わねばならない。彼が拳を振りたいだけ振るのはまったく正当だと僕には思えた。

事実の概要を見よう。すなわち、彼はそこでベッドに横たわって、何であれベッドの中でフランス人のコックが考えるようなことをよもやま考えていたのだった。すると突然、あの恐るべき顔が天窓にはり付いているのに気づいたのだ。これではどんな冷静沈着な者だって衝撃を受けずにはいられないというものだ。僕だってベッドに寝ているときにガッシーにあんなふうにのぞき込まれたら嫌だ。男の寝室とは――この事実からは逃がれようがない――彼の城なのだ。そしてガーゴイル野郎がやって来て彼をねめつけたならば、そいつを猜疑の目で見返す完全なる権利が、彼にはあるのだ。

僕がそんな黙想にふけっていると、ダリア叔母さんが、てきぱきと問題の核心に切り込んでいった。

「一体これは何なの？」

アナトールは一種のスウェーデン式エクササイズをやってみせた。脊椎《せきつい》底部からはじめて肩甲骨を通り過ぎて後頭部で終わるようなやつだ。

それから彼は彼女に言った。

この驚くべき男と話をするとき、いつも僕は彼の英語は達者だが、少々混乱していると感じてきた。ご記憶かどうか、ブリンクレイに来る前、彼はビンゴ・リトル夫人のところで働いていたのだった。彼がそこでビンゴの話し方をずいぶん聞き憶えたのは間違いない。その前彼はニースに住むアメリカ人一家のところで何年か働いており、そこのお抱え運転手が彼の語学教師だった。その男はニューヨークはブルックリンのマロニー家の一族の一人だったのだ。したがってビンゴから学んだこととマロニー家から学んだことがいっしょくたになって、僕が言うように、彼の英語は、達者だが少々混乱しているのだ。

たとえば彼は以下のような話し方をする。

「ヒャッホー！　何だって言うんだ？　聞いてくれ。ちょっと注目してもらいたいんだ。俺は寝てたんで。だがよくは眠れなかった。それで起き上がったんだが、上を見たらなんでい、あのクソいまいましい窓から俺に向かっておかしな顔をしてくる野郎がいるじゃないか。こいつは気持ちのいいことかい？　便利だっていうのか？　こんなことが俺の気に入ると思ったら大間違いだぞ。俺はぬれた雌鳥みたいにカンカンなんで。そうだろう？　俺だって人間でい。ここは寝室だ。チンパンジーの棲家じゃないんで。じゃあ一体あの悪党がキュウリみたいに涼しい顔して俺の窓に腰を下ろして、俺に向かって変な顔をしてよこすってのはどういうわけです？」

「重々ごもっとも」僕は言った。まったくもって合理的だ、というのが僕の評決だった。

彼はまたガッシーをにらみつけた。それから二番目のエクササイズを始めた——口ひげをつかみ、ぐいと引っ張って、それからハエを捕まえ始める、というものだ。

「ちょっと待ってくれい。まだ終わっちゃいねえんだ。こいつが俺の窓にはり付いて、おかしな顔をしてやがるのを見たって言った。だが、だからってどうなった？　俺が叫んだら消え失せて、俺を平和にしてくれたか？　ところがどっこい。あそこに根を生やしたまんまだ。まったくどうしようもない。アヒルを見てるネコみたいに座って俺を見てやがる。奴は俺におかしな顔をしてよこした。それでまたおかしな顔をしてよこすんだ。あそこから下りろっていくら俺が命令しても、あいつはまったく動こうともしないんですぜ。何か泣いておっしゃってよこしやがる。それであいつの欲望は何かって聞いたって、あいつは説明をしてくれないのです。だめだまったく何にも効きゃしない。頭をすくめるだけなんだ。なんてバカバカしさ加減だ！　俺が面白がるとでも言うのか？　俺の気に入るとでも思うのか？　こんな愚劣な真似はまっぴらだ。あのあわれな男はキチガイだ。ジュ・ム・フィシュ・ド・ス・ティ・パンデクト。セ・ティディオ・ド・フェール・コム・サ・ロワゾ……アレ・ヴ・ザン、ルフィエ［あんなとろくしゃー奴、やっとれんぞよ。おみゃーたぁーけか。頭がおかしいがや、どだぁーけ。どえりゃー気が狂うとるがやー］……あのマヌケに出て行けって言ってくれ。あいつは三月帽子屋みたいにキチガイです」

実になかなか堂々たる主張をしたものだと僕は思ったと言わねばならない。ダリア叔母さんも明らかにそう思っていた。彼女は彼の肩に震える手を置いた。

「そうするわよ、ムッシュー・アナトール。するわ」あの野太い声が、あんな優しいささやきに変わるだなんて僕には信じられなかった。つがいに呼びかけるキジバトにほかならない。「みんな大丈夫よ」

　彼女は間違った言葉を発してしまった。彼はエクササイズ三を始めた。

「大丈夫だって？　ノム・ドゥン・ノム・ドゥン・ノム！［畜生！］大丈夫だってか？　一体全体そんな言い方をどこから引っ張り出してきやがった？　三十秒待ってくれ。まだそんなに速くない。このお遊びはだ。だがまたちょいと見てくれ。全然別の魚料理だ。ちょっとしたでこぼこを均《なら》してもらうのは構わない。その通りだ。だが俺に窓のところでいたずらを仕掛けてもらうのはだめだ。我慢ならん。いいことじゃない。俺は真面目な男だ。俺は窓にいたずらされるのは嫌だ。俺は窓のいたずらは他の何よりも楽しまないんだ。まったく全然大丈夫じゃない。あんな間抜けがやって来るって言うなら、俺はこの家にはもういられない。俺はとっとと消えさせてもらいます」

　不吉な言葉だ。そう認めねばならない。ダリア叔母さんがこれを聞いて、狐が撃ち殺されるのを見たハウンド犬のリーダーの叫び声みたいな悲鳴をあげたのに僕は驚かなかった。アナトールはガッシーに向かって拳を振り上げ始めたが、今や彼女もそれに加わった。セッピングスは息を切らして礼儀正しくハーハー言っていたが、拳を振りはしなかったものの、ガッシーに向かってひどく厳しい顔つきをして見せた。思慮ある観察者にとって、このフィンク＝ノトル氏が天窓の上に上がった点で、間違いを犯したことは歴然としていた。彼がＧ・Ｇ・シモンズ君の家に行ったとしても、これほど嫌われはしなかったと思う。

「行っておしまい！　このキチガイのバカ！」ダリア叔母さんは叫んだ。彼女は鳴り渡るこの声で、クゥオーンの気の弱いメンバーを一人、あぶみを踏み外して落馬させたことがあるのだ。

ガッシーの答えは両の眉毛を振ることだった。奴が伝達しようとしているメッセージが何かが、僕にはわかった。

「僕は思うんですが」僕は言った。——道理をわきまえたバートラム氏は、いつだって波立った水に油を投じてそれを鎮めるのだ——「そうすると屋根から落っこちて首を折ってしまうと彼は言いたいんですよ」

「えっ、どうしてよ?」ダリア叔母さんが言った。

彼女がそう言うのもむろんわかった。だが僕にはありそうな説明が見てとれた。この天窓はたまたま、トム叔父さんがあのいまいましい棒で飾り立てていない唯一の窓なのだ。おそらく彼は、この高さまでよじ登る気概をもつ夜盗であれば、手に入れられるものを手にするに値すると考えたのではないかと思う。

「天窓を開けてやれば、跳び下りてこられますよ」

この考えは理解を得た。

「セッピングス、あの天窓はどうしたら開けられるのかしら?」

「棹が必要でございます、奥様」

「じゃあ棹を持ってらっしゃい。二本持ってらっしゃい。いいえ、十本だわ」

さて、かくしてガッシーは我々一同の仲間入りをした。新聞紙上で読むような男たちと同じく、このみじめな男には自分の立場が重々わかっている様子だった。

ダリア叔母さんの態度物腰も、平常心の回復に何ら貢献するものではなかった。フルーツ・サラダを食べながらこの不幸な男について話した際の、彼女のあの愛想のよさの痕跡は、もはや見る影もなかった。また、フィンク＝ノトル氏の口の端で言葉が凍りついてしまう様を目にしても、僕は驚きはしなかった。いつもはハウンド犬の群れをその優しさで手なずけて従わせるダリア叔母さんは、己《おの》が怒れる情熱を無闇に高まらせたりはしない。だが彼女が怒ったときには、屈強な男たちでさえも、木に登って、仲間を引き上げようと急ぐのだ。

「それで？」彼女は言った。

これに対する答えとしてガッシーにできたのは、窒息するみたいなしゃっくりをしてみせることだけだった。

「それで？」

ダリア叔母さんの顔はますます暗くなった。狩猟というものは、何年ものあいだ定期的に熱中すれば患者の容貌にかなり深い色合いを与えるものだ。また彼女の親しい友人であれば、常日頃からこの親戚の顔にはつぶしたイチゴみたいな色合いがなきにしもあらずであることを否定はしまい。しかし、今の今まで、その色合いがこれほどあざやかな深みを帯びたのを僕は見たことがない。彼女はまるで自己表現に苦闘するトマトみたいに見えた。

「それで？」

ガッシーは頑張った。一瞬何とか言葉になりそうな気配だった。だが結局そんなものは臨終の喉声に過ぎなかった。

「ねえ、この人を片づけちゃって、バーティー。それで頭に氷をのせてやって」あきらめてダリア叔母さんは言った。そしてアナトールをなだめすかすという、大仕事との格闘に向かった。それでまた彼の方はと言うと、矢継ぎ早にひとり言で何かしらつぶやき続けていた。

ビンゴとマロニー家を足し合わせた英語をもってしてはこの状況を表現しきれないと感じたらしい。彼は母国語の使用にたち帰っていた。「マルミトン・ド・マンジュ［くみ取り屋］」だとか「ピニューフ［とろくしゃー奴］」だとか「ユルリュベルリュ［たぁーけ］」とか「ルスティスー［ペテン師］」といった言葉が、彼の口から納屋のコウモリみたいにバタバタと飛び出してきた。僕には皆目《かいもく》わからなかった。むろん、先のカンヌ滞在中、僕はフランス語の習得にいささか努めはしたが、それでもまだ僕のレベルはせいぜいエスクヴザヴェ［…はありますか?］どまりなのだ。僕はこのことを後悔した。なぜなら何だかよさそうなせりふに聞こえたからだ。

僕はガッシーを助けて階下に降りた。ダリア叔母さんよりも冷静な思索家であるから、僕にはすでに奴を屋根に上がらしめた隠された原動力というか動機が何だかわかっていた。彼女はこの一件を酔っ払いの悪ふざけか気まぐれとしか見ていないが、僕は狩り立てられた仔ジカの姿を奴の中に見出していた。

「タッピーに追いかけられたのか?」僕は同情して訊いた。

「フリッソン」でよかったと思うのだが、そいつが奴を震わせた。

「あいつは僕を階段の踊り場の上でつかまえるところだったんだ。僕は廊下の窓をよじ登って横桟を這い進んで逃げたんだ」

「うまい具合に奴をまけたんだな?」

「そうなんだ。でも気がついたらにっちもさっちも行かなくなっちゃってた。屋根ってやつはありとあらゆる向きに傾斜してるだろ。戻れなくなっちゃったんだ。それで上るしかなかった。その桟を伝ってさ。それで天窓を覗《のぞ》き込んでたんだ。あの男は誰なんだい?」

「アナトールだ。ダリア叔母さんのシェフの」

「フランス人かい？」

「骨の髄までだ」

「それでわけがわかった。フランス人ってのはなんてバカなんだ。こんな簡単すぎることがどうしてわからないんだ。天窓から覗き込んでる男を見つけたら、中に入りたがってるってわかりそうなもんだとは思わないか。だけどあいつは立ってただけなんだ」

「ゲンコツも振ってたぞ」

「そうなんだ。バカなアホ野郎だ。とはいえ何とか助かった」

「何とか助かった――今のところはな」

「えっ？」

「僕は思うんだがタッピーがどこかに潜伏してるはずだ」

奴は春先の仔ヒツジみたいに跳びあがった。

「どうしたらいい？」

僕はこの点について考察した。

「こっそり部屋に戻ってドアにバリケードを張るんだ。そいつが男らしいやり方だと思うな」

「そこにあいつが待ち伏せしてたらどうする」

「その場合どこかに移動するんだな」

とはいえ部屋に着いてみると、タッピーは屋敷のどこか別の箇所に棲息していることが判明した。

ガッシーはすばやく中に飛び込み、僕は鍵のまわる音を聞いた。この地域で僕にできることはこれ以上ないと見てとって、いまひとたびフルーツ・サラダと静かな思索とにふけろうと僕は食堂に戻った。僕が皿に食べ物をとっていると、ドアが開き、ダリア叔母さんが入ってきた。彼女は椅子に深く腰かけ、いささかくたびれた様子だった。

「飲み物をちょうだいな、バーティー」

「何がいい?」

「何でもいいの。強いやつならね」

この線で接近したとき、バートラム・ウースター氏は最善の努力を払ってくれる男だ。アルプスの旅行者と礼儀正しく付き合うセントバーナード犬だって、僕ほど甲斐甲斐しくいそいそと働いてはくれないと思う。僕は注文に応え、しばらくの間、身体組織の回復に努める叔母がぐいぐいやる音以外は何も聞こえなかった。

「話してくれよ、ダリア叔母さん」僕は同情を表しながら言った。「こういうのは疲れるもんだよ。大変だったんだろう? 決まってるよ。アナトールをなだめるのにさ」アンチョヴィー・ペーストをトーストに載せながら僕はさらに言った。「もう全部大丈夫なんだろう?」

彼女は僕を長々と、名ごり惜しげに見つめた。思案にふけるみたいに彼女の眉毛が寄せられた。

「アッティラ」やっと彼女は言った。「そういう名前だったわ。フン族の王アッティラ」

「へっ?」

「あんたが思い出させてくれたのは誰だったかって考えてたの。破壊と荒廃を振りまいてまわって、そいつが来るまでは幸福で平和だった家をぶち壊して歩くの。アッティラって男よ。驚きだわ」再び僕に見とれながら彼女は言った。「あんたを見たってね、誰だってただの普通の気のいいバカだと思うじゃない――多分、キ印だけど、害はないって。だけどね、本当はあんたは黒死病よりもたちの悪い疫病なのよ。言わせてもらうわ、バーティー。あんたのことをしみじみ考えるとね、人生の底に横たわる悲しみとか恐怖ってものを目の前にバシンってたたきつけられるような気持ちになるのよ。歩いてて街路灯に激突したみたいにね」

傷つき、また驚きもし、僕は何か言うはずのところだったのだが、その時僕が考えたのは、このアンチョヴィー・ペーストはずいぶんべたべた粘《ねば》つくやつだ、ということだった。そいつは舌のまわりにまとわりついて猿ぐつわみたいに発話を阻害したのだ。それで僕が声帯を何とか活動させようと全力を尽くしている間に、彼女はまた話し始めた。

「あのスピンク＝ボトルって男を送りつけて寄越したとき、ここで何が始まったかあんたにはわかってるのかしら? へべれけに酔ってイカれてマーケット・スノッズベリー・グラマー・スクールの表彰式を、二巻ものの喜劇映画みたいなもんにしたことについちゃ、あたしは何も言わない。正直な話、面白かったんだし。だけどあの男がアナトールのことを天窓からにらんでよこしたくれたお陰でね、辞表を撤回させるためにあたしがあれだけ苦労をして、権謀術数を弄《ろう》した後でね、あんなに怒らせたんで彼はもう何にも、あさってまで待ってくれったって聞いちゃくれないわ――」

やっとペーストは消えてくれた。僕は話せるようになった。

「何だって?」

「そうよ。アナトールは明日出ていくのよ。かわいそうなトムは残る人生ずっと消化不良のまま暮らしてくんだわ。それだけじゃないわ。今アンジェラに会ったとこなんだけどね、あの子、あのボトル男と婚約したって言うじゃないの」

「一時的には、その通りだ」僕は認めねばならなかった。

「一時的が聞いてあきれるわ。あの子は完全にあの男と婚約してるし、ぞっとするような冷たい口調でもって、この十月には結婚するなんて言うのよ。じゃあ、そういうことじゃない。預言者ヨブが今この瞬間に部屋に入ってきたら、あたし、彼と座って、寝るまで苦労話の交換をして語り明かすわ。ヨブの苦労なんてあたしに比べればどれほどのもんよ」

「彼は皮膚病でからだをかきむしったんだぞ［『ヨブ記』二・七］」

「うーん、皮膚病ってどんなよ？」

「めちゃくちゃ苦しかったと、理解してる」

「ナンセンスね。あたしの苦労と世の中に売りに出てる皮膚病全部と交換してあげたっていいわ。あたしの身の上がわかって？　イギリス一のコックを失ったのよ。ああ、かわいそうなあたしの夫。あわれなる魂。たぶん消化不良で死んじゃうんだわ。そしてわが一人娘よ。あの子の素晴らしい未来をどれほど夢描いてきたことか。それがあの飲んだくれのイモリ愛好家なんかと結婚するだなんて。それであんたは皮膚病がなんとかなんて話をするわけ！」

　小さい点だが、僕は彼女の誤りを訂正した。

「僕は皮膚病の話なんかしてない。僕はただヨブは皮膚病になったたって言っただけだ。でもダリア叔母さん、今この瞬間、事態はなんて言ったか、ほら、なんとかなんだけど、でもさ、元気をだしてよ。ウースター家の者は、目の前の問題以外には悩んだりしないんだ」

「あんたまさか、そのうちに別の計画が何とかかって言いだすつもりじゃないでしょうねえ？」

「いついかなる時なりとも、だ！」

彼女は観念したようにため息をついた。

「そんなことじゃないかって思ってたのよ。うん、一番困りもんなのはそれだものね。これ以上どうやったら悪くなりようがあるのかわからないんだけど、あんたならきっとうまくやってくれるでしょうよ。あんたの天才と叡智とで、やり遂げるはずだわ。それゆけ、バーティー。そうね、おやんなさいな。あたし、もう心配する境涯は過ぎたの。あんたがこの家にどうやってこれ以上の地獄の奈落の底の、もっと暗くて深いどん底を見せてくれるのかって、ちょっと楽しみなくらいだわ。おやんなさいな……あんたの食べてるのは何？」

「それが何と言ったものかわからないんだ。何かのペーストのトースト載せなんだけど。牛肉エキスで風味付けした糊みたいな感じだな」

「ちょうだいな」ダリア叔母さんは物憂げに言った。

「噛むとき気をつけて」僕は助言した。「兄弟よりもしっかりくっつくんだ［『箴言』十八・二四「兄弟よりもしっかりくっつく者もいる」］

……ああ、ジーヴス？」

この男はカーペットの上に肉体を現した。いつもの通り、まったく音なしでだ。

「お手紙でございます、ご主人様」

「僕に手紙だって、ジーヴス？」

「お手紙でございます、ご主人様」

「誰からだい、ジーヴス？」

「バセット様からでございます」

「誰からだって、ジーヴス？」

「バセット様からでございます、ご主人様」

「バセット嬢からだって、ジーヴス？」

「バセット様からでございます、ご主人様」

この時点でダリア叔母さんは、なんだかよくわからないもののトースト載せをひとかじりしてそれを下に置き、お願いだから掛け合い問答みたいなことはやめてちょうだいと——やや腹を立てた調子、だったと思う、で——懇願した。堪え忍ばねばならないことはもう十分にあるのだから、この上僕たち二人が寄席芸人の真似をするのを聞かされる必要はない、というのだ。いつだって喜んで叔母の願いを聞く僕は、ジーヴスにうなずいて退散してもらった。彼は一瞬チラリと揺らいで、消え去ってしまった。目の残像だってここまですばやくはない。

「だけどまた何を」僕は封筒をもてあそびながら、つらつら考えた。「この女性は僕に書いてよこしたんだろう？」

「早いことさっさとそいつを開けて見ればいいじゃない？」

「素晴らしい考えだ」僕はそう言って、その通りにした。

「それでもしあんたがあたしの動向に関心を持ってるなら」ドアに向かいながらダリア叔母さんは言った。「部屋に戻ってヨガの深呼吸をやって、忘れようとしてみようって思ってるところよ」

「そりゃいい」一ページ目にざっと目を通しながら心ここにない調子で僕は言った。さらに、じっくり読み進めるうちに、鋭い遠吠えの声が僕の唇からこぼれ出た。そのせいでダリア叔母さんはびっくりした野生馬みたいに飛びのいたほどだ。

「やめなさい」四肢を震わせながら、彼女は叫んだ。

「ああ、でも、何てこった――」

「あんたって人は何て厄介者なの。このみっともない生き物ったら」彼女はため息をついた。「思い出すわ。何年も前に、あんたがまだ揺りかごの中にいたころの話だけど、ある日あんたと二人っきりでいたときがあってね、あんたったらゴムのおしゃぶりを飲み込んで、紫色になり始めたの。それであたしったら、バカだったのね、そいつを取ってやってあんたの命を助けたんだわ。言わせてちょうだい、バーティーちゃん。もしあんたがも一度ゴムのおしゃぶりを飲み込むようなことがあって、その時そばについてるのがあたしだけだったとしたら、あんたずいぶん困ったことになるわよ」

「だけど、こん畜生！」僕は叫んだ。「何が起きたと思う？　マデライン・バセットが僕と結婚するっていうんだ！」

「いいお話だといいわねえ」この親戚は言い、エドガー・アラン・ポーの小説から出てきた何かみたいな様子で部屋を立ち去った。

21. ジーヴス復活

僕だって、自分がエドガー・アラン・ポーの小説から出てきた何かみたいに、まるで見えなかったとは思ってはいない。容易にご想像されるところだが、僕が今述べた情報は、僕の胸のうちにすとんと落ちた。ウースターの心は長いことずっと彼女のもので、求めあらばすくい上げられたしと待ち構えているとの確信のもと、バセットがこの選択肢を選び取ろうと決心したのであれば、名誉と感性の人として、僕は期待に応えて己《おの》が分を果たすしか他にしようがない。明らかに、簡単なノッレ・プロセクウィで片がつけられるような問題ではない。したがって、すべての証拠が、呪《のろ》いが我が許に達し［テニスン「シャロット姫」三、「あの呪いがわたしに降りかかったのだわ」］、のみならずそこに留まることにした、という事実を指し示しているように思われた。

とはいえしかし、僕が把握しているこの状況のありようが、僕がこう把握したいと願うようなありようであるかのように振舞うのはばかげているが、だからと言って僕がまったく解決策に窮していたというわけではない。もっと小人物であれば、これほどおそろしい陥穽《かんせい》に堕ちたならば、すぐさまタオルを投げ入れてじたばた抵抗するのをやめてしまうところだ。しかし、ウースター家の者の特徴は小人物ではない点にあるのだ。

手はじめに、僕はその手紙をもう一度読んだ。二度目に熟読精査すれば、その内容に別の解釈が可能となるとの希望をもてあそんでいたわけではない。とはいえ、脳みそが柔軟体操をしている間をふさいではくれる。それから僕は思考の助けとなすべく、フルーツ・サラダに再び取り組み、さらにスポンジケーキもひときれ食べた。そしてチーズに取りかかったとき、僕の機械装置が始動を始めたのだった。何をすべきかが僕にはわかった。

ずっと僕の心を悩ませていた疑問――すなわち、バートラムはこの事態に対処できるのか――に対して、今や僕は自信に満ちた「絶対的に」との返答をもって応えることができる。

謀略の際に実に肝要なのは、理性を失わず、冷静を保って首魁《しゅかい》を見つけることだ。首魁さえ見つけてしまえば、あとどうすべきかはわかる。

ここでの首魁は明らかにバセットである。ガッシーを袖にしてすべてのごたごたをひき起こしたのは彼女だ。事態の解決解消のため何をなしうるかを考える前に、彼女が見解を修正し、奴を再び引き受けてくれるよう説いて聞かせねばならない。そうすれば再びアンジェラは流通に乗ることとなり、タッピーもいくらかは落ち着くことになろう。さすれば結論も変わってこようというものだ。

もう一口チーズを食べたところで、僕はこのバセットを探し出して雄弁を振るわねばと決心した。するとまさしくその瞬間、彼女が部屋に入ってきた。彼女がいずれ現れるものとは予想できたはずだ。つまり、いかに心痛みうずこうとも、食堂に冷たい軽食が並べてあると知る者は、遅かれ早かれここにやって来るは必定なのだ。

入室してきた彼女のまなざしは、サーモン・マヨネーズに注がれていた。彼女に会った感動のあまり、僕が、心の平静を得るため口に運んでいた飲み物のグラスを落としさえしなければ、間違いなく彼女はそいつに直行して自分の分を皿に盛っていたはずだ。グラスの落下音は彼女を振り向かせ、気まずい一瞬がそれに続いた。彼女の頰はやや赤らみ、目は興奮でみひらかれていた。

「あっ!」彼女は言った。

僕は常々、こういう間の悪い状況を打開するのに、演劇的所作を少々取り入れるくらい有効なものはないと考えている。何か手助けできることを探すのだ。それで半ば勝利したようなものだ。僕は皿をつかむと、あわてて前に進んだ。

「サーモンを食べる?」

「ありがとう」

「サラダも少しとる?」

「そうなさりたければ」

「飲み物は? 毒薬の名を言って」

「オレンジ・ジュースを少しでいいですわ」

彼女はゴクッとやった。オレンジ・ジュースをではない。つまり、彼女はまだそいつを持ってはいなかったわけで、そうではなく、この二つの言葉が想起させる甘美な連想のゆえにそうしたということだ。イタリア人の手回しオルガン弾きの生き残りに、スパゲッティ、と言ってやったようなものだ。彼女の頰は紅潮を増し、表情には苦悩が示されていた。コールド・サーモンのようなあたり障りのない話題に会話を制約するのは、もはや実用的な方策とは思われなかった。

彼女の思いも同じだったようだ。というのは本題に入る前の予備手続きとして僕が「あー」といった時、彼女もまた同時に「あー」と言ったからだ。一対の「あー」が、空中で衝突したわけだ。

「ごめんなさい」

「ごめん」

「あなた、言いたいことが――」

「君こそ、言いたいことが――」

「いいからおっしゃって」

「ああ、よしきたホーだ」

僕はネクタイをまっすぐに整えた。女の子といっしょにいるときの僕の癖だ。そして始めた。

「君がくれた今日の手紙なんだけど――」

彼女はまた頬を染めた。そしてぎこちない様子でサーモンをフォークで口に運んだ。

「手紙をご覧になったの？」

「ああ、読んだ」

「私、あなたにお渡ししてってジーヴスに渡したのよ」

「ああ、彼が僕に渡してくれた。それで読んだんだ」

それからまた沈黙があった。彼女は明らかに率直な話し合いを避けようとしていたが、僕は不本意ながらそれをしないわけにはいかなかった。つまり、誰かがやらねばならないのだ。僕たちのような立場に置かれた男と女が、一言も話さずただ立ってサーモンとチーズを食べているとしたら、まったくとんでもなくバカバカしいことだ。

「そうなんだ、無事届いたよ」

「そうなの。届いたの」

「うん、届いたんだ。今読み終えたところだ。それで僕が君に聞きたいのは、ここでこうしてたまたま出会ったわけだし、うん――あれは一体どういうことなんだい？」

「どういうこと？」

「それは僕のせりふだ。どういうことなんだ？」

「はっきり書いてあったはずだけど」

「ああ、そうだ。はっきり書いてあったさ。だけど――つまりさ――うん、この光栄に深く感じ入ってるところだ、そうさ――だけど――まったく！　何てこった！」

彼女はサーモンを食べつくして、皿を置いた。

「フルーツ・サラダは？」

「いらないわ」

「パイはどう？」

「いらない」

「このトースト載せの糊みたいなやつは？」

「いらないわ」

彼女はチーズストローを取った。僕は今まで見逃していたコールドエッグを見つけた。それから僕は「つまり、僕が言いたいのは」と言い、同時に彼女も「わかったような気がするわ」と言い、ここでまた衝突が起こった。

「失礼」

「ごめんなさい」

「君から言って」

「いいえ、あなたからお話しになって」

僕はコールドエッグを丁重に振って合図し、彼女の番だと示した。それで彼女はまた話し出した。

「私、あなたが何をおっしゃりたいか、わかるような気がするの。あなたお驚きになったのね」

「そうだ」

「あなたが考えてらっしゃるのは――」

「そう」

「――フィンク＝ノトルさんのこと」

「まさしくその通り」

「あなた私の行動が理解できないっておっしゃりたいのね」

「まさしく」

「私は驚かないわ」

「僕は驚くんだ」

「だけど、まるきり簡単なことだわ」

彼女はもう一本チーズストローを取った。彼女はチーズストローが好きなようだ。

「まるきり簡単なこと、本当よ。私、あなたを幸せにして差し上げたいの」

「そりゃあまったくご親切なことだ」

「私、残りの人生をあなたを幸せにして差し上げることに捧げるの」

「ありがたい計画だな」

「少なくともそれなら私にできるわ。だけど——正直にお話ししてもいい？　バーティー」

「ああどうぞ」

「それじゃこのことをお話ししないといけないの。私あなたが好きよ。私あなたと結婚するわ。私、一生懸命頑張ってあなたのいい妻になります。だけど、あなたに対する私の愛情は、決して、私がオーガスタスに対して感じたような、炎のような情熱ではないの」

「僕もまさしくその点について言おうと思ってたんだ。君が言ったように、そこに問題があるんだ。僕に乗り換えるなんて考えはいっそのこと全部捨てたらどうだい？　きれいさっぱり忘れちまえよ。つまりさ、君がガッシーの奴を愛してるなら——」

「もう愛してないわ」

「何言ってるんだ」

「もうだめなの。今日の午後起こったことは私の愛を死なせてしまったわ。美しいものが醜いしみで汚されてしまったのよ。私もうあの人を、かつて愛していたようには愛せないの」

無論彼女の言わんとするところはわかった。ガッシーは彼女の足許に奴のハートを投げ出した。彼女はそれを拾い上げたわけだ。そして、そのほぼ直後に彼女は、奴が眉毛の上まで酒びたしだったことを知ったのだ。その衝撃たるや相当なものだったにちがいない。どんな女の子だって男は泥酔しないと自分に結婚を申し込めないとは思いたくはない。それではプライドが傷つくというものだ。

しかし僕は屈しなかった。

「だけど君は考えてみなかったの？」僕は言った。「君は今日の午後のガッシーのふるまいを間違った仕方で解釈してるんじゃないかって。確かに証拠は全部もっと悪意ある説を指し示している。だけど奴が日射病になったんだとしたらどうだい？　男ってのは日射病になるもんなんだ、わかるだろう。暑い日は特にそうなんだ」

彼女は僕を見た。僕は彼女が例のびしょぬれのアイリスって奴をちょっとばかり導入したのを見た。

「そんなふうにおっしゃるなんてあなたらしいわ、バーティー。私あなたのそういうところを尊敬するの」

「そんなことはないさ」

「そうなの。あなたは素晴らしい、騎士の魂をお持ちだわ」

「いや、持ってやしないさ」

「持ってらっしゃるの。あなたって私にシラノを思い出させるわ」

「誰だって？」

「シラノ・ド・ベルジュラック〔エドモン・ロスタンの戯曲で有名な大鼻の詩人・軍人。著者に『日月両世界旅行記』他〕よ」

「あの鼻の大きい男かい？」

「そうよ」

そう聞いて僕が大いに喜んだとは言えない。僕は自分の鼻に自信はない。おそらく幾分は突き出ている方かもしれない。だが、絶対にシラノ級ではないはずだ。次に彼女は僕のことをデカ鼻のデュランテ〔ジミー・デュランテ、米国の映画俳優〕と比べだすのではないかと僕は思い始めた。

「彼は愛したの。だけど別の人のために嘆願したのよ」

「ああ、君の言いたいことがやっとわかった」

「私、あなたのそういうところが好きなの、バーティー。そこがあなたの立派なところなの――立派で偉大だわ。だけど、だめなの。愛を殺すものっていうのはあるの。私決してオーガスタスを忘れることはできないけれど、彼に対する私の愛は死んだの。私、あなたの妻になります」

こういうときには礼儀正しくいかねばならない。

「よしきた、ホーだ」僕は言った。「ほんとに有難いよ」

それからまた会話がフッと止まった。僕たちは立って各々チーズストローとコールドエッグを無言で食べた。次の一手は何かに関しては、小さな不確定性が存在しているようだった。

幸いなことに、間の悪い時間がそれ以上続く前に、アンジェラが部屋に入ってきた。それでこの会談は決裂となった。バセットは僕らの婚約を宣言し、アンジェラはバセットにキスして彼女がとても、とっても幸せになりますようにと言い、バセットはアンジェラにキスして彼女がとても、とっても幸せになりますようにと言った。そしてアンジェラは私、必ず幸せになるわ、なぜってオーガスタスってあんなに素敵なんですものと言った。するとバセットは彼女にまたキスをし、アンジェラも彼女にまたキスをした。つまり、すべてが実にいまいましいくらい女性流で、幸い僕はうまい具合にそこからじりじりと遠ざかることができた。

むろん僕はそうできて嬉しかった。考えること、よくよく考えることがバートラム氏に必要な時がもしあるとしたら、この瞬間こそまさしくその瞬間なのだ。

僕はこれでおしまいだと思った。何年か前に、僕がタッピーの恐るべき従姉妹、オノリアとついうっかり婚約してしまったときですら、自分が腰の高さまでぬかるみに浸かっており、間もなく影も形もなく沈んで消えてしまう、というこれほど深い感覚は経験しなかった。僕は折れてねじ曲がったタバコを吸いつつ、庭にさまよい出た。魂の底には鉄の井戸がしっかりはめ込まれていた。これからの人生すべてを、土地家屋内にバセットを置いて暮らしてゆくのはどんなものかを想像し、またそれと同時に、こう言っておわかりいただけるかどうか、それがどんなものかを想像しないようにしながら、僕は一種のトランス状態におちいっていた。そして、僕は何かに激突したのだった。それは木のようだったが、木ではなかった——実のところそれは、ジーヴスだったのだ。

「失礼をいたしました、ご主人様」彼は言った。「わたくしが脇にどくべきでございました」

僕は答えなかった。僕は黙ったまま立って彼を見つめた。なぜなら、彼を見たことで新たな線の思考が開けてきたからだ。

このジーヴスは今や、と僕は省察を加えた。彼は不調で以前の力をもはや持ってはいないとの見解を僕は持っていたが、僕のほうが間違っていたと考えることだってできはしないか。僕は自問した。彼に問題解決の手段を探らせれば、僕が安全な場所に避難できるような方策を見つけてくれるかもしれないのだ。気がつけば僕は、彼がそうしてくれる見込みは大いに高いと答えていた。

結局のところ、彼の頭は以前と相変わらず、後頭部が突き出していた。目には以前と同じ知性の輝きが認められる。

金ボタンのついた白いメスジャケットの問題に関して僕たち二人の間に起こったことの後で、すべてを彼に譲り渡すつもりは絶対になかった。無論僕は彼に助言をもらうというだけのことだ。しかし、以前の彼の数々の勝利を思い起こすに——シッパリー事件、アガサ伯母さんと犬のマッキントッシュのエピソード、見事に解決されたジョージ叔父さんとバーメイドの姪の事件は、僕の脳裏に浮かんだ事件のごく一部である——僕は少なくとも、若主人の危難にあってそれを助ける機会を彼に与えるのは至極正当だと感じていた。

しかし、さらに先に進む前に、僕たち二人の中で了解し、明確に理解しておかなければならないことがひとつある。

「ジーヴス」僕は言った。「一言言いたいことがある」

「はい、ご主人様?」

「僕はちょっと困ってるんだ、ジーヴス」

「そう伺って遺憾に存じます、ご主人様。わたくしでお力になれることは何かございますでしょうか?」

「きっと君ならできるはずだ。君が調子を落としていなければだが。正直に言ってくれないか、ジーヴス。君は精神的にきわめて好調かな?」

「はい、ご主人様」

「さかなはちゃんとたくさん食べているかい?」

「はい、ご主人様」

「それなら大丈夫だろう。だが始める前にもう一点残ってるんだ。過去において、僕や僕の友人を何らかの小さな困りごとから救出しようと画策してくれるにあたって、君には僕の感謝の念を利用して何かしらの私的目的を果たさんとする傾向がしばしば見られた。たとえばあの紫色の靴下のことだ。プラスフォアーズ［スポーツ用のゆるいニッカーズ］やイートン校色のスパッツもそうだ。抜け目なく頃合いを見計らって、僕が安堵のあまり弱っているところにやって来て、そいつを始末させるんだ。今僕が言ってるのはこういうことだ。つまり、もし今回君がうまいこと成功しても、僕のメスジャケットについてつまらないことを言うのは、なしにしてもらいたいんだ」

「かしこまりました、ご主人様」

「すべてが片づいた後、君は僕のところにやって来てあのジャケットを廃棄するように言うのか？」

「決してさようなことはございません、ご主人様」

「そういうことであれば、頼むことにする。ジーヴス、僕は婚約したんだ」

「お幸せをお祈りいたしております、ご主人様」

「バカを言うな、ジーヴス。僕はバセット嬢と婚約したんだ」

「さようでございますか？　存じませんでした――」

「僕だってそうだ。まったく突然の驚きなんだ。しかし、事実は事実だ。公式通告はさっき君が持ってきてくれた手紙に書いてあったんだ」

「奇妙でございますな、ご主人様」

「何がだい」

「奇妙でございます。あの手紙の内容があなた様のおっしゃったようなものだということがでございます。あのお手紙をわたくしにお渡しくださった折のバセット様は、お幸せそうなお心もちとは到底かけ離れたご様子でいらっしゃいました」

「彼女は幸せな心もちじゃあ全然ないんだ。君だって彼女が本気で僕と結婚したいだなんて思ってやしないだろう、どうだ？　バカバカしい、ジーヴス！　こいつもあのいまいましいジェスチャーってやつに過ぎないんで、こいつのせいでブリンクレイ・コートは恐ろしい勢いで人と獣の双方にとって地獄と化してるんだ。それがわからないのか？　ジェスチャーなんてクソくらえっていうのが僕の見解だ」

「はい、ご主人様」

「じゃあ、どうしたもんかなあ？」

「本日の出来事の後でも、バセット様が依然としてフィンク＝ノトル様へのご好意をお持ち続けでいらっしゃると、お考えでいらっしゃるのですね？」

「彼女は奴を思いこがれてる」

「そういうことでしたらばご主人様、最善のご計画は、ご両名の和解の実現を図ることでございましょう」

「どうやってだい？　気がついてるかどうか、君は黙って立って指をいじくっているぞ。困り果てているんだな」

「いいえ、ご主人様。もしわたくしが指をもてあそんでおりましたならば、それは思考の助けとするために過ぎませぬ」

「それならどんどん指をいじくってくれ」

「もはや不要でございます、ご主人様」

「もう見つかったたって意味じゃあないな？」

「いいえ、さようでございます」

「驚いたぞ、ジーヴス。話してくれ」

「わたくしが考えております方策とは、すでに一度お話をいたしたものでございます」

「いつ君がそんな方策の話をしたかな？」

「この地へのご到着の晩にご記憶をお戻しいただけますでしょうか、ご主人様。アンジェラ様とグロソップ様を結びつける何らかの方策はないものかと、あなた様はご賢明にもわたくしにお訊ねくださいました。その際わたくしがご提案申し上げましたのが――」

「なんだって！　まさかあの火災警報器のやつのことじゃないだろうな？」

「まさしくそのことでございます、ご主人様」

「君はまだそんなことを考えてるのか？」

「はい、ご主人様」

この提案をそっけない「チェッ！」でもって却下する代わりに、結局のところこいつには何かしら汲むべきところがあるのではないかと考え始めている自分に、僕は気がついた。こう言ったらば、それまで受けた打撃から、僕がどれほど動揺させられていたかがわかろうというものだ。

彼が最初にこの火災警報器計画を議題にのせたとき、ご記憶かどうか、僕は最大限の迅速さと活力とをもって、彼をだまらせたのだった。「最低だ」が僕が用いた形容であった。また、僕はこのアイディアをかつて優秀であった知能の全面的崩壊を示す最終証明だと考え、いささか悲しく思いにふけったことを想起なさる向きもおありだろう。しかし、今となるとなにやらこれは可能性がありそうな具合に見えてきた。実際、どんなに馬鹿げていても、何でもいいから一度試してみたいという心境にすでにして僕は至っていたということなのだ。

「その名案についてもう一度ざっと話してくれ、ジーヴス」思慮深げに僕は言った。「そいつをまぬけな話だって思ったのは憶えてるんだ。だが僕がその緻密なニュアンスを見逃していたのかもしれないからな」

「あの折のあなた様のご批判は、それは巧緻に過ぎる、というものでございました。しかしながら現実にはさようなことはあるまいと思料いたすところでございます。館の住人は皆々様、火災警報器が鳴るのを耳にして、大火災が発生したと思われるものと拝察をいたします」

　僕はうなずいた。この発想の展開は理解できる。

「ああ、筋が通っているな」

「ここにおいてグロソップ様は大急ぎでアンジェラ様をご救出に向かわれ、またフィンク＝ノトル様はバセット様にご同様のことをなさいます」

「そいつは心理学に基づいているのか？」

「はい、ご主人様。おそらくご記憶でいらっしゃると存じますが、火事だとの警報を耳にすれば、その者の最も愛するものを救い出すのが人類の本能であるとは、故サー・アーサー・コナン・ドイルの創作にかかる名探偵シャーロック・ホームズの公理でございます［「ボヘミアの醜聞」］」

「タッピーがステーキ・アンド・キドニー・パイをもって出てくる重大な危険もあるように僕には思われるんだが。しかし、続けてくれ。ジーヴス、続けてくれ。君はこれで全部片がつくと思うんだな？」

「かようなご経験の後では、双方のカップルとも、お二方のご距離にもはや懸隔《けんかく》はありえないものと拝察いたします、ご主人様」

「多分君の言うことは正しいだろう。だが、何てこった、夜中に火災警報器を鳴らし続けたら、使用人の半分は驚いてひきつけを起こすんじゃないか？　ハウスメイドで——確かジェーンといったか？――僕と廊下の角で鉢合わせしただけで丘くらい高く跳び上がるんだ」

「神経過敏な娘でございます、ご主人様。おおせの通りでございます。わたくしも気がついておりました。しかし、ただちに行動を開始することで、かような不測の事態は回避できるものと拝察いたします。使用人一同は全員、ムッシュー・アナトールを除いてでございますが、今宵はキングハム・メイナーの舞踏会に出向いております」

「もちろんそうだった。僕がどんな境遇におちいってるかが、これでわかろうというもんじゃないか。次は自分の名前を忘れる番だな。よし、それじゃあ考えてみよう。ゴーンと鐘が鳴る。ガッシーは突進してバセットをひっつかむ……待てよ。どうして彼女は自分で歩いて階下に降りないんだ？」

「あなた様は女性のご気質に突然の警報が及ぼす効果をお見逃しでいらっしゃいます」

「確かにそうだ」

「バセット様の衝動は、わたくしが想像いたしますところ、窓から飛び降りることであろうかと思料いたします」

「うーん、そりゃあもっと悪いぞ。彼女が芝生の上にピューレ状になってべたっと拡がるっていうのは困るなあ。この計画の欠陥は、ジーヴス、庭一面に破損いちじるしい死体が散乱するってところにあるように思えるんだが」

「いいえ、ご主人様。トラヴァース様が夜盗をご警戒なされるあまり、すべての窓に頑丈な棒をお取り付けになられたことをご想起いただきたく存じます」

「もちろんそうだった。それなら大丈夫だな」僕は言った。とはいえ未だいささかの疑念はぬぐえなかった。「そいつが外れる可能性もあるな。どこかで失敗するような気がするんだが。しかし、たとえ勝算が百対一だとしたって、けちをつけられるような立場に僕はないんだ。君の計画を採用しよう、ジーヴス。とはいえ、今言ったように危惧の念を抱きつつだが。何時に鐘をゴーンとやったらいいかな?」

「深夜前は駄目かと存じます」

「するとつまり、深夜過ぎのいつか、ということだな」

「はい、ご主人様」

「よしきたホーだ。それじゃあきっかり十二時半に、鐘を鳴らそう」

「かしこまりました、ご主人様」

22・踊る使用人

　なぜかはわからないのだが、田舎の深夜というものには、いつも何かしら僕に奇妙な効果を及ぼすところがある。ロンドンでだったら僕はいつまでだって戸外にいられるし、震えもしないでミルクを持って帰ってくることができる。しかし、心強い仲間が寝床に去り、館じゅうが閉ざされた後の田舎の邸宅の庭に置かれるとなると、一種鳥肌の立つような思いが僕を襲うのだ。夜風は樹上を揺らし、枝々はピシッ、ピシッと音をたてる。藪はガサガサと鳴り、自分がどこにいるのかわかる前に、士気はぺしゃんこになって、僕は一族の亡霊がうめき声を上げながら背後に忍び寄ってくるような気がしてしまうのだ。

　実にいまいましく不愉快だ。全部が全部だ。だが僕は間もなくイギリスで一番うるさい火災警報器を鳴らしてこの静かな、暗い館に途轍もないパニックを起こすところなのだと思えば状況は好転するのでは、と思われる向きもあろうが、そいつは間違っている。

　僕はブリンクレイ・コートの火災警報器についてすべてを知っている。そのとんでもない大音響についてもだ。トム叔父さんは、夜盗を憎悪するに加えて、就寝中にこんがり料理されるとの考えには常々反対している人物である。したがってこの土地を購入したときに、彼は火災警報器は人をして心臓麻痺を起こさしむるやもしれないが、ツタの葉に遊ぶスズメのチュンチュンいう声とは間違えようがないものたるべしと考えたのだ。

僕が子供で、休暇をブリンクレイで過ごしていた頃には、消灯時刻過ぎに消防演習があったものだった。多くの晩、そいつは夢も見ずに眠る僕を最後の審判のラッパみたいに叩き起こしたのだった。

本気になったらその鐘の実力がどれほどのものかとの思いは、その晩十二時半、その鐘の収まる離れ屋のすぐ脇にたたずむ僕を一瞬停止させたことを、ここに告白する。塗り壁に垂らされたロープを一目見、夜のしじまを残酷に打ち砕くはずの阿鼻叫喚《あびきょうかん》の地獄絵図を思うと、先ほど僕が言った奇妙な感覚がさらに強まるのだった。

さらに、今になってよくよく考えてみる時間を得てみて、このジーヴスの計画に対し、僕は今までになく敗北主義的になっていたのだった。

忌まわしい運命に直面したら、ガッシーとタッピーはバセットとアンジェラを救出する以外に何も考えない、ということをジーヴスは当然視しているようだ。

こんな気楽な確信を僕は共有することはできない。

つまり、忌まわしい運命に直面した瞬間、男とはいかなる影響を受けるものか僕は知っているのだ。ドローンズでもっとも騎士道精神に富んだ男であるフレディー・ウィジョンが、滞在中のシーサイドホテルで火災警報器が鳴ったときどうだったかを話してくれたのを思い出す。女性の救出に向かうなどはとんでもなく、彼はキックオフから十秒以内に避難を完了していた。彼の心はただひとつのこと——すなわち、F・ウィジョンの個人的福祉、だけに関心を集中したのだ。

かよわき乙女らによって仕込まれた、善行をなせとの観念に関して言えば、彼は屋外にあって彼女たちを毛布で受けとめたのだった。しかしそれ以上ではない。

それでは一体どうしてこれがオーガスタス・フィンク＝ノトルとヒルデブランド・グロソップには起こらないと言えるのか？

立ってロープをもてあそびながら、僕が考えていたのはそんなことだった。この時、生まれてはじめてこの鐘の音を耳にするバセットの姿が僕の脳裏にもし思い浮かばなかったならば、僕はすべてを投げ出してしまっていたことと思う。生まれてはじめての経験であるからして、おそらくこの鐘の音は彼女を驚かせて卒倒させるだろう。

この思いは僕を愉快にさせた。それで僕はもはやこれ以上躊躇《ちゅうちょ》せず、ロープをつかむと両足を踏ん張り、さっとそれを引いた。

さて、先ほど述べたように、僕はこの鐘の音があたりを大いに静寂ならしむるものとは期待していなかった。確かにその通りだった。最後にこれを聞いたとき、僕は館の反対側の自分の部屋にいたのだが、それでもそいつはまるで何かが僕の下で大爆発でもしたみたいに僕の身体をベッドからぐいっと持ち上げてくれたのだった。こうして側に立ってみて、僕はこの物体の真の実力と意味とを理解した。僕はこれほどの大音響をいまだかつて耳にしたことはない。

一般原則として、僕は少しくらいの音ならむしろ楽しむ男だ。キャツミート・ポッター＝パーブライトがある晩警笛をドローンズに持ってきて僕の椅子の後ろでそいつを吹き鳴らしたとき、僕はただ椅子にもたれて目を閉じ、満足げな笑みを浮かべていただけだった。オペラのボックス席に座っている誰かみたいにだ。アガサ伯母さんの息子のトーマスが、ガイフォークスの日の花火の包みに、どうなるものかとマッチを投入したときも同様だった。

しかし、ブリンクレイ・コートの火災警報器は僕にはあんまり過ぎた。僕は半ダース分くらいぐいぐい引っ張ったが、もう十分だと思って、いかなる実り多い結果が達成されたことかと、前庭の芝生に向かってぶらぶら歩き出した。

ブリンクレイ・コートは最善を尽くしていた。能力の限界まで頑張っていることが、一目見てわかった。目をあちこち彷徨《さまよ》わせると、こっちには紫色のガウンを着たトム叔父さんがいて、むこうには青と黄色のガウン姿のダリア叔母さんがいる。アナトール、タッピー、ガッシー、アンジェラ、バセット、そしてジーヴスの姿もあった（確認順）。みな全員揃っており、大丈夫だった。

しかし――すぐさま僕は不安になったのだが――僕の察知する限りでは、何らの救助作業が行われている様子はそこにはなかった。

無論、僕が期待していたのは、こちらではタッピーがアンジェラの上に心配そうに身をかがめ、あちらではガッシーがバセットをタオルであおいでやっている姿だった。代わりにバセットはダリア叔母さんとトム叔父さんを含む一群の中にいて、アナトールを励ましてやるのに忙しい様子だった。他方、アンジェラとガッシーは各々、いらいらした顔をして日時計にもたれ、また芝生に腰を下ろしてすりむいた向こう脛《ずね》をマッサージしていた。タッピーはというと一人で小径を行ったりきたりしていた。

実に不快な光景であると、お認めいただけよう。僕はやや横柄なしぐさでジーヴスを側に呼んだ。

「さて、ジーヴス」

「ご主人様？」

僕は厳しく彼を見た。何が「ご主人様？」だ！

「ご主人様？なんて言ったってだめだぞ、ジーヴス。君の周りを見ろ。自分の目でよく見るんだ。君の計略だが、失敗したようだな」

「確かに我々の予測した通りには事態は進行いたさなかったようでございます、ご主人様」

「我々だって？」

「わたくしの予測いたしました通りには、でございました、ご主人様」

「そっちの方がより正確だな。きっと失敗するって僕は君に言わなかったか？」

「半信半疑のご様子でいらっしゃったのを記憶いたしております、ご主人様」

「半信半疑なんてもんじゃないぞ、ジーヴス。そもそも最初からあんな考えはこれっぽっちだって信用しちゃいなかったんだ。君があれを最初に強弁したとき、僕はそいつを最低だと言った。僕は正しかったんだ。僕は君を責めちゃいない、ジーヴス。君が脳みそを捻挫したからって、君のせいじゃない。だが、こんなことの後じゃ君の感情を傷つけるが許してもらいたい、ジーヴス――君にはもう一番単純で一番初歩的な問題しか扱わせるわけにはいかなくなる。この点についちゃあ腹蔵なく言うのが一番だと思うんだ、そうじゃないか？　率直かつ正直でいるのが一番の親切だろう」

「おおせの通りでございます、ご主人様」

「つまり、外科医のナイフってやつだ、どうだ？」

「まさしくその通りでございます、ご主人様」

「僕は考えるんだが――」

「お話の中断をお許し願えますならば、ご主人様、トラヴァース夫人があなた様のご注意を喚起しようとなさっておいでいらっしゃるものと拝見いたしますが」

　そしてこの瞬間「ホーイ！」の声が響き渡った。これはまさしく当該の親戚しか発し得ない声であり、彼の見解が正しいことを僕に得心させてくれた。

「ちょっと、一瞬でいいからこっちに来なさい、アッティラ。もしよければだけど」よく知られた――そして一定の条件下ではよく愛されているところの――声が、轟《とどろ》きわたった。僕はそちらへ向かうことにした。

　僕は完全に安心していたわけではない。こんな時間に火災警報器を鳴らしたという、疑問の余地のある行動を説明するもっともらしい話を僕は用意していないという思いがはじめて僕を襲ったのだ。これよりずっと小さい刺激に対してだって、ダリア叔母さんが己《おの》が心底を自由に表明する様を僕は何度も目にしてきている。

　しかしながら、彼女は暴力をふるう気配は見せなかった。どちらかというと凍りついた穏やかさの方に傾いていた、と言っておわかりいただければだが。彼女が苦悩を経てきた女性であることは見てとれた。「ねえ、バーティー」彼女は言った。「かくして全員集合よ」

「その通り」僕は警戒しながら言った。

「遭難者なし、どう？」

「いないと思うよ」

「結構よ。ベッドに寝そべってむっとした空気の中で過ごすよりも、こうやって屋外に出てくる方がどんなにか健康的か知れないわ。あんたが鐘を鳴らしてくれたときあたしはちょうど寝入りばなだったの。ねえ、あたしのかわいい坊や、あの鐘を鳴らしたのはあんたよね、ちがうかしら？」

「うん、僕が鳴らしたんだ」

「何か特別な理由があったの？　それともただの気まぐれ？」

「火事だと思ったんだよ」

「そう思ったのはどうしてなのかしら、坊や？」

「炎が見えたように思ったんだ」

「どこでかしら？　坊や。ダリア叔母さんにお話ししてちょうだいな」

「窓の中にさ」

「わかったわ。それじゃああたしたちがみんなベッドから引きずり出されて恐怖に固まったのは、あんたが何かを見たせいなのね」

ここでトム叔父さんがビンからコルクがスポンと抜けたような音を出した。アナトールの口ひげは改めてどん底を指し、それで「エテ公」について何かと、もし僕が間違っていなければ「ロゴミエール［酔っ払い］」について何であれ何か言った。

「僕が間違ってたって認めるよ。申し訳ありませんでした」

「謝ったりなんかしないで、アヒルちゃん。あたしたちみんながどんなに喜んでるかわからないの？ところであんた一体全体ここで何をしてたの？」

「ちょっと散歩してただけさ」

「わかったわ。それでその散歩とやらはまだ続けるおつもり？」

「いや、もう部屋に戻ろうと思う」

「そりゃ結構。なぜって、あたしも中に入ろうって思ってるからよ。だってあんたがまだここにいて、そのたくましい想像力を自由に羽ばたかせてるって思ったら、あたし、眠れやしないじゃないの。次なる次第はあんたが居間の窓台にピンクの象が座ってるのを見つけて、レンガを投げつけ始めるってことになるのかしら……さあ、行きましょうか、トム。お楽しみは終わったみたいだわ……あら、フィンク゠ノトルさん、何かしら?」

ガッシーは我々のささやかな集いに入ってきたのだが、何かにあわてている様子だった。

「あの!」

「何? オーガスタス」

「あの、僕たちはどうしたらいいんでしょうか?」

「あたしならこれからベッドに戻るつもりだけど」

「でもドアが閉まっているんです」

「どのドアよ」

「玄関のドアです。誰かが閉めたにちがいありません」

「それじゃあたしが開けてあげる」

「でも開かないんです」

「それじゃあ別のドアを試してみるわ」

「だけどどのドアも閉まってるんです」

「どういうこと? 誰が閉めたの?」

「わかりません」

僕が学説を展開した。

「風かな?」

ダリア叔母さんの目が僕の目と合った。

「あんまりあたしを苦しめないでちょうだいな」彼女は懇願した。「今はやめて、いい子だからね」

確かにこう言ってはみた僕だが、話しながら今夜が実に穏やかな晩であることに気がついた。

トム叔父さんは窓から入らねばと言った。ダリア叔母さんはため息をついた。

「どうやってよ? ロイド・ジョージにはできるかしら? ウィンストンにはできるかしら? ボールドウィンにはできるかしら?〔みなイギリスの元首相〕 あなたがあの棒をはめ込んでからというもの、そんなことできやしないわ」

「まあ、まあ、まあ。我が魂に幸あらしめたまえ。それならベルを鳴らせばいいじゃあないか」

「火災警報器の?」

「ドアの呼び鈴だよ」

「何のために? トーマス。家の中には誰もいないのよ。召使たちはみんなキングハムに行っちゃったわ」

「だが、畜生め。わしらみんなでここに一晩じゅういるわけにはいかないじゃないか」

「いかないですって? 見ててご覧なさいな。アッティラが敷地内で活躍してくれてれば、田舎の屋敷の仲間たちにできないことなんか何も――文字通りなんにも――ありゃしないのよ。セッピングスが多分裏口の鍵を持って出てるはずだわ。彼が帰って来るまで、あたしたちはせいぜい何か楽しいことでもしてましょうよ」

タッピーが提案をした。

「車でキングハムまで行ってセッピングスから鍵を受け取ってきたらどうだろう?」

これはうまく行った。疑問の余地なしだ。はじめてダリア叔母さんのやつれた顔に、ほほえみが灯った。トム叔父さんは賛意を表してうんうんとうなった。アナトールはプロヴァンス語でほめ言葉のようなことを何か言った。また、アンジェラの表情すら、わずかに和らいだのを僕は認めたように思う。

「すごく素晴らしいアイディアだわ」ダリア叔母さんが言った。「最高だわね。今すぐ車庫に一走りしてらっしゃいな」

タッピーが行ってしまった後、奴の知性と資質について、称賛の言葉が並べられた。そこにはまた奴とバートラムとの、癪にさわる比較が示される傾向も存在した。むろん僕にとっては苦痛だった。しかし、試練は長く続きはしなかった。なぜなら奴は五分と経たないうちに、我々の許に戻ってきたからだ。

タッピーは動揺した様子だった。

「だめです、おしまいだ」

「どうして?」

「車庫の鍵が閉まってます」

「鍵を開けなさいな」

「鍵がありません」

「それじゃあ叫んで、ウォーターベリーを起こしなさいな」

「ウォーターベリーって誰です?」

「運転手よ、バカ。車庫の二階で寝てるのよ」

「でも彼はキングハムの舞踏会に出かけてますよ」

こいつがとどめの一撃になった。この瞬間まで、ダリア叔母さんはその凍りついた穏やかさを維持し続けることができていた。そのダムが今噴出したのだ。幾星霜《いくせいそう》の年月がとり払われ、彼女は今ひとたび古きヨーイックスとタンティヴィー［共に狩の叫び声］の頃に立ち返ったのだった――感情的で、率直で、しばしばあぶみの上に立ち上がって品位を損なうような言葉を猟犬を率いる人々に向かって絶叫する少女だった時代の。

「踊る運転手たちに呪《のろ》いあれ！　一体全体何のために運転手がダンスを踊るのよ？　あの男を最初から見損なってたってもんだわ。あの男はダンサーなんじゃないかって気がしてたんだわよ。これでわかったわ。あたしたちは朝食の時間までここにいるんだわよ。あのクソいまいましい召使たちが八時前に帰ってくるとしたら、あたしはびっくり仰天するところだわ。セッピングスだって無理やり引きずり出さなきゃ踊り続けてるはずよ。わかってるのよ。ジャズが聞こえてくると、立ち上がって手をたたいて両手が火ぶくれになるまでアンコールを要求するのよ。踊る執事なんてクソ食らえだわ！　ブリンクレイ・コートって何なの？　まっとうなイギリスの田舎の邸宅？　けばけばしいダンス教室か何かなの？　ロシアバレエ団［ディアギレフ率いるバレエ・リュス。ニジンスキー、カルサヴィナらが活躍した］の真ん中で暮らしてるようなもんだわ。まあ、いいわよ。ここにいなきゃならないんだとすれば、そうなんだわよ。あたしたちみんな凍えてガチガチだわ、もっとも――ここで彼女はあらん限り最大の親愛の情を込めたのではない一瞥を、僕によこした――愛しきかのアッティラを除いてだけど。この人は見る限りきちんと、あたたかく身支度をしてるみたいね。あたしたちは『森の中の子供たち』［イギリス古来のバラッド。コマドリが子供たちの死体を木の葉でおおう］

みたいに凍えて死ぬ見とおしを、従容《しょうよう》として受け入れるしかないの。ただただ、あたしたちの亡きがらを木の葉で覆ってくれるよう、古い友達のアッティラに遺言をのこしてくことしかできないんだわ。彼はまた敬意のしるしに、あの火災警報の鐘を打ち鳴らしてくれるにちがいないわ――それであんたは何が欲しいの?」

彼女は急に言葉をとめた。そしてジーヴスを見つめて立ち尽くした。彼女の演説の後半部分の間、彼は礼儀正しく脇に立ち、弁士の視線を捕えようとしていたのだ。

「もし、わたくしに提案をお許しいただけますならば、奥様」

ジーヴスと付き合ってずいぶん長いことになるが、その間ジーヴスのことを常に是認の念をもって見て来られたなどと僕は言うものではない。彼の性格のうちには、しばしば我々の間に冷淡さを生ぜしむるものがある。彼は、僕が何とかを与えれば、何とか呼ばれるところのものを取っていくような人物なのだ［「一インチを与えれば一エルを取る」少し親切にするとすぐつけあがるの意］。彼の仕事はしばしば手荒だし、また僕のことを「精神的には取るに足らない」とほのめかしたことでも知られている。すでにご覧いただいたように、思い上がって若主人を農奴か奴隷みたいに扱う彼の傾向をやり込めるという苦しい仕事を、一度ならず僕はせねばならなかった。

これらは皆、ゆゆしき欠陥である。

しかし、僕が彼のうちに認め続けてきたことがある。彼には磁力があるのだ。彼には何か人の心を慰撫し、催眠術をかけるようなところがある。僕の知る限り、彼は一度も突進してくるサイに遭遇したことはないはずだが、もしかりそめにもそんな事態が起こるようなことがあったとして、その動物は彼と目をあわせた瞬間に、大またに駆けて来るまさにその最中に、急停止してごろりと横倒しになり、足を宙に向け、のどをゴロゴロ鳴らし始めるに決まっているのだ。

いずれにせよ、突進するサイにもっとも近い生きものであるところのダリア叔母さんを、彼は落ち着かせた。五秒以内にでである。彼はただ礼儀正しく立っていただけで、また僕は時間を計ったわけではないのだが――僕はストップウォッチを持っていなかった――彼女の態度物腰全体が、よりよい方向へと驚くべき変化を遂げるのに、三と四分の一秒以上はかからなかったはずだ。彼女はただ、彼の目の前でとろけたのだった。

「ジーヴス！　あなたに何かアイディアがあるの？」

「はい、奥様」

「あなたの偉大な頭脳がこの窮状においても、いつものように本当にひらめいたのね？」

「はい、奥様」

「ジーヴス」ダリア叔母さんは震える声で言った。「あんなぶっきらぼうな言い方をして悪かったわね。あたしったら我を忘れていたの。あなたがただむだ話をしにやって来るような人間じゃないってことをわきまえてなきゃいけなかったのに。あなたのアイディアを聞かせてちょうだいな、ジーヴス。我らささやかなる思索家の輪に加わりて、汝が言うべきを聞かせ給え。気楽にくつろいでちょうだいな、ジーヴス。そして我らによき言葉を聞かせてちょうだいな。このめちゃくちゃな状態から、あたしたちを救い出してくれることが本当にできるの？」

「はい、奥様。もし紳士のどなたかに、自転車にお乗りいただければでございますが」

「自転車ですって？」

「菜園にある庭師小屋に自転車がございます、奥様。おそらく紳士の中にどなたか一名、キングハム・メイナーまで自転車でおでかけになって、セッピングスさんから裏口の鍵をご入手くださる方がいらっしゃるものと存じます」

「素晴らしいわ、ジーヴス！」

「有難うございます、奥様」

「最高よ！」

「有難うございます、奥様」

「アッティラ！」ダリア叔母さんはこちらに向き直り、静かな、威厳ある調子でこう言った。

僕はこうなるものと予想していた。この男の唇からこうした無定見な言葉が発せられた、まさにその瞬間から、僕を贖罪《しょくざい》のヤギに選ぼうとの決然たる努力がなされるという予感が僕にはしていたのだ。僕はそれに抵抗し、阻止すべく身構えたのだった。

そして僕がまさにそうしようとしたとき、すなわち僕が、己《おの》が雄弁のすべてをかき集めて、僕は自転車の乗り方を知らないし、こんな短い時間ではどうしたって憶えられるものではない、と抗議しようとした、まさにその時、あの男が進み出て、そいつを蕾《つぼみ》のうちに摘み取ったのだ。

「はい、奥様、ウースター様はその任務を見事にお果たしになられることでございましょう。ご主人様は自転車乗りのご専門家でいらっしゃいます。ご主人様はしばしば銀輪上の勝利についてわたくしにご自慢げにお話しになられます」

僕が？　僕はそんなことは何にもしちゃいない。人の言葉がいかにゆがめられ得るものかには恐ろしいものがある。僕がしたことといえば、奴に――たまたま、単に興味深い情報のひとつとして、ある日ニューヨークで六日間にわたる自転車レースを観戦していた時のこと――僕が十四歳の時、ラテン語を教えてもらうために教区司祭だったか誰かのところで休暇を過ごしていた際、僕はその地域の学校のお楽しみ会で少年聖歌隊員ハンデ戦で優勝したことがあると話しただけだ。

銀輪上の勝利を自慢げに語るのとは全然別の話である。

つまり、彼は世間知にたけた男であるから、学校のお楽しみ会の戦績などが決して熱を入れて語るようなものでないことは承知しているはずだ。また、もし僕が間違っていなければだが、今言及した行事の際、僕が半周もらってスタートしたことと、このレースは奴のただ貰いになると目されていた本命のウィリー・パンティングが、リタイアを余儀なくされたことは、彼に特に話してやってあったはずなのだ。このパンティングは、兄貴の自転車を黙って持ち出してきていたのだった。それでスタートのピストルがなった直後にこの兄貴がやってきて、奴の頭の横をひとつ殴ると自転車を取り返し、かくしてスタート地点で出走取り消しになった役立たずとの汚名を奴に着せることになったのだった。だが、彼の話し振りからしたら、僕はまるで一面にメダルのついたセーターを着て、ハイドパーク・コーナーからグラスゴーまで一時間を三秒切るタイムで走り終えたとかなんとか写真入り雑誌にどんと載るような男みたいだと思われてしまうではないか。

それだけではまだ不十分と見たか、タッピーまでが余計なクチバシを入れてきた。

「その通りだ」タッピーは言った。「バーティーはいつだって偉大な自転車乗りだった。オックスフォード時代、ボート追突レース［前艇にタッチするか、こぎ抜けば勝ち］の祝勝晩餐会で、奴は服を全部脱ぎ捨てて自転車に乗って、コレッジの中庭じゅうをコミック・ソングを歌いながら走りまわったんだ。あの時の速さもずいぶんなもんだったなあ」

「それじゃあ今だってずいぶん速く走れるわね」生き生きと、ダリア叔母さんは言った。「どんなに速くたって速すぎるってことはないわ。歌いたきゃコミック・ソングを歌ったっていいのよ……それで服も脱ぎ捨てたきゃあ、ねえバーティー、仔ヒツジちゃん、断然そうなさいな。まあ、服を着てようがヌードだろうが、コミック・ソングを歌おうが歌うまいが、とにかく行動を開始することだわ」

僕はせりふを見つけた。

「だけどもう何年も乗ってないんだ」

「それじゃあもう乗ってもいい頃だわ」

「もう乗り方を忘れちゃってると思うんだ」

「一、二度落馬すればすぐ勘は取り戻せるわ。試行錯誤ってやつね。それしかないわ」

「だけどキングハムまでは何十キロもあるんだ」

「だから出発は早ければ早いほどいいってことじゃない」

「だけど――」

「バーティー、ねっ」

「だけど、何てこった！」

「バーティー、いい子だから」

「ああ、だけど、こん畜生！」

「バーティー、あたしのかわい子ちゃん」

そういうわけでそういうことになった。今現在、僕は憂鬱げに闇の中を抜け、歩きだしていた。

ジーヴスが脇にいる。ダリア叔母さんが後ろで、自分をガンからエクスに朗報を届けた男だと思って何とか、とか叫んでいる［ブラウニングの詩「彼らが朗報をガンからエクスに届けた次第」］。そんな男のことははじめて聞く。

「それじゃあ、ジーヴス」小屋に近づきながら、僕は言った。僕の声は冷たく、苦々しいものだったはずだ。「これが君の偉大な計画の成し遂げたることってわけだ！　タッピー、アンジェラ、ガッシー、バセットは相変わらず言葉も交わさない。それで僕はこれから十五キロの自転車旅行にご出立ときた――」

「十七キロと存じます、ご主人様」

「――十七キロの自転車旅行だ。それで帰りがまた十七キロか」

「申し訳ございません、ご主人様」

「今更申し訳がられたって何の益もない。それでその薄汚いガタガタする乗り物はどこにあるんだ？」

「今お持ちいたします、ご主人様」

彼はその通りにした。僕はそいつを苦々しい思いで見つめた。

「ランプはどこだ？」

「ございません」

「ランプなしだって？」

「はい、ご主人様」

「だがランプなしじゃ、恐ろしく大変なことになるかもしれないぞ。何かに衝突したらどうするんだ」

僕は話をやめ、冷ややかに彼を見た。

「笑ったな、ジーヴス。君にはおかしいのか？」

「失礼をいたしました、ご主人様。子供の時分にシリル伯父が話してくれた話を思い出しておりました。馬鹿げた小噺でございます、ご主人様。とは申せ告白いたしますと、常々わたくしはこれを実に滑稽《こっけい》だと思ってまいりました。シリル伯父によりますと、こうでございます。ニクルスとジャクソンという名の二人の男が、二人乗りの自転車でブライトンの町に出かけました。ところが不運にも、ビール醸造所のバンと衝突いたしたのでございます。事故現場に救援隊が到着したときには、両名は揃ってあまりにも強烈な力でもって投げ飛ばされたがために、もはや適切に仕分けすることができないあり様であることが判明いたしました。もっとも鋭利な眼力をもってしても、どの破片がニクルスで、どの破片がジャクソンかを、識別し得なかったのでございます。それで皆で集められる限りの破片を集めまして、それをニクソンと呼んだということでございます。子供の時分、ずいぶんこの話には笑わされたものでございました、ご主人様」

僕は感情を抑制するため、一瞬言葉を止めねばならなかった。

「笑ったって?」

「はい、ご主人様」

「君はこれをおかしいと思ったって?」

「はい、ご主人様」

「それで君のシリル伯父さんもこの話をおかしいと思ったんだって?」

「はい、ご主人様」

「まいった、何て家族だ! ジーヴス、次にシリル伯父さんに会うときには、あなたのユーモア感覚は病的で不快だって僕が言ってたと伝えてくれないか」

「伯父は死去いたしました、ご主人様」

「そりゃよかった……そのいまいましい乗り物をこっちにくれ」

「かしこまりました、ご主人様」

「タイヤに十分空気は入ってるか？」

「はい、ご主人様」

「ナットは締まってるな。ブレーキも利く。スプロケットはちゃんと差動ギアとかみ合ってるな？」

「はい、ご主人様」

「それゆけホーだ、ジーヴス」

タッピーの陳述したところでは、オックスフォード大学時代に僕は、コレッジの中庭をヌードで自転車を乗り回したことで知られているという。この言明にある程度の実質があることを僕は否定できない。しかしながら、話したかぎり事実はその通りだが、奴はすべてを語っていたわけではないのだ。奴が話さなかったのは、あの時僕は満タンに給油済みの状態だったということだ。そういう状態のときには、もっと頭の冷えたときだったら理性の反対にあうような芸当ができてしまうものなのだ。

酒のもたらす興奮の下でなら、ワニにだって乗れるのが男というものだ。

今、僕は大世界へとペダルを踏んでこぎ出《い》だしたところだ。僕は氷のように素面《しらふ》で、かつての熟練はまるで失われていた。僕は自分がひどくぐらぐらよろついているのに気がついた。それでまたいやな自転車事故について今まで聞いた話がすべて、次々と脳裏に浮かんできたのだった。その先頭を走るのはジーヴスのシリル伯父さんのニクルスとジャクソンに関する陽気で小さな逸話だ。

暗闇の中を粛々《しゅくしゅく》と進みながら、僕はジーヴスのシリル伯父さんのような人物の精神構造を理解できず、途方に暮れている自分に気がついた。一人の人間の——あるいは、一人の人間の半分ともう一人の人間の半分の——完全な死が含まれる惨事が、一体全体彼にはどう面白いというのか、僕の理解を超えていた。僕にしてみれば、それは今まで僕の注意を惹《ひ》いた中でもっとも胸痛む悲劇である。この件についてはまだずっと思いを巡らせ続けることができたはずなのだが、突然道路の真ん中に現れたブタを一頭よけるために、鋭くジグザク走行する必要に迫られ、気を逸らされたがために果たせなかった。

一瞬それはまるでニクルス＝ジャクソン事件がそのまま現実化したような具合だったのだ。しかし、幸い僕が俊敏にジグっとハンドルを切り、たまたま同時にブタの方が機敏にザグっとよけてくれたため、事なきを得たのだった。それからまた僕は安全走行を続けたが、僕の心臓は捕われの小鳥のように動悸していた。

この危機一髪の生還から僕が受けた衝撃は最大限に僕の神経を揺さぶった。ブタが夜半に戸外をさまよっていたという事実は、僕の任務の孕《はら》む冒険的な性格を否応《いやおう》なしに思い知らせてくれたようだった。このことは、点灯時刻過ぎにランプなしの自転車で戸外を走る男に起こり得る、ありとあらゆる事柄について僕に考えさせてくれた。とりわけ、ある友人が以前言っていた、田舎のある一定地域では、ヤギが鎖の及ぶ限り道路を横断してさまよい回るのが常で、その鎖がうまい具合に立派なワナを拵えることがある、という話が想起された。

彼はこう言ったのだった。思い出す。彼の友人の自転車全体がヤギの鎖に絡みつかれ、十二キロも引きずられ——スイスのスキージョーリング［馬や車にスキーを引かせて雪や氷の上を走る冬期スポーツ］みたいにだ——その結果、彼は二度と再び元の姿に戻ることはなかった、と。ゾウにぶつかった男もいた。そいつは巡業サーカスに置き去りにされていたのだ。

実際、これらを総合的に判断すれば、サメに噛まれる可能性を例外として、およそ新聞の一面を飾るような大惨事で男の身に起こり得ないものは皆無であるように思われてきた。ひとたび彼の愛する者たちに、彼のより賢明な判断を覆し、偉大なる未知のうちに自転車に乗せて放り出すを許したからには。そしてまた、総合的に判断するならば、この時以降の僕のおののきには少なからぬものがあったと告白することを、僕は恥とは思わない。

しかしながら、ヤギとゾウに関する限り、予想に反し、事態は結果的にきわめて良好に進行したと言わねばならない。

まったく不可解なことだが、僕はそのどちらにも遭遇しなかった。しかし、よかったのはそれだけだ。その他の点では、これ以上不快な状況はおよそありえないような有様だった。

ゾウがいないかどうか常に油断なく気を配らねばならないという絶え間ない不安を別にしても、犬に吠えられてひどく落ち込んだときもあったし、標識を見ようといったん自転車を止めたら、そいつのてっぺんに僕のアガサ伯母さんそっくりのフクロウがとまっているのを見つけ、きわめて不愉快な衝撃を受けたときもあった。実際、動転のあまり、当初僕はこいつを本当にアガサ伯母さんだと思ったのだ。この時までに僕の精神状態は、そんな段階にまで達していたということだ。標識によじ登ってそこに座るというのは、彼女の習性からはいかにもかけ離れたことだと理性と省察が告げてくれるまで、僕は気を取り直して己《おの》が弱さを克服することができずにいた。

要するに、こうした精神的動揺にかてて加えて臀部、ふくらはぎ、かかと一帯のもっと純粋に身体的な苦痛に苛《さいな》まれ尽くした後、ようやっとキングハム・メイナーの正面玄関に倒れ込んだバートラム・ウースター氏は、ボンド街やピカディリーのブールヴァールをうろついてまわる、陽気でのん気なウースター氏とはまるきり別のバートラムになっていたのだった。

たとえ事情通でなくとも、その晩のキングハム・メイナーがだいぶ意気軒昂な状態であることは明らかだったろう。窓という窓に灯りが輝き、音楽が流れ、近づくにつれ、執事たち、従僕たち、運転手たち、小間使いたち、女中たち、仲働き女中たち、それから間違いなくコックらもいたことだろう、彼らの足が忙しくすり足でサラバンドを踊るシューシューいう音を僕の耳は聴き取っていた。深夜に馬鹿騒ぎの音がしていた、と述べる以上にこの状況をうまく約言することはできないと、僕は思う。

このお祭り騒ぎは車寄せの車道に面して開け放たれた、フランス窓のある一階の部屋で行われていた。僕はこのフランス窓に向かって歩きだした。オーケストラが元気いっぱい何かを演奏しており、もっと幸せな状況であれば僕の足だってメロディーに合わせてピクピク動き出していたはずだ。だが僕には車寄せの砂利道の上に立ってひづめを蹴り上げている以上に、のっぴきならない仕事が眼前にあるのだ。

僕は裏口ドアの鍵が欲しかった。今すぐ欲しかった。

中の人込みをざっと見て、僕はしばらくの間、セッピングスを見つけ出すことは困難だと感じていた。しかし今や彼は視界に飛び込んできた。恐ろしくしなやかな動きでフロアの真ん中で踊っている。僕は何度か「おーい、セッピングス！」と声をかけたが、この仕事に対する彼の専心はあまりに深く、集中力が逸らされることはなかった。ダンスの渦の流れが人差し指で突っつける距離まで彼を運んできてくれたお陰で、アバラの下にすばやい突きを入れてようやく、彼の注意をひくことができた。

予期せぬ一撃に遭い、彼はパートナーの足に蹴つまずいた。そしてきわめて厳粛な面持ちでこちらに振り返った。しかし、バートラム氏を認めたところで、冷たさは氷解して驚きに変わった。

「ウースター様！」

丁寧語のやりとりをしている気分ではなかった。

「〈ウースター様〉はいいから裏口のドアの鍵だ」僕はぶっきらぼうに言った。「裏口ドアの鍵をよこすんだ、セッピングス」

彼は要点をつかみかねているようだった。

「裏口のドアの鍵でございますか？」

「そうだ。ブリンクレイ・コートの裏口ドアの鍵だ」

「しかし、それはブリンクレイ・コートにございます」

僕はいらいらして舌を鳴らした。

「バカを言うな、親愛なる執事君」僕は言った。「僕はわざわざ十七キロも自転車をこいで、君の冗談を聞きにきたんじゃないんだ。ズボンのポケットに入ってるんだろう」

「いいえ、わたくしはジーヴスさんにお渡ししてまいりました」

「君は――なんて言った？」

「はい、出立前に。ジーヴスさんが仕事を終えてから庭を散策なさりたいと言っておられたのです。台所の窓台に置いておくとのことでございました」

僕は言葉もなくこの男を見つめた。彼の双眸《そうぼう》は澄み、手に震えはない。二、三杯飲んだばかりの執事には見えなかった。

「つまり君は、鍵はずっとジーヴスが持っていたと言うんだな？」

「はい、さようでございます」

これ以上口が利けなかった。感情に圧倒されて、声が出なかったのだ。僕は茫然自失し、状況がわからずにいた。だが、ひとつのことに関しては、疑問の余地はありようなく思われた。何かしらの、現時点では理解できないが、しかしこのいまいましい足踏みミシンに乗ってはるばる十七キロ、寂しい田舎道をこぎ戻り、奴に一発食らわせてやれる距離まで行けば必ずや明らかになるであろう何らかの理由によって、ジーヴスは汚いまねをやったのだ。すべての状況を即解決できることをじゅうじゅう承知していながら、ダリア叔母さんやその他の人々をエン・ディシャビレ［部屋着姿］で野宿させ、その上もっと悪いことに、物静かに立ったまま、奴の若き雇用主が全く不必要な三十四キロの自転車旅行に出発するのを見送ったのだ。

彼がそんなことをしようとはまるで信じられなかった。彼のシリル伯父さんならともかくだ。シリル伯父さんのゆがんだユーモアのセンスをもってすれば、そんな振舞いに及ぶとしても理解はできる。だがまさかジーヴスが――

僕はサドルに飛び乗り、傷を負った人間と固い革との接触によって生じる、身を縦に引きさかれるような激痛の叫びを押し殺しつつ、家路への旅についたのだった。

23. 終わりよければすべてよし

ジーヴスがある時こんなことを言ったのを思い出す――どうしてそんな話になったのかは忘れたが――時々そうするように、彼はこの見解を、ただ示して見せるだけで取る取らないは僕に任せる、ということだったのかもしれない――こう言ったのだ。侮辱された女の怒りほどすさまじいものはない、と［コングリーヴの悲劇『喪にふす花嫁』三幕八場］。今夜まで、いつも僕はこの金言の内に大いに感じ取るものがあると思ってきた。僕自身は女性を侮辱したことはないが、ポンゴ・トウィッスルトンは一度、奴の叔母さんを侮辱したことがある。パディントン駅に彼女の息子のジェラルドを迎えに行って昼飯をおごり、ウォータールー駅まで送ってやって学校まで帰してくれ、というのを拒絶してそ知らぬ顔でいたというのだ。何通もの手紙が届いた。実際に見なければとても信じられないくらいの手紙だったそうだ。強烈な電報も二通来た。さらにリトル・チルベリー戦没者記念碑の景色の描かれた、憎悪に満ちた絵葉書も一通届いた。

したがって、さっきも言ったが、今夜になるまでこの文句の的確さを僕は疑ったことがなかった。侮辱された女性が一番で後はなし、がこれまで僕の感じてきたところだったのだ。

しかし、今夜僕は見解を修正した。すさまじい怒りとはどんなものかを知りたい人は、ペテンに掛けられ、暗闇をランプなしで、長い不必要な自転車旅行をさせられた男を探せばいい。

「不必要な」という語にご注目をいただきたい。魂にぐさぐさ鉄を突き入れてくるのはここのところだ。つまり、クループで死にかかっている子供を救うために医者のところに自転車で飛んでいく、あるいは空っぽになった酒庫の中身調達のため地元のパブに出かけていく、というのであれば、他の誰より喜んで進んでハンドルに飛びつくのがこの僕だ。若きロキンバーだ「ウォルター・スコットの物語詩『マーミオン』に登場する颯爽たる騎士。愛する女の婚礼の宴から女をさらって行ってしまう」。絶対的にだ。だが、ただ我が執事の病的な面白おかしさ感覚を悦《よろこ》ばせるがためだけに、こんな目に遭う破目になったとなると、余りにもあんまりだ。僕はスタートからゴールまで激しくいらだっていた。

善良なる者を見守る天の摂理は、僕の行く手からすべてのヤギ、ゾウ、それからアガサ伯母さん似のフクロウまでを追い払い、帰路の旅を臀部以外無傷で完了せしめたのであったが、とはいえやっとのことでブリンクレイ・コートの正面ドアに錨《いかり》を下ろしたのは、不興の色を示し、ひがみそねみに満ちたバートラムであった。それでポーチから僕に会いに現れ出《い》でた黒い人影を見たとき、僕は己を解放し、心のうちにシューシューと音たてて泡立つものすべてを吐き出すつもりになった。

「ジーヴス！」僕は言った。

「私よ、バーティー」

その声は生温かい糖蜜みたいに響いた。たとえそれがバセットの声だとすぐに気づかなかったとしても、僕が対決しようと熱望していた男から発せられたものでないことはすぐにわかったろう。なぜなら僕の前にいるその人物は、地味なツイードのドレスを着て、僕のファーストネームを用いたからだ。ジーヴスは、色々と道徳的に問題のある男ではあるが、スカート姿で僕をバーティー呼ばわりして回ることは決してない。

もちろん、サドル上で長い夜を過ごした後で、一番会いたくなかった人物である。とはいえ僕は礼儀正しき「なんだいホー！」を、特別に下賜《かし》してやった。

しばらく間があり、その間僕はふくらはぎをマッサージしていた。もちろん僕のをだ。当然だ。

「君、それを着たんだ？」僕は言った。着替えが済んでいることをほのめかしたわけだ。

「ええ、そうなの。あなたがお出かけになって十五分ほどしたところで、ジーヴスが探しに行って、台所の窓台の上に裏口ドアの鍵があるのを見つけたの」

「はあっ！」

「何？」

「なんでもない」

「何かおっしゃったような気がしたけど」

「いや、なんでもない」

それで僕はそんなふうでいたのだった。この時点で、この娘と僕が二人きりになるとしばしば起こることだが、会話が再び憂鬱な具合になってきた。夜風はささやくが、バセットはささやかない。小鳥はさえずるが、バートラムからチュンチュンいう声は逃げ去ってしまった。彼女がいるだけで僕の唇から――また僕がいると彼女の唇から――言葉がまるきり拭《ぬぐ》い去られてしまうのは、実にまったく驚くべきことだ。我々の結婚生活は、トラピスト修道院で過ごす二十年みたいなものになるだろうと、僕は思い始めていた。

「ジーヴスをどこかで見た？」次第に気を取り直してきた僕は訊ねた。

「ええ、食堂にいるわ」

「食堂？」

「みんなの給仕をしているの。エッグス・アンド・ベーコンとシャンパンの朝食なの……何ておっしゃったの？」

　僕は何も言っていない――鼻を鳴らしただけだ。こんな時にこれらの人々が気楽に大騒ぎをしていたという点に何かしら感ずるところがあったのだ。彼らにはわかっていたはずではないか。僕は田舎の路辺をヤギに引きずりまわされていたかもしれないし、ゾウに噛みしだかれていたやもしれないのだ。そういう思いが毒矢のように僕の胸に突き刺さったのだった。フランス革命直前の出来事として語られることもそんなようだ――城に住む傲慢《ごうまん》な貴人たちは、城外で不幸な民草らが恐るべき窮乏に苦しんでいるとき、無慈悲にもガツガツガブガブ飲み食いしていたのだ。

　こんな皮肉な省察を中断させたのはバセットの声だった。

「バーティー」

「ハロー！」

　沈黙である。

「ハロー！」僕はまた言った。

　返答はない。事態は相手がお茶に出かけたのに気づかずに、電話口で「ハロー！　ハロー！」と言い続けている会話みたいな様相を呈してきた。

　しかし、やがては彼女も水面に浮上してきた。

「バーティー、私お話ししたいことがあるの」

「何？」

「私、お話ししたいことがあるの」

「わかってる。僕は〈何？〉って言ったんだ」

「あっ、私、私の言ったことが聞こえなかったんだと思って」

「いや、君の言ったことはわかったんだよ。君が何を言おうとしてるのかがわからなかったんだ」

「あ、そうだったの」

「よしきたホーだ」

それで事態は復旧した。とはいえ、話を進める代わりに、彼女はまた黙り込んだ。彼女は指をもじもじとよじり合わせながら立って、足で砂利をひっかいていた。やっと彼女が話し始めたが、それはなかなか印象的なほめ言葉を並べ立ててくれるものだった。

「バーティー、あなたテニスンはお読みになる？」

「できれば読みたくない」

「あなたは私に『国王牧歌』［アーサー王伝説を扱った、テニスンの長編詩］に出てくる、円卓の騎士たちを思い出させるの」

もちろん僕だって聞いたことがある――ランスロット、ギャラハッド、その他大勢だ。だが僕には一体その類似性はどこに由来するものか、わからなかった。彼女は誰か別の連中のことを考えてるにちがいないと僕には思われた。

「どういう意味だい？」

「あなたは何て偉大な心をお持ちで、何て素晴らしい魂をお持ちかってことなの。あなたはとっても寛容で、まるきり利己的でなくて、それでとっても騎士道精神に満ちていらっしゃるんだわ。私いつもあなたのことをこんなふうに思ってきたの――あなたは私がお会いした、数少ない、本当に騎士のごとき殿方の一人だって」

実にまったく難しい。こんなふうに持ち上げられたときに何を言うべきか、がである。僕は「あ、そう?」とか何とかその線の言葉をつぶやき、気恥ずかしい思いで下半身をさすった。それからまた沈黙があり、やや強くさすりすぎたがために僕が発した鋭い吠え声によって、その沈黙は破られたのだった。

「バーティー」

「ハロー?」

彼女が息をゴクッとのむ音が聞こえた。

「バーティー、また騎士のごとき人でいてくださる?」

「ああいいよ。喜んでそうさせてもらうよ。どうしたらいいのかな?」

「私、あなたに大変な試練を与えなければならないの。私、これから誰もされたことのないようなやり方であなたを試そうとしているのよ。私、これから――」

こういう言い方は嫌な感じがした。

「うーん」僕は疑い深げに言った。「いつだって君の言うとおりにするよ。わかってるだろ。だけど僕はね、今ちょっと自転車に乗って帰ってきたところで、体中がこわばってヒリヒリするんだ。特にその――とにかくちょっとこわばって痛むんだ。何か二階から持ってきてほしいってことなら――」

「ちがう、ちがうの。誤解してらっしゃるわ」

「よくわからないなあ、ううん」

「ああ、難しいわ……なんて言ったらいいのかしら……おわかりにならない?」

「いや、まったくわからない」

「バーティー、私を行かせて!」

「でも僕は君を止めてなんかいやしないよ」

「私を解放して!」

「解――?」

そこで突然僕は理解した。疲労困憊《こんぱい》のあまりなかなか事の核心が認識できなかったのだ。

「何だって?」

僕はふらふらとよろめき、左のペダルがはねあがって僕の脛《すね》にあたった。だが魂の喜悦はあまりにも強烈だったから、僕は叫び声もあげなかった。

「君を解放するだって?」

「そうなの」

僕はここにいかなる曖昧な点も残したくなかった。

「全部終わりにするってこと? 結局ガッシーとよりを戻すってこと?」

「もしあなたがそれに同意してくださるだけのご立派さと度量とをお持ちでいらっしゃるならば」

「ああ、大丈夫だよ」

「私あなたに約束したのに」

「約束なんてクソ食らえだ」

「それじゃあ、あなた本当に――」

「絶対的にさ」

「ああ、バーティー！」

彼女は若木のように身を揺すった。身を揺するのは若木だった、と思う。

「まさしく完璧な騎士だわ！」僕は彼女がこうつぶやくのを聞いた。あとはあまり言うことは残っていないようだったので、僕は背中に二十リットルもちりが積もっており、行ってメイドに何か楽な格好に着替えさせてもらいたいとかいった理由で、その場を辞した。

「君はガッシーの許へ戻って」僕は言った。「そして全部大丈夫だって話してやるんだ」

彼女はある種のしゃっくりをして、すばやくさっと前に進み出て、僕の額《ひたい》にキスをした。無論不快だった。だがアナトールも言うだろうが、人生楽あれば苦ありだ。次の瞬間、彼女は食堂の方へと走り出していた。一方僕は、自転車を植え込みに放りつけると階段を上がったのだった。

僕の喜ぶあり様について長々と述べる必要はない。容易に想像されるところだ。首にロープの輪を掛けた男がいて、死刑執行人が今まさに刑の執行を開始する、というまさにその時に、汗泡立たせた馬にまたがって、誰かが赦免状を振りながら駆けつけてきた――ちがう、そうではない。全然まったくそうではない。ホールを横切って歩き出した僕の胸はありとあらゆる生きとし生けるものへの深い善意の念であふれており、ジーヴスに対してすら、優しい思いやりの心を持てる自分に気がついた、と述べる以上に、僕の心境をお分かりいただく術《すべ》はないように思う。

僕が階段を上ろうと足を踏み出したところで、突然背後から聞こえた「なんだ、ホー！」の声が僕を振り返らせた。タッピーがホールに立っていた。見たところ酒庫に補給に行ってきたらしい。小脇に何本かボトルを抱え込んでいる。

「ハロー、バーティー」彼は言った。「戻ったか？」奴は面白そうに笑った。「お前『ヘスペルス号の難破』［ロングフェローの詩］みたいなざまだな。スチームローラーに轢《ひ》かれたかどうかしたか？」

他のどんな時だって僕は奴の下品なからかいを耐え難いと思ったことだろう。しかし僕の気分はあくまで上向きだったので、僕はそいつを軽く受け流して、奴にいい知らせをもたらしてやった。

「タッピー、親友よ。バセットはガッシー・フィンク＝ノトルと結婚するぞ」

「どっちも気の毒なこった、なあ？」

「だがお前わからないのか？　これが何を意味するのかわからないのか？　これでアンジェラはまた質屋から受けだされたってことなんだぞ。だからお前が自分のカードをうまく使いさえすれば――」

奴ははしゃいだ様子でどなり立てた。僕は奴の顔が紅潮しているのに気がついた。実のところ、会ってすぐからそのことには気づいていたのだが、アルコールの刺激によるものだと理解していたのだ。

「なんだって！　お前はまったく時代に後れてるなあ、バーティー。無論夜中の半分じゅう自転車に乗って走り回ってたんだからしょうがないか。アンジェラと俺は何時間も前に仲直りしたんだ」

「なんと？」

「そうだ。ただのちょっとしたけんかだったってわけだ。こういうときに必要なのは少しばかりのギブ・アンド・テイクなんだ。二人とも少しだけものわかりよくなるってことだ。俺たちは二人で話し合ったんだ。彼女は俺の二重あごの件を撤回した。俺は彼女のサメの件で譲歩した。まるきり簡単だった。ほんの二、三分で片がついた」

「だが――」

「悪いな、バーティー。一晩中お前としゃべくってるわけにいかないんだ。食堂でちょっと強烈なお祭り騒ぎをやってるとこなんだ。みんな配給を待ってるんでね」

名指しされた部屋から突然聞こえた叫び声が、この言説を裏書きした。僕にはわかった――わかろうまいか――ダリア叔母さんの声だ。

「グロソップ！」

「ハーロー？」

「例のものを急いで持ってらっしゃい」

「今行きます、今行きます」

「じゃあいらっしゃいな。ヨーイックス！　ハーク・フォーラード！」

「タリーホーッ！　タンティヴィーは言うまでもなくだ。お前の叔母さんは」タッピーは言った。「ちょっとはしゃいでるんだ。俺は事件事実を全部知っているわけじゃあないんだが、辞表を出してたアナトールは今やここに留まることに同意して、お前の叔父さんは叔母さんの雑誌のために小切手を切ってくれたってことらしい。詳しいことは知らないが、彼女はずいぶん元気になってるんだ。じゃあまた後でな。急がにゃならん」

バートラム氏はいまや完全に当惑していたと述べても、それは単なる事実の陳述に過ぎない。僕には皆目《かいもく》わからなかった。僕が出発したのは悲しみに打ちひしがれたブリンクレイ・コートだった。見渡す限り血を流すハートで一杯だった。それで帰ってきてみれば、ここは一種、地上の楽園だ。僕は困惑した。

僕は混乱しつつ風呂を浴びた。おもちゃのアヒルはまだせっけん皿にあったが、僕はあまりにも深く心奪われており、そいつのことを慮《おもんぱか》る暇がなかった。当惑したまま、部屋に戻るとジーヴスがいた。僕の混乱した状態がどれほどのものだったかは、彼にかけた最初の言葉が、叱責でも断固たる非難でもなく、質問であったということが証明してくれよう。

「おい、ジーヴス！」

「こんばんは、ご主人様。あなた様がお帰りになられたと伺って参りました。自転車旅行をお楽しみになられたことと拝察いたします」

こんなときでなければ、こんな皮肉はバートラム・ウースターの内なる悪鬼を目覚めさせたはずだ。ところが僕は気にもかけなかった。僕は、このミステリーの真相を究めたかったのだ。

「だがジーヴス、どういうことなんだ？」

「はい？」

「これは一体どういうことだ？」

「あなた様がおおせでいらっしゃるのは――」

「もちろんそうだ。僕が何の話をしてるか君にはわかっているはずだ。僕が発ってからここで何が起こったんだ？　この屋敷は実にまったくハッピーエンディングでガチガチだぞ」

「はい、ご主人様。わたくしの努力が報われ、大変嬉しく存じております」

「君の努力って何のことだ？　君のあのとんでもない火災警報器計画がこいつと何か関係があるなんて言うつもりなのか？」

「さようでございます、ご主人様」

「ふざけるな、ジーヴス。あれはまるきり失敗だったんだ」

「すべてがというわけではございません、ご主人様。申し訳ございませんが、ご主人様、火災警報器を鳴らすという提案につきまして、わたくしはすべて包み隠さずお話しをいたしてありましたわけではございません。それ自体が望ましい結果を惹起《じゃっき》すると予想していたわけでは、実はないのでございます。今夜の本当の仕事、とわたくしが申しますところの計画にとって、それはほんの予備的な行為として位置づけられておりましたに過ぎません」

「君の言うことはわけがわからないぞ、ジーヴス」

「いいえ、ご主人様。館から紳士淑女の皆様方がお出ましになられることが必要不可欠であったのでございます。いったんドアの外に出られたら、そこにそのまま必要な時間、お留まりいただくことを確実なものとするためにでございます」

「どういう意味だ？」

「わたくしの計画は心理学に基づいております、ご主人様」

「どんなふうにだ？」

「ある特定の人物に対する強力な嫌悪感の共有ほど、不幸にも仲たがいをするに至った諸個人を十分満足に結束させるものはない、ということは承認された事実でございます、ご主人様。卑近な例を挙げるのをお許しいただけますれば、わたくし自身の家族におきましても、家庭内の不和が生じた折に、家族成員間の関係修復のためには、アニー伯母を呼びさえすればいいというのが皆の認める大原則でございました。アニー伯母が喚起いたします憎悪の念を共有いたしますことにより、仲たがいしていた者同士がほぼ即時に和解をいたしたものでございます。これを想起いたしまして、紳士淑女の皆様方が庭で一夜を過ごされるを余儀なくなされたのはあなた様のご責任であるということが、ご一同様のご確信なさるところとなれば、皆々様方はあなた様に対して強力な嫌悪の念をお抱きになられ、この点で共感共鳴なさるがために、遅かれ早かれご結束をなされるものと思いついたのでございます」

僕は口を挟むこともできたはずだ。だが彼は続けた。

「そして事態はまさしくその通りの展開でございました。ご覧頂きましたとおり、今や、すべてよし、でございます。あなた様が自転車でご出立された後、不仲におちいられた当事者の皆様方が、あなた様を口汚く罵りになられる点では、心の底から、見解を同じくなさいました、このような表現をお許しいただけますならば、かくして氷は割られたのでございます。それから程なくグロソップ様がアンジェラ様とごいっしょに木立の下をお歩きになられ、大学時代のあなた様のご逸話をお話しになって、それと交換にアンジェラ様があなた様のお小さい折のご秘話をお話しになられる、といった運びとなりました。一方、フィンク＝ノトル様は日時計にもたれながら、あなた様の学校時代のお話でバセット様を魅了しておいでていらっしゃいました。やがてトラヴァース夫人はムッシュー・アナトールに向かわれて――」

僕は言葉を見つけた。

「そうか?」僕は言った。「わかった。それじゃ今や、このいまいましいお前の心理学のお陰で、ダリア叔母さんは僕に腹を立てて、それで僕はあと何年も顔向けができないいってことになったんだな――何年もだぞ、ジーヴス。その間ずっと、毎晩毎晩、アナトールはここでディナーを料理し続けてるんだ――」

「いいえ、ご主人様。かような併発事態を防がんがために、あなた様にキングハム・メイナーへ自転車でお出かけなさるよう、お勧めいたしたような次第でございます。わたくしが紳士淑女ご一同様に、鍵を見つけたとお話しいたしました際、あなた様が何の役にも立たない長い旅の途上におありだということが皆々様のご確信なされるところとなり、憎悪の念は速やかに消滅し、心からのご愉快がそれに代わるところとなりました。皆様たいそうお笑いでいらっしゃいました」

「笑ったって？　えっ？」

「はい、ご主人様。恐れながらあなた様は、一定量の陽気なお冷やかしに遭わねばならぬやもしれません。しかしながらそれ以上のことはございません。すべては、こう申し上げてよろしければ、許されたのでございます、ご主人様」

「そうか？」

「はい、ご主人様」

僕はしばらく思いにふけった。

「君は確かにすべてを解決したようだな」

「はい、ご主人様」

「タッピーとアンジェラは再び婚約した。ガッシーとバセットもだ。トム叔父さんは『ミレディス・ブドワール』のためにしぶしぶ金を出すようだ。それでアナトールもここで働き続けるんだな」

「はい、ご主人様」

「君なら終わりよければすべてよし、と言うところだな」

「まさしく然り、かと存じます」

僕はまた考え込んだ。

「それでもやはり、君の方法は少々手荒だったな、ジーヴス」

「タマゴを割らずして、オムレツは作れません、ご主人様」

僕は飛び上がった。

「オムレツだって！　ひとつ持ってきてもらえるかな？」

「もちろんでございます」

「何か飲み物をハーフボトルで、つけられるか？」

「もちろんでございます、ご主人様」

「じゃあ、そうしてくれ、ジーヴス。大急ぎで頼む」

僕はベッドによじ登って枕にもたれた。たっぷりあった僕の怒りは、潮が引くように消えうせていった。僕の身体は、端から端まで痛んだ。特に真ん中近辺が痛かった。しかしこのことは、僕がマデライン・バセットともはや婚約していないという事実と比較考量して考えねばならない。大義のためには人は進んで苦痛を耐え忍ぶのだ。そうだ。どの角度から見ても、ジーヴスはうまくやってくれた。彼が必要な品々を持って部屋に戻ってきたとき、僕は是認を表明する笑顔でもって彼を歓迎したのだった。

彼はこの笑顔に応えなかった。少しばかり憂慮の色を浮かべている様子だった。僕は親切な質問で問題点を明らかにしようと試みた。

「何か心配があるのか？　ジーヴス」

「はい、ご主人様。先ほど申し上げておくべきでございましたが、今宵の騒動のため、失念をいたしておりました。恐れながら、わたくしは不注意をいたしました、ご主人様」

「そうか？　ジーヴス」満足げにムシャムシャやりながら僕は言った。

「あなた様のメスジャケットの件でございます、ご主人様」

名状し難い恐怖が僕を襲った。そのせいで僕はオムレツを気管の方に飲み込んでしまった。

「申し訳ございません、ご主人様。今日の午後、アイロンを掛けておりました際に、わたくしの不注意からあのお召物の上に熱いアイロンを放置いたしてしまいました。大変申し訳ございませんが、もうあちらをご着用になられるのは不可能であろうかと拝察いたします、ご主人様」

例の意味深長な沈黙が部屋を満たした。

「まことに申し訳ございません」

僕は告白するが、ほんの一瞬、先ほどのたっぷりした怒りが、筋肉をぐいと持ち上げ、鼻を少し鳴らしながら弾んで返ってきた。だが、リヴィエラで言うように、ア・クォワ・セルティール［それが何の役に立つ？］だ？　過ぎたことをとやかく言っても何ら得るものはないのだ。

僕たちウースター家の一族は、歯を食いしばって耐えることができる。僕は不機嫌にうなずくと、もう一切れオムレツを突き刺した。

「よしきた、ジーヴス」

「かしこまりました、ご主人様」

訳者あとがき

二十世紀初頭、第一次大戦が勃発するまでの、短くも美しき時代。長々き女王陛下の統治に続く十年にも満たぬ期間は英国ではエドワード朝時代と呼ばれ、何かしらご機嫌で好ましいイメージ、あるいは快楽主義的物質主義が重ねられてきた。P・G・ウッドハウスが二十代を過ごしたのがこの時代にあたる。ヴィクトリア朝期に全盛期を迎えたイギリス資本主義は、前世紀の末には影兆すところとなり、貿易はふるわず、国内に失業者はあふれ、資本家階級と労働者階級の対立は激しさを増していた。とはいえかかる社会的矛盾を内包しながらも、貴族社会と富の偏在の最後の輝きが見られたのが、牧歌的で駘蕩の気にはぐくまれたこの時代である。

『朝のよろこび』*Joy in the Morning*（一九四七）の序文でウッドハウスは、「私がジーヴスとバーティーの登場する新著を出すたびに、批評家は『エドワーディアンだ！』と非難の声をあげる」と、愚痴をこぼしてみせている。このように、バーティー＝ジーヴスものはエドワード期に時代設定を置くものと通常考えられ、作者もそう述べているし私もずっとそう思ってきたのだが、ちょっと注意するとそうした理解は不正確であることがわかる。本書を見ても例えば、タルラ・バンクヘッドやジョーン・クロフォードといった、一九二〇年代以降に活躍した映画女優の名や、「戦後のウィスキー」への信頼云々あるいはガンジーの非暴力不服従運動に言及したせりふなどが出てくる。『比類なきジーヴス』冒頭で言及される「バルカンでの軋轢」は大戦の予兆でなく大戦後の混乱と解されようし、リリアン・ギッシュのデビューは一九一二年である。もっとはっきり、ビンゴの伯父さんの老リトルが、「一九一七年の冬に一度だけ」、マヨネーズにクリーミーさが欠けていたことがあったのは、当時何度もあった空襲のせいだと述べている箇所もある。

こうしてみるとバーティーやジーヴスが活躍した時代というのは、気分はエドワーディアン（すなわちエドワード時代風と訳すべきなのだろう）だが、少なくとも第二次大戦前の作品に関しては、発表時期とおよそ同時代、戦間期に舞台を置くものと考えていいようだ。したがって第一次大戦後の混乱、アメリカでは禁酒法の施行、大恐慌、ニューディール政策にヨーロッパではファシズムの台頭といった大変な時代をバーティーたちも生きているのだが、あまり大変そうに時代に翻弄されて暮らしてはいないようだ。前記序文でウッドハウスは、「私の小説は一種の歴史小説と考えてもらいたい」と言っているのだが、この歴史小説においては時間はずいぶん気楽に行ったり来たり伸び縮みをするようだし、あまり厳密であろうとしてはいけないらしい。

ともあれ、今日ではナショナルトラストなどのお世話にならねば存続が難しい田舎の大邸宅は、この時代には使用人付きで現役バリバリであった。本書の舞台となるブリンクレイ・コートは、東方貿易で財を成したトム叔父さんが購入した館であるというから、トラヴァース家は代々その地の郷紳として住まいいたしてきた家柄というわけではないようだ。とはいえ、バーティー・ウースターをして三度、予期せぬ婚約に至らしめたというこの館は、木蔭の小径やらバラ園やら湖やらあずまややらを配する広大な、クロード・ロランの風景画のごとき理想主義的庭園を擁し、窓という窓すべてに嵌め込まれた泥棒よけの鉄格子が、鬱然たる外貌にさらなる中世的威圧感を追加する堂々たる邸宅である。そして館の女主人たるダリア叔母さんは、ファッショナブルな淑女雑誌『ミレディス・ブドワール』の編集発行人であり、「お洒落な男女が今何を着ているか」に目を配るばかりでなく、客間には大部のテニスン詩集を置き、皮装のフィッツジェラルド訳『ルバイヤート』を小テーブルに載せ置く、当時の知的ファッションをもおさえた教養あふれる才人であるのだった。

ところで岩波文庫の『テニスン詩集――イギリス詩人選(5)』(西前美巳編、二〇〇三)の編者前書きによると、テニスンという詩人の第一の特色は、「その作品の量の豊富さである」そうだ。ダリア叔母さんがパーティー目がけて投げつけた(と推察される)アルフレッド・テニスン卿著作集の鈍器のごとき分厚さ、重量に思いを馳せずにはいられない。

コールリッジやブラウニングらの詩句、シェークスピアあるいは聖書の文言を自由自在に引用するダリア叔母さんの才気は、当然ながらバーティーなんぞをはるかに凌駕する。むろんダリア叔母さんのみならず、本書の登場人物たちは相変わらず揃いも揃って皆、詩やら何やらを頻繁に引用し、それらに言及する。また本書ではバーティーが、「子供の時学校で聖書の知識で賞をとったことがある」ことが明らかにされるが、そのためか本書には聖書への言及が頻出し、一巻を通じて通奏低音のごとく聖書の知識が鳴り響いている。これほど自由自在に登場人物たちが詩を引用する作品は、わが国探偵小説の金字塔、小栗虫太郎の『黒死館殺人事件』を措いて、他にはないのではあるまいかと思われるくらいだ。

本書、*Right Ho, Jeeves*(Herbert Jenkins)の刊行は一九三四年、昭和九年である。これとまさしく同じ年に『黒死館殺人事件』は、雑誌『新青年』に連載されていたのだった。単行本の刊行は翌年になる。ちなみに本書の米国版の題名は“*Brinkley Manor*”すなわち、『ブリンクレイ館』であった。とはいえこちらの館では酸鼻を極めた殺人事件は幸い起こらないし、門外不出の絃楽四重奏団も抱えてはいない。だがしかし、フランス人シェフと踊る使用人らを擁し、登場人物たちは盛大にハートから血を流しつつジーヴスの神のごとき明察を待ちこがれているわけで、事情は少しばかり黒死館に似ていなくもない。

さて、この時期の『新青年』誌には、ウッドハウスの作品が頻繁に掲載されていた。この辺りの書誌については真田啓介編「P・G・ウッドハウス邦訳書誌」(http://www1.speednet.ne.jp/~ed-fuji/X02-wodehouse.html)、文芸誌ムセイオン「ウッドハウスを読む」(http://eizou.web.infoseek.co.jp/m2/wodehouse.html)、またミステリー・探偵小説データベース、アガサーチ(http://www.aga-search.com/420pgwodehouse.html)が詳しい。一九一〇年より、多いときは隔月のペースでジーヴスものを含むウッドハウスの短編が紹介されていたようである。ウッドハウスの初期短編は『サタデー・イヴニング・ポスト』誌や『コスモポリタン』誌、あるいはイギリスでは『ストランド』誌といった一般向けの文芸誌に発表されたのだが、上記サイトの書誌データを見ると、時をおかずすぐに翻訳され掲載されていたようだ。江戸川乱歩や小栗虫太郎や久生十蘭の新作と並べて、ウッドハウスの新作がほぼリアルタイムで読めた時代がかつてあったのだ。贅沢な話ではないか。

時代を同じくしてウッドハウスの単行本も何冊も刊行されていた。ジーヴスものも戦前に三冊出ている。P・G・ウッドハウスユーモア傑作集として東成社から乾信一郎訳で『専用心配係』が、昭和十四年に、『天晴れジーブス』が十五年に刊行されている。これは『新青年』誌に掲載された作品をまとめたもので、英米で刊行された短編集に対応する翻訳ではないようだ。また同年同じく東成社からP・G・ウッドハウスユーモア長篇小説集の一冊として乾信一郎訳『無敵相談役』が刊行されており、これが本書『よしきた、ジーヴス』の先行訳にあたる。『無敵相談役』については国書刊行会編集部の礒崎純一氏のご厚意で資料の提供を得、一部を読むことができた。大意をとった大胆な訳しとばしは今日的翻訳観からすれば邪道であろうが、省略が奏功し、スピード感があってなかなかに楽しめる。言葉遣いなどはちょっと『のらくろ』を思わせる。一種の「超訳」で、バーティーには人のよさがあまり感じられず幾分やさぐれた印象の造型であった。詩や聖書の引用などはほぼまったく無視されていたようなので、ここから推論すると、ウッドハウスの作中人物に触発されて黒死館の人々も詩をしきりと引用するようになった、という仮説は成立しそうにない。

本書は長編である。ジーヴスものの長編としては二作目にあたる。前回配本の『比類なきジーヴス』は、雑誌に掲載された短編に加筆して連作長編のかたちに編み直したもので、舞台もバーティーとジーヴスの確執の原因となるアイテムも登場人物もジーヴスの名案もオチも、エピソードごとに多種多様、多彩であった。一方、本作でははじまりの数章を除いて舞台はずっとブリンクレイ・コートに置かれ、二組のカップルの恋愛問題に叔母さんと叔父さんの金銭問題、コックのアナトールの進退問題やバーティーの婚約問題が絡むという設定である。もつれにもつれた問題を一気に解決するジーヴスの名案は最後の最後まで出し惜しみされる。「一体これだけの混乱がいかにして解決されうるのか?」と、まるで「この不可能犯罪がどう合理的に解決されうるのか?」と瞠目する本格ミステリー読者のような心もちで、読者はジーヴスの明察を待ち構えるのだ。なお、今回問題となるアイテムは金ボタンのついたメスジャケット。これ一着で最初から最後まで引っぱっている。

本書の白眉は、マーケット・スノッズベリー・グラマー・スクールでガッシーが執り行う表彰式の場である。最近ウッドハウスの評伝『ウッドハウス——ある生涯』*Wodehouse—A Life*（二〇〇四）を著したロバート・マックラムは、ワシントンポスト紙のインタビュー記事で、「かつて英語で書かれた文章のうち、もっとも滑稽な三十ページ」と、この箇所を指して評している。不肖私も、諸手をあげて本書をジーヴスもののベストに推すものであり、本書をお届けできることは実に訳者冥利に尽きる喜びである。とはいえ短編のスピーディーな展開に慣れた読者は、最初バーティーの語りを冗漫と感じるかもしれない。バーティーとジーヴスの会話を冗長と感じるかもしれない。しかし、必ずやたちまちのうちに、長編なればこそのじっくり手間のかかったくすぐりの数々、微に入り細を穿った描写、巧みな比喩を重ね、これでもかこれでもかと惜しみなく畳みかけてよこすその雄弁に、瞠目し圧倒され平伏させられるに違いないのだ。本書を翻訳する作業の中で、あらためて、つくづくこれは神がかり的な天才の仕事だとの思いを新たにさせられた。

ガッシーの名はジーヴス＝バーティーもの第一作の短編'Extricating Young Gussie'（一九一五）に登場する。そこでのガッシーは元舞台女優の母を持つバーティーの従兄弟という設定で、本書に登場するガッシーとは別人である。とはいえ愛着ある名前だったには違いない。ウッドハウス鍾愛の詩人テニスンと同じリンカンシャー出身で、詩人と同じく長い婚約期間をもつに至るイモリ愛好家でさかな顔のこの好人物は、ウッドハウスお気に入りのキャラであったろうと想像される。

表彰式といえば、ウッドハウスは一九三九年にオックスフォード大学より名誉文学博士号を授与されている。同じ時に学位を授かった受領者の中には、合衆国最高裁判所のフランクファーター裁判官らがいた。学位授与式で大学代表弁士を務めたルクレティウス研究の泰斗、シリル・ベイリー博士のラテン語演説が秀逸である。せっかくなので全文引用しよう。

見よ、ここなる著述の魔術師を。彼ほど世人の心を歓喜せしめ、笑ひを喚起せしむるに長けたる人なし。数多《あまた》なる作中人物を世に送り、その各に独特なる滑稽味を与へ来たり。誰か知らざらん、彼の創造せし人々を。富貴なる若者、善良にして寛厚なるが、権謀術数の遣ひ手にして全能の服装決裁者「忠実なるアーカテース［伝説的なローマ建国の祖アエネアスの忠実な部下］」の助けなかりせば、己が欲するところ何らする能はざりき。あるいは肥満せし能弁なる話し手、彼の言によればその伯父、甥、眷属一同皆揃ひてその生涯に非凡なる体験を経来し者ばかりなり。高貴なるクラレンスも忘れ難し。先祖伝来の地の所有者にして高雅なる雌豚の飼主なり。プスミス（「かの者にまかされたし」）、ならびにイモリの愛情生活の専門家たるアウグストゥス。その他数多なる星の下に生まれ来し者たち。われらが著者は人の悪徳を鼻先であしらひて軽蔑するに非《あら》ず。それを優しき愛もちて観照し、その過ちを笑ふものなり。しかのみならず、かの著者の記せる頁は平俗の語にて満たされしが、彼はその語を音律なき無秩序にて配するに非ず。手際鮮やかにして才知縦横、典雅なる話術を愛するものなり。

言を重ねる必要はもはやないでせう。名高いこの人に証明の必要はありますまい。私はここなる愉快なる人、――われらがペトロニウス［古代ローマの風刺作家］はたまたテレンティウス［古代ローマの喜劇作家］と呼ぶべきこの人――王立文芸協会特別会員ペラム・グレンヴィル・ウッドハウスに名誉文学博士号取得を授与されんがため、御身にご紹介するものであります。

（Frances Donaldson, *Wodehouse A Life*〔1982〕、本文中の英訳テキストを参考に巻末アペンディックス記載のラテン語テキストより訳出。前半はホラティウス風六歩格の詩。後半は散文）

ウッドハウスをペトロニウス、テレンティウスに喩えた箇所で聴衆の喝采は最高潮に達した。これに応えてオックスフォード大学副総長、ジョージ・ゴードンはラテン語で次のように述べてウッドハウスに学位を授与した。

最も愉快にして最も機知に富み最も魅力的かつ最も剽軽にして最も滑稽なる貴下、私ならびに全大学の権威をもつて貴下の愉快学、機知学、魅了学、冗談学、滑稽学への奉仕を称へ、ここに名誉文学博士号を授与するものである。

前記マックラムの評伝によると、ローブ姿のウッドハウスらが行進したオックスフォード・ストリートからシェルドニアン・シアターへ至る沿道は、高名なユーモア作家を拍手喝采で迎える学生たちで埋め尽くされ、式典の最中も、他の受領者たちが「生ぬるい」拍手を受けたに過ぎないのに対し、ひとりウッドハウスのみが「何千人の人々の歓声の中、三分以上は立ったままでいないといけなかった」（ウッドハウスの言）そうである。式典後、クライスト・チャーチで開催されたディナーの席、全員が白いネクタイに白のウエストコートの正装で参集するところに、ただ一人ウッドハウスだけはディナージャケットを着て現れたという。彼にはオックスフォードのドレス・コードを教えてくれるジーヴスがついていなかったのだ。

ディナーも終わりに近づいたとき、学生たちがテーブルを叩きだし、「ウッド——ハウス、ウッド——ハウス……ウィー・ウァント・ウッドハウス！」とシュプレヒコールをあげ始めた。「スピーチ！」という叫び声もあがった。満場が偉大なるこの大ユーモア作家に機知縦横なスピーチを開始することを期待していた。しかし残念ながら、そのときその場でマーケット・スノッズベリーの寵児のごとき雄弁が振るわれることはなかった。きまり悪そうにそうっと立ち上がったウッドハウスは、よく聞き取れないもごもごした声で、ひとこと、「Thank you」と言ったきり、困ったような顔で腰を下ろしてしまった、ということである。

さて、現時点では未刊だが、本書の刊行と相前後して、文藝春秋社から『ジーヴズの事件簿』と題するウッドハウスのジーヴスもののアンソロジーが刊行される予定だと聞いている。ジーヴスだけでなく、ブランディングス城もの、マリナー氏ものも続けて刊行されるそうだ。本コレクションとあわせ、日本の読者は戦後はじめてまとまった量のウッドハウスを読めることになるわけで、まことに喜ばしい。ウッドハウス没後三十周年にあたる今年が、日本におけるウッドハウス・イヤーとなるのではと、期待をふくらませているところである。

なお、本書の各章題は訳者が新たにつけたものであることをお断りしておく。また、巻末には、ジーヴス・シリーズ全十五編の簡単な紹介を載せることにした。

ウッドハウスは本書をレイモンド・ニーダム勅撰弁護士に捧げている。当時英米両国から課税され、多額の追徴金の支払いを命じられていたウッドハウスは、六年分、四万ポンドの追徴を命じてきたイギリス内国歳入庁を相手取って訴えを提起し、勝訴した。その際の彼の代理人がニーダム弁護士である。献辞もそもそもは「私の首根っこを踏んづけ、財布に手をかけていた徴税吏を敗走せしめた、レイモンド・ニーダム勅撰弁護士へ」であったところを、税務署をこれ以上刺激しないようにとの配慮からこのかたちに落ち着いたのだという。

本訳書の刊行にあたっては、前回と同じく礒崎純一氏のお世話になった。訳者をうまいことなだめおだてすかしては励まして下さった氏の熟練の技なくして、本書の刊行がなったかどうかははなはだ心許ない。比類なき編集長に心からの感謝を捧げるものである。

二〇〇五年五月十六日

森村たまき

◉《ジーヴス・シリーズ》紹介

My Man Jeeves（George Newnes Ltd., 1919）。ジーヴスものとレジー・ペッパーものを集めた短編集。ジーヴスもの四編はすべて『それゆけ、ジーヴス』に再収録されている。

The Inimitable Jeeves（Herbert Jenkins, 1923、米国版は同年 George H. Doran より刊行）。ウッドハウス・コレクション『比類なきジーヴス』（二〇〇五年、国書刊行会）。短編に加筆の上編集した連作長編。戦前、英米で三〇〇万部を売り上げた、ジーヴス・シリーズの金字塔。

Carry on, Jeeves（Herbert Jenkins, 1925、米国版は同年 George H. Doran より刊行）。短編集。ウッドハウス・コレクション『それゆけ、ジーヴス』として刊行予定。第一、二、三章は『世界文学全集37』（一九六六年、集英社）に、井上一夫訳で、それぞれ「ジーヴス乗り出す」「コーキーの画業」「招かれざる客」として収録されている。第一章でジーヴスがバーティーに雇用されるに至った経緯が明らかにされる。最終章はバーティーではなくジーヴスが語りをつとめる。

Very Good, Jeeves!（Herbert Jenkins, 1930、米国版は同年 Doubleday Doran より刊行）。短編集。第六章の 'The Spot of Art' は、「ちょっとした芸術」として白水Uブックス『イギリス・ユーモア文学傑作選　笑いの遊歩道』（一九九〇年、白水社）に収録。アガサ伯母さんの息子トーマス、学友シッピー、タッピー、アガサ伯母さんの愛犬マッキントッシュ、ビンゴ夫妻とアナトールらが登場。

Thank You, Jeeves (Herbert Jenkins, 1934、米国版は同年 US:Little,Brown & Co. より刊行)。ジーヴスもの初の長編。バンジョーを始め、近隣からの苦情に憤ったバーティーは、田舎のコテージに滞在して練習しようとするが、ジーヴスに辞表を提出される。バーティーのアメリカ人元婚約者ポーリーン・ストーカーがコテージの持ち主チャッフィーと婚約。彼女の恐るべき父親の目を逃れるため、黒人ミンストレルに扮するバーティーの姿が見もの。

Right Ho, Jeeves (Herbert Jenkins, 1934、米国版は同年 Brinkley Manor の題名で Little, Brown & Co. より刊行)。本書。

The Code of the Woosters (Herbert Jenkins, 1938、米国版は同年 Doubleday Doran より刊行)。『よしきた、ジーヴス』の続編にあたるガッシー＝バセットもの長編。世界一周クルーズに行きたいジーヴスの希望をバーティーは拒絶する。バセット嬢の父親、サー・ワトキン・バセットに奪われた銀製のウシ型クリーマーをトム叔父さんのもとに奪回するため、バーティーがトトレイ・タワーズに向かう。バセット嬢の崇拝者、ファシスト団体「黒ショーツ党」党首、ロデリック・スポードが登場。

Joy in the Morning (Herbert Jenkins, 1947、米国版は一九四六年に Doubleday Doran より刊行)。ウッドハウスは本書をドイツ抑留中に書き上げた。バーティーは元婚約者だったフローレンス・クレイと再会し、再び彼女と婚約する危機に曝される。アガサ伯母さんはフローレンスの父親と再婚している。

The Mating Season (Herbert Jenkins, 1949、米国版は同年 Didier より刊行)。ガッシー＝バセットものの続編。バーティーはガッシーに代わってエドマンド・ハドック氏の住むディヴィヴィレル・ホールを訪問する。そこではハドック氏が五人の伯母と暮らし、ジーヴスのチャーリー伯父さんが執事を勤めていた。

Ring for Jeeves (Herbert Jenkins, 1953、米国版は The Return of Jeeves のタイトルで一九五四年に Simon & Schuster より刊行)。ガイ・ボルトンとの共作ミュージカル 'Come on, Jeeves' のノベライズ版。

Jeeves and the Feudal Spirit (Herbert Jenkins, 1954、米国版は Bertie Wooster Sees It Through として一九五五年に Simon & Schuster より刊行)。バーティーが口ひげを蓄え、ジーヴスはそれを許さない。恋敵パーシー・ゴリッジの出現で、フローレンス・クレイと婚約者「スティルトン」・チーズライトの関係に危機が出来する。

Jeeves in the Offing (Herbert Jenkins, 1960、米国版は How Right You Are,Jeeves として同年 Simon & Schuster より刊行)。トム叔父さんの銀製のウシ型クリーマーが盗まれた。犯人と目されるのはアメリカ人の大金持ち、ウィリー・クリームだ。年に一度の休暇中のジーヴスに代わってバーティーが事件解決に乗り出す。ブリンクレイ・コートでは執事のセッピングスも休暇中だ。

Stiff Upper Lip, Jeeves (Herbert Jenkins, 1963、米国版は同年 Simon & Schuster より刊行)。破談になったガッシー＝バセットの婚約を修復するため、バーティーは再びトトレイ・タワーズに向かう。ガッシーはコックのエメラルド・ストーカーと駆け落ちし、バセットはロデリック・スポードと婚約する。

Much Obliged, Jeeves (Barrie & Jebkins, 1971、米国版は同年 Jeeves and the Tie That Binds のタイトルで Simon &

Schuster より刊行)。フローレンス・クレイの婚約者ジンジャー・ウィンシップが上院選に出馬し、フローレンスの頼みでバーティーとジーヴスはその手助けをする。バーティーの元執事だった男が、賭けのため執事専用のジュニア・ガニミード・クラブのクラブブックに記された秘密を漏洩してジンジャーの名誉毀損を謀ろうとしているのだ。イギリス版とアメリカ版では結末が違う。

Aunts Aren't Gentlemen (Barrie & Jenkins, 1974 米国版は The Cat-Nappers のタイトルで一九七五年に Simon & Schuster より刊行)。ウッドハウスが完成させた最後の作品。医者の勧めで海辺の保養地メイドン・エッグスフォードにダリア叔母さんと出かけることになったバーティーが遭遇する変事。

P・G・ウッドハウス（Pelham Grenville Wodehouse）

1881年イギリスに生まれる。1902年の処女作『賞金ハンター』以後、数多くの長篇・短篇ユーモア小説を発表して、幅広い読者に愛読された。ウッドハウスが創造した作中人物の中では、完璧な執事のジーヴス、中年の英国人マリナー氏、遊び人のスミスの三人が名高い。とりわけ、ジーヴスとバーティーの名コンビは、英国にあってはシャーロック・ホームズと並び称されるほど人気があり、テレビドラマ化もされている。第二次世界大戦後、米国に定住し、1955年に帰化。1975年、サーの称号を受け、同年93歳の高齢で死去した。

＊

森村たまき（もりむらたまき）

1964年生まれ。中央大学法学研究科博士後期課程修了。国士舘大学法学部講師。専攻は犯罪学・刑事政策。共訳書に、ウルフ『ノージック』、ロスバート『自由の倫理学』（共に勁草書房）、ウォーカー『民衆司法』（中央大学出版局）などがある。

ウッドハウス・コレクション
よしきた、ジーヴス

2005年6月15日　初版第1刷発行
2018年12月20日　初版第7刷発行

著者　P・G・ウッドハウス

訳者　森村たまき

発行者　佐藤今朝夫

発行　株式会社国書刊行会
東京都板橋区志村1-13-15
電話03(5970)7421　FAX03(5970)7427
http://www.kokusho.co.jp

装幀　妹尾浩也

印刷　㈱シーフォース

製本　㈱村上製本所

ISBN978-4-336-04676-5